하늘에 뜬 집

하늘에 뜬 집

김한수 장편소설

겨울 바다에 가 보았다. 텅 비어 있으므로 더욱 가득한 바다에 깃들어 지그시 눈을 감고 사람들에 대해서 생각했다. 파도치는 바다를 마주하니 바다를 메운 물결 하나하나가 다 사람의 사연으로 가슴에 저미면서 저 많은 사연을 품에 안고 살아가야 하는 사람이 참으로 거대해 보였다. 물결 하나가 바다 전체일 수 있듯이 하루를 살아가는 속에 평생을 살아내는 사람의 존재에 그만 가슴이 먹먹해 오면서 눈시울이 뜨거워졌다.

지난 몇 년 간을 나는 이 세상이 모질음을 쓰면서 살아갈 만한 가치가 없다고 여기며 살아왔다. 스스로의 존귀함을 느껴 보지도 못하고 무참히 꺾이고 무너져서 흔적도 없이 사라진 수많은 사람들의 잔영 앞에서 나는 참으로 분함을 견디기 어려웠다. 그 분함을 견디지 못했더라면 지금의 나는 얼마나 피폐해졌을까. 인간은 누구라도 무력한 존재가 아니며 스스로를 포기하지 않는다면 신보다 위대한 일을 해낼 수도 있다는 믿음을 지키기 위해 나는 세상보다도 내 자신과 부단히 싸워야만 했다. 이 소설은 이를테면 그런 내 자신이 벌여온 내적 투쟁의 기록인 셈이다.

소설을 끝내기까지 나는 하루에도 몇 번이고 펜을 집어던지고 싶은 유혹과 싸워야만 했다. 두렵고 또 두려웠다. 그래서 연일 폭음을 해댔는지도 모르겠다. 내 자신의 뼈를 넘어서 말리는 듯한 두려움을 견딜 수 있었던 힘은 오직 하나, 설사 싸움에서 지더라도 투쟁은 그 자체로 존귀하고 아름답다는 믿음과 그 믿음을 귀히 여기는 마음이었다. 이 소설을 끝내기까지 스스로를 끊임없이 학대한 것도 따지고 보면 내 자신을 송두리째 까발겨서 정말 추하고 더럽고 부끄러운 면면을 끌어안기 위한 것은 아니었던가. 모든 희망의 시작과 끝이 그 속에 있다는 믿음을 나는 이 소설을 끝내면서 가슴에 바로 세울 수 있었다. 모든 싸움에 있어 믿음 만큼 큰 무기가 어디 있을까. 산을 하나 넘었는가, 이제야말로 내 자신과 세상을 향한 싸움을 벌여야 할 때다.

서러운 강물 같은 시인 김태연 형이 없었더라면 나는 차마 두려워서 이 소설을 시작할 엄두도 내지 못했을 것이다. 형의 삶이 내게로 흘러와 가슴속 깊이 녹아서 스며들었기에 나는 아무도 없는 밤 들판에 나서서 길을 떠날 수 있었다. 길동무를 해준 박문수 형의 수고도 돌이켜볼수록 가슴에 저린다. 큰 산을 하나 넘은 이즈음에 와서 나는 새삼 황석영 선생이 그립다. 갈 길을 몰라 방황할 때 길을 일러 주신 선생의 가르침이 아니었더라면 나는 산 언저리에도 가보지 못했을 것이다.

끝으로 어머니와 누이들, 그리고 내 삶을 껴안아 준 아내에게 이 소설이 좋은 보답이 되기를 바라며 나는 눈앞에 보이는 더 큰 산을 넘어야겠다.

첫눈 내린 겨울밤에

김 한 수

차례

저 하늘에 부는 바람

나는 양철대문을 열고 집 안으로 들어섰다. 발소리를 듣고 대문가로 달려온 누렁이가 펄쩍펄쩍 뛰며 꼬리를 흔들었다. 여느 때라면 나를 반기는 누렁이의 머리를 쓰다듬어 주련만 마음이 산란하다 보니 만사가 귀찮았다. 때마침 마당가에서 빨래를 널고 있던 젊은 과수댁이 안쓰러운 눈길로 나를 바라보았다.

나는 그의 눈길을 묵묵히 받아내며 대추나무 그늘 아래 놓인 평상에 걸터앉았다. 뒤를 따라온 누렁이가 내 발치에 넙죽 엎드려서 살랑살랑 꼬리를 쳤다. 빨랫줄에 널린 옷 사이로 나를 힐끔거리는 젊은 과수댁은 뭔가 묻고 싶은 눈치가 역력했으나 나는 모른 체 먼산바라기를 하며 담배를 피워 물었다. 대문 너머 서산에 반나마 걸린 해가 참으로 스산스러워 보였다.

요즘 들어 부쩍 나를 어려워하는 과수댁은 말없이 빨래를 널었다. 그가 커다란 플라스틱 대야에서 빨래를 집어들고 탈탈 물기를 털어 낼 때마다 옅은 무지개가 일렁거렸고, 부산스런 잠자리떼가 그 주변을 날아다녔다. 의뭉스레 누워 있던 누렁이는 저를 기다리는 새끼들이 생각났는지 내 곁을 떠나 어슬렁거리며 담장을 따라 일궈 놓은 채마밭가 제 집으로 들어가 버렸다. 새끼들을 돌보러 집으로 돌아가는 누렁이의 뒷모습을 눌러보며 나는 세월의 무게를 느꼈다.

갓 태어나 눈도 제대로 못 뜨는 녀석을 데려왔을 때, 나는 극심한 우울증에 빠져 있었다. 사람들 속에 놓여 있다는 상상만으로도 소름이 끼쳐서 발길 닿는 대로 떠돌아다니다가 적막한 벌판에 풀잎처럼 쓰러져 죽고 싶다는 강렬한 유혹이 나를 붙들고 놓아 주지 않았다. 유혹은 달콤했지만 자취도 없이 사라진다는 사실이 진저리치게 무서워서, 행여라도 정이 붙을 만한 것을 키우면 자살하고픈 욕구가 수그러들지 않을까 하는, 이를테면 지푸라기라도 잡고픈 심정으로 키우기 시작한 것이 누렁이였다. 그러나 녀석은 어느 결에 삶의 뿌리를 내렸고 나는 여전히 떠돌고 있다.

나는 합판으로 짜여진 우리집 부엌문을 맥없이 바라보았다. 지금쯤 아버지는 굴 속 같은 방 안에 시체처럼 누워 있을 터였다. 어제 오후 변소에 볼일을 보러 갔다가 똥구덩이 속에 빠져 버린 이후로 그나마 남아 있던 진기를 모두 잃은 듯 아버지는 아예 운신을 하지 못했다. 똥구덩이 속에 빠지기 전만 하더라도 옆에서 조금만 부축을 해주면 걷기는 했으나 이제는 누운 자리에서 일어나 앉는 것도 힘겨워했다. 일어나 앉을 때마다 가쁜 숨을 몰아쉬며 식은땀을 흘렸고 한결 심해진 수전증 때문에 혼자서는 밥술도 놀리지 못했다.

때맞춰 과수댁이 저녁밥을 지으러 나오지 않았더라면 아버지는 유명을 달리했을 것이다. 아버지는 똥구덩이에 빠지고도 비명을 지르지 않았다. 살려달라고 소리치지도 않았다. 다락방에서 일기를 쓰다가 과수댁의 숨넘어가게 다급한 기별을 받고 변소로 달려갔을 때, 아버지는 똥 더미 위로 머리만 내밀고 표정 없이 서 있었다. 손을 내밀라고 몇 번이나 소리친 끝에 가서야 나를 올려다보던 아버지의 눈은 검은 유리알처럼 반짝였고 초점이 없었다.

변소에서 건져내서 옷을 다 벗기도록 아버지는 말이 없었다. 오랫동안 목욕을 하지 않아 때가 시커멓게 긴 아버지의 가슴은 갈비뼈가 앙상하게 드러나 있었다. 좁아터진 부엌에서 아버지를 씻기는데 언뜻 연민이 일었다. 나는 가족을 불행의 나락으로 몰아 넣은 아버지를 측은하게 여기는 나 자신에게 놀라는 한편 아버지를 향한 연민이 타인의 마음인 양 낯설고 두려웠다. 사람은 늙으면 예외 없이 가여워지는 것일까, 나는 비누칠을 한 아버지의 몸에 물을 끼얹으면서 언뜻 그런 생각을 해보았다. 그러나 그것은 누구나 늙기 때문일 터이고, 머잖아 이승에서의 연을 정리할 맘을 굳힌 내겐 다 부질없는 감정에 지나지 않았다.

나는 이불 호청을 집어들기 위해 허리를 굽히는 과수댁을 물끄러미 바라보았다. 늘어진 옷 사이로 그의 젖가슴이 드러나 보였다. 나는 눈길을 돌리지 않았다. 까치발을 딛고 서서 이불 호청을 너는 과수댁의 파도처럼 출렁이는 젖가슴을 겨눠 보며 나는 목이 탔다.

죽음을 떠올릴 때마다 폭발할 것 같은 욕망이 이는 것은 신이 인간에게 내린 유일한 선물일까. 나는 고개를 가로저었다. 차라리 그것은 비극에 가까웠다. 저주받은 나의 탄생처럼. 문득 나는 삼 년 전에 죽은 어머니에게 원망을 느꼈다.

내가 일곱 살 나던 해의 가을이었을까, 저녁상을 마주하고 앉은 자리에서 아버지는 밥을 먹다 말고 내게 다리 밑에서 주워 왔네 어쩌네 해가며 장난을 걸어왔다. 내가 한껏 불안한 눈초리로 도리질을 쳐 가며 아니라고 부인을 하자 장난질에 재미가 붙은 아버지는 곁에서 묵묵히 밥술을 놀리던 어머니를 끌어들였다.

"정말이래두. 엄마한테 물어봐. 아빠 말이 거짓말인가."

"엄마, 아니지? 나 다리 밑에서 안 줏어왔지?"

겁에 질린 나는 간절하게 어머니의 얼굴을 쳐다봤으나 어머니는 빙그레 미소만 지을 뿐이었다.

"거봐라, 엄마도 대답을 안 하잖아. 니 진짜 엄마하고 아빠는 지금도 다리 밑에서 동냥을 하고 있을걸."

아버지는 내 마음도 모르고 계속 장난을 걸어왔지만 나는 고집스럽게 어머니에게서 눈길을 떼지 않았다. 아버지는 껄껄, 하고 너털웃음을 터뜨렸지만 나는 어머니의 얼굴에서 곤혹스러워하는 기색을 읽을 수 있었다. 그 순간 나는 아버지의 말이 진짜라고 믿어 버렸고 손에 들고 있던 숟가락을 어머니에게 불쑥 내밀었다.

"아줌마가 밥 먹여 줘."

"왜?"

아버지가 재미있어 죽겠다는 표정으로 내게 물었다. 나는 망설임 없이 또박또박 대꾸했다.

"울 엄마가 다리 밑에서 기다리잖아. 근데 나는 밥 빨리 못먹어. 빨랑빨랑 먹어야 우리 엄마한테 빨리 가지. 아저씨는 것두 몰라."

예기치 못한 내 행동에 놀란 아버지는 내가 예뻐서 장난을 친 거라며 그제서야 변명을 늘어놓았고, 어머니 또한 아버지 말이 맞다고 맞장구를 치며 나를 구슬리려 들었으나 나는 기어이 으앙, 하고 울음보를 터뜨리고 말았다.

그 당시에는 너무 어려서 어머니의 얼굴에 얼비쳤던 두려움의 정체를 알 수 없었다지만 나는 왜 다 자라서까지 간간이 엿볼 수 있었던 어머니의 두려움을 무심히 지나쳤을까. 남보다 감정이 예민해서 열네 살 이른 나이에 사춘기를 맞았던 그 시절, 차라리 모든 사실을 눈치채고 가출이라도 해버렸다면 지금쯤 나는 지나간 시절을 무던히 잊고서 성실한 남편과 좋은 아빠로 한생을 일구고 있을지도 모르는 것을.

담장을 넘어온 바람이 햇볕이 꺼져 들어가는 마당을 쓸다가 대추나무에서 떨어진 잎새를 허공에 띄웠다. 바람이 이끄는 대로 허공을 날고 땅바닥에 구르는 잎새가 나는 부러웠다. 저렇게 바람에 실리다가 흙에 깃들어 새로운 생명으로 태어나는 잎새의 의연함에 비하면 나는 얼마나 하찮은가.

나는 잎새를 좇던 눈길을 들어 빨래를 다 널고 뒷정리를 하는 과수댁을 지켜보았다. 큰 대야를 챙겨 들고 수돗가로 향하는 그의 당실한 엉덩이가 시야를 어지럽혔다. 나폴거리는 치맛자락을 무릎 사이에 모으고 수돗가에 쪼그려 앉아 걸레를 빠는 과수댁의 옹기그릇 같은 뒷모습을 쓸어보며 나는 숨가쁜 안달을 느꼈다. 나는 피우던 담배를 내던지고 수돗가로 걸어갔다. 내가 미처 다가가기도 전에 저녁해가 쪼그려 앉은 과수댁 언저리까지 내 그림자를 늘어뜨렸다. 비누칠한 걸레를 빨래판에 문대다 말고 나를 돌아다본 과수댁은 손바닥을 이마에 세워 붙여 차양을 만들었다. 손에 달라붙은 비눗방울에 반짝, 햇살이 부서졌다. 나는 쪼그려 앉은 과수댁 앞에 우뚝 섰다. 늘어진 옷 사이로 아스라이 들여다보이는 젖가슴이 희디흰 빛으로 두 눈에 녹아든다고 느끼는 순간, 나는 과수댁의 손목을 나꿔챘다.

"자…… 잠깐만, 비누 좀 닦고요."

과수댁이 주위를 살피며 한껏 목소리를 낮췄다. 그러거나 말거나 나는 비눗기로 미끈거리는 그의 손을 막무가내로 잡아끌었다. 과수댁은 내가 당기는 대로 이끌리면서도 주위를 살피기에 바빴다. 허둥대는 과수댁을 이끌고 마당을 가로지른 나는 변소 앞에서 멈춰 섰다.

"미쳤나 봐. 변소에서 뭘 어쩔려구?"

과수댁은 어이없다는 표정으로 볼똑거렸으나 그건 그저 민망함을 감추기 위해 생청을 붙여 보는 행동에 지나지 않았다. 변소 안으로 과수댁을 끌어들인 뒤 문을 잠그자 그는 이제까지 주저하던 태도와는 딴판으로 뭔가 잔뜩 기대하는 눈초리로 나를 빤히 올려다보았다. 나는 그를 벽 쪽으로 돌려세웠다. 벽을 짚고 몸을 구부린 과수댁의 머리 위쪽, 환기구멍과 통한 하늘을 보며 나는 서글픔을 느꼈다. 자기자신에 대한 연민에서 오는 슬픔이었다.

내가 우연히 과수댁과 관계를 맺은 지난 해 가을밤에도 이런 기분에 사로잡혔었다. 그 날은 자살한 어머니의 두 번째 기일이었다. 어머니의 자살은 오십 평생 그를 학대하고 속박한 모든 폭력으로부터 스스로를 해방시킬 수 있었던 유일한 수단이었다. 사람들은 끝끝내 눈물 한 방울 보이지 않았던 나를 두고 독하다고 멋대로 입방아를 찧어댔지만, 참고 인내하면서 살 만한 가치가 없는 세상을 훌훌 떠나서 완전한 자유를 이룬 어머니 앞에서 나는 세상이 횅하니 비어 보이는 상실감만 느꼈을 뿐 슬픔은 느끼지 못했다. 한편으로는 어머니의 용기가 부럽기도 했다. 언젠가는 나아지겠지 하는 밑도 끝도 없는 희망의 한 끝을 부여잡고서 생을 연명해 가는 내 자신이 어머니의 기일만 되면 그렇게 원망스러울 수가 없었다. 그래서 그날 아침, 나는 일기를 썼다.

    …… 내가 자살을 한다면 그것은 나 자신을 파괴하기 위함
이 아니라 나 자신을 원상태로 회복시키기 위함이다. 자살은
내게 있어 폭력적으로 나 자신을 파괴하려드는 모든 위협으
로부터 내 존재의 가치를 지켜 내는 수단이며, 나를 둘러싼
무가치한 세계에 대한 가장 통렬한 저항인 것이다. 자살을 통
해 나는 나 자신의 의도를 자연 속에 재도입시키고 내 의지의
형상을 최초의 사물들에게 투여하게 될 것이다. 그러나 내 자
살이 완벽해지기 위해서는 아버지가 아니면서 아버지였던 사
람이 동행해야만 된다. 그가 내 생부가 아니라는 사실은 그다
지 중요하지 않다. 살아갈 만한 가치가 없는 세상을 내가 내
고유 의지의 형상으로 거부하고 떠나듯이 순수한 생명의 의
지를 왜곡시키고 짓밟는 폭력은 새로운 생명들을 위해서라도
자연으로 돌아가 정화되어야 한다…….

    일기를 다 쓰고 난 뒤 나는 노량진 수산시장에 가서 맛은
좋지만 내장에 무서운 독이 있다는 검복을 샀다. 복어를 사들
고 집으로 돌아온 나는 지체하지 않고 복어국을 끓였다. 그
무렵의 아버지는 걸핏하면 서울역 광장으로 가서 주변 상가
를 돌아다니며 너희들이 뭔데 허락도 없이 내 땅에서 장사를
하느냐며 행패를 부려대는 정신질환자였다. 그러나 제정신이
들어서 집에 머물 때면 가겟집에서 외상술을 가져다 마시며
한때 잘나가던 시절을 입에 올리기 좋아하는 평범한 중늙은
이였다. 그 날도 아버지는 아침부터 술을 마신 뒤라 내가 복
어국을 끓여서 내놓자 얼씨구나 하고 달려들었다. 나는 전에

없이 편안한 마음으로 아버지와 복어국을 먹었다.

상을 치운 뒤 나는 술 잔을 기울이는 아버지 곁에 누워서
조용히 기다렸다. 그러나 아무리 기다려도 뱃속이 조금 부글
거리는 느낌만 들 뿐 죽음의 사신은 찾아오지 않았다. 술에
취해 쓰러져 누운 아버지는 해가 떨어지도록 한잠 곤하게 자
고 일어나서 다시 술을 마셨고, 자살에 실패한 나는 집 밖으
로 나왔다. 세상은 여전히 그대로였다. 나 또한 그대로였다.
참을 수 없는 슬픔이 일었으나 나는 울지 않았다. 슬픔을 견
디자 갑자기 성욕이 일었고 한번 일기 시작한 성욕은 무서운
기세로 혈관을 타고 온몸에 번졌다. 나는 공단 주변 노동자들
이 여자 생각이 날 때마다 드나드는 싸구려 여관을 찾았고 퀴
퀴한 냄새가 눅진하게 풍기는 객실에서 담배를 태우며 몸 파
는 여자가 나타나기를 기다렸다. 담배를 거의 다 태웠을 때
노크 소리와 함께 여자가 객실문을 열고 들어왔다. 삼십대 중
반에 접어들었을까, 시장통에서 한번쯤 마주쳤을 법한 평범
한 여자였다.

"뭐해요? 빨리 옷 벗구 누워요."

객실문을 걸어 잠그자마자 걸쳤던 옷을 훌렁 벗어던진 창
녀가 짜증스런 얼굴로 재촉했다.

나는 피우던 담배를 재떨이에 비벼 끄며 키들거렸다. 여관
에 오기까지 터지기 직전의 시한폭탄처럼 들끓던 욕망은 자
취도 없이 사라지고 그 자리에 내 자신에 대한 혐오와 염증이
가슴 가득 차 올랐다.

'씨팔, 더러운 놈이다, 너는.'

나는 새어 나오는 욕지기를 간신히 참아내며 옷을 벗었다.

발가벗고 이불 위에 눕기가 무섭게 창녀가 축 늘어진 내

성기를 구석구석 물수건으로 닦았다. 성기에 와닿는 매끄러운 혀의 감촉을 느끼며 나는 눈을 감았다. 그러나 자기혐오에 밀려 사그라들어 버린 성욕은 좀처럼 되살아나지 않았다. 창녀가 성기의 밑뿌리를 능란하게 주무르고 쓰다듬어 가며 발기를 시키기 위해 애를 쓰면 쓸수록 나는 어쩐지 처참해져서 금방이라도 주르륵, 눈물을 쏟아낼 것만 같았다.

'참으로 더럽고 구차한 세상이다.'

늘어진 성기가 좀처럼 발기할 기미를 보이지 않자 성기를 입에 물고 혀를 굴려대던 창녀가 내 몸 위로 올라와서 귓가며 목덜미며 젖꼭지를 핥아대기 시작했다. 그러나 나는 창녀의 애무를 받으면서도 내 자신이 추악해서 견딜 수가 없었다. 그만 나도 모르게 빠드득 이를 갈았다.

"여기 오면서 술 먹었어요?"

창녀가 내게서 떨어져 나가며 지친 기색으로 물었다. 나는 대꾸하지 않았다. 그는 내 성기를 세우기 위한 노력을 포기한 듯 담배에 불을 붙였다.

"술 마신 얼굴은 아니고… 혹시 오기 전에 딸딸이 친 것 아냐?"

뚱금없는 소리에 내가 빤히 쳐다보자 창녀는 담배연기를 길게 뿜어내며,

"아니면 말고. 간혹 그런 사람들이 있거든. 하자마자 찍 싸버리면 몇 푼 되지도 않은 본전이 아까워서 밖에서 딸딸이를 치고 오는 거야. 그럼 우리들만 죽어나지 뭐."

하고 대수롭잖게 주절거렸다.

숫제 반말지거리였으나 전혀 신경이 쓰이지 않았다. 푸석한 몰골의 창녀를 멀뚱히 바라보며 나는 까마득한 나락으로

추락하는 심정이었다. 거울이 있어 내 얼굴을 들여다본다면 이 세상에서 가장 비천한 얼굴이 거기에 있으리라.

"할 거야?"

창녀가 축 늘어진 내 성기를 내려다보며 담뱃불을 껐다. 나는 그런 그를 물끄러미 마주보다가,

"꺼져, 쌍년아."

하고 나직이 부르짖었다.

나도 모르게 튀어나온 욕설이었다. 사실 욕설을 내뱉으면서도 나는 창녀를 쳐다보지 않았다. 비단 바라보지 않았을 뿐더러 의식하지도 못했다. 내 육체의 모든 교감신경은 허접쓰레기로밖에 여겨지지 않는 내 자신의 내부로 향해 있었다. 하찮기만 한 스스로가 견딜 수 없어 내 자신을 어떤 식으로든 파괴해 버리고 싶은 충동이 울끈불끈 목울대를 타고 넘어왔다.

놀란 얼굴에 두 눈을 동그랗게 치켜뜨고 나를 노려보던 창녀는 말없이 옷을 주워 입고 객실문의 잠금쇠를 풀었다.

신발을 꿰어신고 객실문을 나서기 직전 그는 경멸의 눈초리로,

"좆도 안 서는 새끼가 벨은 있어가지고."

뇌까려가며 요란스레 문을 닫았다.

그런 창녀의 비웃음이 어쩐지 후련하게 느껴졌다. 그 순간 떠오른 얼굴이 과수댁이었다.

억척스럽게 굴다가도 나와 마주치기만 하면 조심스러워지던 여자. 대문을 드나들며 마주쳐도 가볍게 목례만 하고 지나치고 어쩌다 말을 걸라치면 눈에 띄게 당황하면서도 순간적으로 눈을 빛내던 과수댁에게서 나는 종종 어머니의 모습을

발견하곤 했다. 더 이상 밀릴 곳이 없는 밑바닥에서도 자신의
영역을 지켜 내는 강인한 생명력 때문일까, 나는 과수댁의 얼
굴 위에 어머니의 얼굴이 얼비쳐 보일 때마다 가슴 깊숙한 곳
에서 자라나는 연정의 싹에 흠칫흠칫 몸을 떨곤 했다. 어쩌다
과부가 되었는지 그 깊은 속내막이야 알 길이 없었지만 딱히
알고 싶지도 않았다. 과수댁과 말 한마디 변변하게 나눠 보지
못했으면서도 나는 그와 한집에 산다는 점만으로도 찬바람
몰아치는 마음 한켠이 훈훈해지는 위로를 받았다.

나는 서둘러 여관을 빠져 나왔다. 이슥한 밤이건만 어쩐지
과수댁이 마당에 나와 있을 것만 같았다. 과수댁을 볼지도 모
른다는 기대에 발걸음이 절로 데바빠지고 마음은 마음대로
도근거렸다. 터무니없는 기대라는 사실을 스스로 잘 알면서
도 제멋대로 치달아가는 마음을 다잡을 길이 없었다. 나는 발
걸음을 재우쳤다. 과수댁과 마주쳤을 때, 딱히 어찌해 보겠다
는 생각도 없이 그저 마음을 좇아 발걸음을 재게 놀릴 따름이
었다.

가쁜 숨을 몰아쉬며 집 앞에 당도한 나는 숨을 골랐다.

'아, 달은 어쩌자고 저리 밝을까.'

나는 천지간에 환히 부어 내리는 달빛을 원망했으나 부질
없는 노릇이었다. 살며시 양철대문을 밀치는 손길이 어쩔 수
없이 떨려 왔다.

끼이익, 녹슨 경첩에 매달린 양철대문이 쇳소리와 함께 열
리면서 달빛 출렁이는 마당이 한눈에 들어왔다. 마당 안으로
들어서던 나는 채마밭가에 쪼그려 앉아 있는 여인을 발견하
곤 꿀꺽, 마른침을 삼켰다. 인기척에 뒤를 돌아다본 과수댁은
무춤하던 기색도 잠시 고개 숙여 아는 척을 한 뒤 일손을 다

잡았다. 그뿐이었다. 마당에 들어선 나를 의식하는 기색이 역력하건만 그는 아무런 내색 없이 묵묵히 호미를 놀려 채마밭을 일궈 나갔다. 달빛에 드리워진 과수댁의 쪼그려 앉은 그림자를 보며 나는 다시금 마른침을 삼켰다. 나는 무엇에 홀린 듯 과수댁에게로 다가갔다. 우둔우둔 가슴이 뛰면서 입에 신침이 고였다. 문득 뒤를 돌아다본 과수댁이 등 뒤에 바짝 다가선 내 모습에 소스라치게 놀라며 벌떡 일어섰으나 나는 그런 과수댁을 덮치듯이 끌어안았다.

"무, 무슨 짓예요?"

한집안 사람들을 의식한 과수댁의 목소리가 새 소리처럼 작았으나 벗어나려는 몸부림은 완강했다. 그러나 나는 버둥거리는 과수댁을 으스러져라 껴안고 놓아 주지 않았다.

"소, 소리, 치겠어요."

"……."

"정, 정말로 소리를 ……."

나는 과수댁의 입을 내 입으로 틀어막았다. 내게서 달아나기 위해 버둥거리던 과수댁의 몸에서 어느 순간 스르르 힘이 풀리는 걸 느낀 나는 그의 목덜미에 얼굴을 묻었다.

"나, 너무 힘들어서 이래요."

"……."

"부탁이니 잠시만 이대로 있게 해줘요."

나는 과수댁의 귓가에 대고 속삭이듯 말했다.

문득 과수댁의 두 손이 내 허리를 가볍게 안았다. 그가 내 품에 안기자 이제까지 나를 괴롭혀 왔던 염증이 나른하게 풀려 가면서 눈물이 날 것만 같았다.

그날 밤, 과수댁과 나는 누가 먼저랄 것도 없이 서로를 탐

했다. 나를 집 안으로 이끈 과수댁은 딸아이가 잠든 아랫목을 피해 이부자리를 깔았고 나는 다소곳이 누운 과수댁의 옷을 황급히 벗겨냈다. 나는 그를 죽이기라도 할 것처럼 맹렬하게 공격했고 그는 내 머리카락을 쥐어뜯고 내 등판을 손톱으로 할퀴어 가며 사납게 울부짖었다. 내 뺨을 타고 흘러내린 땀방울이 그의 얼굴 위로 방울방울 떨어져 내렸고, 서로의 몸에서 솟아난 땀방울이 뒤엉켜서 남루한 가슴을 적셔 주었다. 한 차례의 격정이 지나가고 난 뒤에 우리는 맨살을 맞대고 나란히 누워 담배를 피웠다. 그는 담배를 피우는 내내 내 가슴에 맺힌 땀방울을 씻어 주었다. 그러다 갑자기 그가 흐느껴 울었고 나도 그를 따라 소리 죽여 울었다.

　나는 과수댁의 치마를 걷어올렸다. 그의 팬티를 벗겨 내기 위해 몸을 숙이자 누런 똥더미를 헤집고 다니는 구더기떼가 시야에 들어왔고 진한 구린내가 코를 찔렀다. 내가 붉은 색깔의 팬티를 발목까지 끌어내리자 과수댁이 번갈아 다리를 들어가며 황급히 보조를 맞추었다. 나는 과수댁의 엉덩이를 부여잡으며 내게 있어 섹스란 내가 살아 있음을 확인하는 절절한 몸부림이라는 생각을 했다. 과수댁은 희미하지만 징소리의 여운처럼 긴 탄성을 토해 내며 능선을 타고 넘는 조랑말의 갈기처럼 나부꼈다. 해가 넘어갔는데도 후덥지근한 더위가 숨통을 가로막았고 푸른 빛깔의 똥파리가 웽웽거리며 내 머리 위를 날아다녔다.

　한줄기 빛을 보았을까. 아니면 가뭄으로 쩍쩍 갈라진 척박한 땅에 내려꽂히는 폭염과 그 속에서 간절히 기도하는 생명의 안간힘을 보았을까. 그게 무엇이든 간에 나는 과수댁의 축축히 젖은 등으로 무너지면서 아찔한 현기증을 느꼈고, 내가 비어 가는 속에서 덧없이 별이 뜨는 것을 보았다. 또다시 찾아든 밤의 어둠 속에서 나는 막막해졌다. 밤은 왜 친근하면서도 늘 생소하며 어둠 속에 놓인 내 자신은 왜 이다지도 낯선 것일까. 바지를 추스리며 나는 우울해졌다. 과수댁이 그런 나를 불안한 눈초리로 바라보았다. 나는 영악한 여섯 살바기 계집애가 실수를 가장해 가며 나를 아빠라고 부르는 슬픔과 그 어미된 여자의 억눌리고 감춰진 욕망을 안다. 과수댁의 처연한 눈길이 내게로 향할 때, 나는 그저 먼 산만 바라보았다.

나는 과수댁을 등 뒤에 두고 말없이 변소를 나와 아버지가 누워 있는 '문'으로 향했다. 돌아다보니 광활한 어둠이 대추나무 위에 펼쳐져 있었다.

언뜻 부는 바람에 나뭇잎이 날렸고, 나는 세상이 나뭇잎 하나를 허공에 띄우는 바람처럼 보였다.

판도라의 상자

밤 새 지짐거리던 빗줄기는 날이 환히 밝아오도록 멎지 않았다. 나는 다락방의 뙤창 앞에 모로 누워 담배를 피웠다. 내 잠을 깨운 쥐들이 우르르, 천장 위를 내달렸고 그 중한 놈은 블록벽에 주먹 크기로 뚫린 구멍 밖으로 머리를 내밀다가 깨어 있는 나를 발견하곤 쏙 숨어 버렸다. 나는 피우던 담배를 재떨이에 비벼 끈 뒤 다락방 문을 열었다. 새벽녘까지 귀신과 얘기하던 아버지는 세상 모르게 자고 있었고 나는 발소리를 죽여 계단을 내려섰다.

내가 과수댁과 헤어져 방으로 들어갔을 때, 벽에 등을 기대고 앉아 천장을 응시하며 그곳에 누가 있기라도 한 것처럼 중얼중얼 얘기를 하고 있던 아버지는 의아해 하는 눈초리로 나를 돌아다보았다.

"니가 여기 웬일이냐?"

아버지는 방 안에 들어서던 내게 대뜸 물었고, 내가 뭐라고 대꾸를 못하고 가만히 서 있자,

"왜, 나를 데리러 온 게냐? 그렇담 그냥 가거라. 나는 여기서 저 친구하고 좀더 할 얘기가 있으니깐두루."

하며 다시금 천장으로 시선을 옮겼다.

나도 아버지의 시선을 좇아 천장을 올려다봤으나 그곳에는 빛 바랜 벽지가 너덜거릴 뿐 아무것도 없었다. 그러나 아

버지는 그래서 어떻게 되었나? 질문을 던져 가며 고개를 주억거리고 간간이 웃기도 했다. 아버지의 실성기를 여러 차례 겪어서 면역이 된 나는 말없이 아버지를 지나쳐 다락방으로 올라갔고, 아버지의 웅얼거림은 새벽녘까지 이어졌었다.

마당으로 나서자 개집 속에서 누렁이가 뛰어나오며 꼬리를 쳤다. 나는 난 지 며칠 지나지 않은 강아지들을 보기 위해 꼬리치며 달려드는 누렁이를 밀어내고 아웅한 개집 안으로 손을 들이밀었다. 손길이 닿자마자 잠에서 깨어나 고물거릴 강아지의 모습을 기대했던 나는 손끝에 와닿는 싸늘한 감촉에 소스라치게 놀라 강아지에게서 손을 뗐다. 손을 보니 피가 묻어 있었다. 나는 떨리는 가슴을 애써 가누며 네 마리의 강아지를 차례차례 만져 보았다. 강아지들은 하나같이 목덜미가 물어뜯긴 채 죽어 있었다. 내가 강아지의 죽음을 확인하는 동안 곁에 있던 누렁이는 개집 안에 대고 낮게 으르렁 거렸다.

나는 벌떡 일어나 뒷걸음질을 쳤다. 누렁이는 내 눈치를 살피듯 개집 주위를 어슬렁거리다 그 안으로 들어가 고개만 내밀고 엎드렸다. 나는 수돗가로 가서 손에 묻은 피를 씻어 냈다. 손을 닦으며 누렁이가 제 새끼들을 물어 죽인 이유를 곰곰이 따져 봤으나 딱히 짐작 가는 바가 없었다. 나는 수도 꼭지를 잠그며 누렁이를 노려보았다. 누렁이는 앞발에 주둥이를 고이고 가만히 누워 있었다. 와락 소름이 끼쳤다. 그간 키워 오면서 들었던 정은 씻은 듯이 사라지고 당장 죽여서 없애야 될 마물로만 여겨졌다. 동물들이 제 새끼를 물어 죽이는 경우가 왕왕 있다는 얘기는 익히 들어서 알고 있었지만 막상 눈앞에 맞닥뜨리고 보니 진저리가 쳐졌다. 여느 사람이라면 별일 다 보겠다며 무심히 보아 넘길 수도 있겠지만 나는 그럴 수 없었다. 나는 지금도 내가 여덟 살 나던 해 입었던 마음의 상처를 잊지 못한다.

그때 우리 가족은 부산 문현동에서 살았다. 우리 가족이 어떤 경로를 거쳐서 그 먼 부산까지 내려가게 되었는지 자세한 내막은 모르지만 어머니와 함께 완행열차를 탔던 기억은 지금도 또렷하다. 나는 처음 타 보는 기차가 신기해서 사람들 사이를 신바람 내가며 헤집고 다녔는데 어머니는 기차가 부산에 당도하기까지 내내 불안한 기색으로 무릎 위에 놓인 옷보따리를 꼭 끌어안고 미동도 하지 않았다. 내 또래의 아이들과 어울려 열차 안을 뛰어다니던 나는 어머니의 그런 기색을 눈치 채고 어머니 옆에 가만히 앉아서 오줌이 마려워도 꼭 참았다.

아버지가 집을 나가 돌아오지.않는 일 년 동안 외삼촌 집에서 더부살이를 하면서 나는 눈치만 늘어 도무지 여덟 살이라고는 믿어지지 않을 만큼 영악했다. 친가 쪽 어른들은 나만 보면 우리 장손 왔다며 더할 나위 없이 예뻐한 반면 외가 쪽 어른들은 나를 쳐다보려고도 하지 않았다. 특히 외삼촌은 나만 보면 버르장머리가 없다느니 싸가지가 없다느니 구박을 해가며 머리통을 쥐어박고 뺨따귀를 후려갈겼다. 나는 주위에 사람이 있든 말든 무시로 삼촌의 매질을 당해야 했는데 어찌된 연유인지 어머니는 단 한번도 나를 감싸 주지 않았다. 그저 밤마다 나를 끌어안고 흐느낄 따름이었다. 외할아버지 내외분은 나를 구박하지는 않았지만 없는 아이 취급을 했다. 어쩌다 눈길이 마주치게 되면 더러운 벌레를 본 양 피해 버렸다. 내 편이 단 한 명도 없다는 사실을 깨달은 이후로 나는 어지간한 일로는 울지 않았다. 울어도 골목에 꼭꼭 숨어서 울었다. 그러던 차에 부산으로 내려오라는 아버지의 기별이 왔고 어머니는 그 이튿날로 외가댁을 떴다. 그렇게 해서 찾아가게 된 문현동의 허름한 단칸방엔 머리를 뽀글뽀글 볶고 요란하게 화장을 한 젊은 여자가 아버지와 함께 누워 있었다. 어머니는 그 여자가 누구냐고 묻지 않았고 아버지도 해명을 하지 않았다. 어머니는 유축진 윗목에 쪼그리고 앉아서 그 여자가 돌아가 주기를 기다렸고, 나는 어머니 뒤켠에 숨어서 그 여자를 째려보았다.

그렇게 시작된 나의 부산생활은 참으로 심심하고 지겨웠다. 신발 공장에 취직한 어머니는 밤이 이슥해져서야 돌아왔고, 시계도 제대로 볼 줄 몰랐던 나는 어머니가 윗목에 차려 놓고 간 찬밥을 먹어 가며 방 안에서 하루 해를 보내다 지쳐서 잠이 들곤 했다. 자다가 오줌이 마려워 깨어 보면 새벽이었고 어머니는 윗목에 밥상을 차려 놓고 출근 채비를 서둘렀다. 아직 학교에 들어가기 전이었던 나는 친구도 없었다. 집만 나서면 내 또래 아이들은 얼마든지 있었으나 나는 생전 처음 들어보는 그 애들의 사투리를 알아듣지 못했고 애들은 그런 나를 모자란 아이 취급을 해가며 못살게 굴었다.

말도 없이 사라졌다가 며칠 만에 한 번씩 얼굴을 보이던 아버지는 대체로 점심 나절에 술에 취한 채로 들어와서 옷장 서랍 따위를 뒤져 보다가 한바탕 욕지거리를 퍼붓어대며 내게 외상술 심부름을 시켰다. 어린 마음에도 외상술 심부름은 정말 가기 싫었다. 그러나 가지 않을 도리가 없었다. 아버지의 명령이 떨어지기가 무섭게 가겟집으로 달려가지 않았다가는 천둥 같은 고함과 함께 매질이 뒤따랐다.

술에 취한 아버지는 어머니가 돌아올 때까지 늘어지게 잤다. 아버지가 자는 동안 나는 계단에 쪼그리고 앉아서 어머니를 기다렸다. 그러다 보면 밤이 왔고 배가 고팠다. 그러나 아버지가 무서워서 나는 집 안에 들어갈 엄두를 내지 못했다. 그저 주린 배를 움켜쥐고 훌쩍거릴 따름이었다. 같은 건물에 세들어 사는 어른들이 계단을 오르내리며 내게 말을 붙였지만 나는 무릎 사이에 고개를 파묻고 대꾸를 하지 않았다. 나는 밤이 무서운 줄을 그때 처음으로 알았다. 멀리서 뱃고동 소리가 울리면 어머니가 영영 돌아오지 않을 것만 같아서 가슴이 두근거렸고 그러면 또 눈물이 나왔다.

잠에서 깨어나 어머니를 맞은 아버지는 언제나처럼 돈을 요구했다. 모아놓은 돈이 있을 턱이 없는 어머니는,

"차라리 나를 갖다 팔지 그래요. 노름 밑천 내놓으라고 성화를 부리는 것도 하루이틀이지 이제는 더 못 참겠어요. 당신도 사람이면 저 어린 것 생각 좀 해보라구요."

하고 아버지의 바짓가랑이를 붙잡고 애원했다.

그러면 여지없이 아버지의 폭행이 시작됐다. 나는 아버지가 어머니의 얼굴을 주먹으로 때리고 옆구리를 걷어차고 머리채를 나꿔채서 방바닥에 쿵쿵 짓찧어 놓는 동안 윗목 구석에 웅크리고 앉아서 오돌오돌 떨며 모든 것을 지켜보았다.

그때쯤이면 큰 사단이라도 난 줄 알고 우리집 앞으로 몰려든 사람들이 웅성거렸고, 아버지는 문을 요란하게 열어젖뜨리며,

"뭘 봐, 씨발놈들아. 남 부부싸움 하는 거 처음 봐? 에이, 썩을 놈의 집구석!"

하고 카악, 가래침을 뱉으며 골목 밖으로 사라졌다.

아버지가 어둠 속으로 사라지고 나면 몇몇 아주머니들이 방 안으로 들어와서 어머니를 둘러싸고 참고 살아야지 어쩌겠냐는 따위의 말들을 늘어놓았다. 그러면 어머니는 눈물을 훔치며 밤중에 시끄럽게 굴어서 미안하다고 사과를 했고 아주머니들은 혀를 차며 돌아갔다. 아주머니들이 돌아가고 나면 어머니는 두 눈을 감고 이를 악문 모습으로 소리 없이 눈물을 흘렸고, 나는 그런 어머니의 어깨를 가만히 흔들어 가며 배가 고프다고 떼를 썼다.

낯선 동네에 차차 눈이 익어 가면서 나는 더 이상 혼자 놀지 않게 되었다. 우리집에서 행길만 건너면 바로 군부대였는데, 나는 블록담의 개구멍을 통해 무시로 그 안을 드나들었다. 접근하면 발포한다는 무시무시한 경고문 따위는 글을 모르는 내게 아무런 위협도 되지 않았다. 담장 높이 올려쳐진 가시철망과 해골이 그려진 경고문과 달리 담장 안은 온통 늪지대였다. 군인도 보이지 않았고 막사도 없었다. 사방을 짱짱이 살펴봐도 오직 늪지대를 뒤덮은 갈대만이 바람에 서걱댈 뿐 내가 경계해야 될 만한 것이라곤 눈을 씻고 찾아봐도 없었다. 나는 무릎까지 빠지는 늪지대를 첨벙거려 가며 생쥐를 잡았다. 생쥐를 잡는 족족 비닐 봉지에 담았는데 나중에 집에 가서 풀어보면 십여 마리는 족히 되었다. 나는 생쥐들을 방 안에 풀어놓고 쥐들과 얘기를 하며 놀았다.

"니네들은 아빠가 안 때리니?… 울 엄마는 참 불쌍해. 어제도 엄마가 울었는데 나도 따라 울었다… 어른들은 나쁘지, 그치? 나는 애들만 살았으면 좋겠어."

그렇게 쥐들과 얘기를 하다 보면 하루 해가 금방 저물었다. 나는 어머니가 돌아올 즈음해서 쥐들을 풀어 주었고 이튿날엔 또다시 생쥐들을 잡아와서 놀았다.

그러던 어느 날, 쥐를 잡으러 신발을 신는데 수돗가에서 세수를 하고 있던 명자 누나가 나를 불렀다. 이유는 몰라도 한집에 사는 어른들은 그 누나를 한결같이 싫어했다. 나는 쭈뼛거리며 명자 누나에게 다가갔다. 명자 누나는 과자를 사주겠다며 나를 구멍가게로 데려갔다. 구멍가게에서 쫀드기며 눈깔사탕 따위를 고르고 있는데 내 또래의 계집애가 골목길에서 놀다 말고 구멍가게 앞 의자에 앉아 있던 누나 앞으로 쪼르르 달려왔다.

"언니예, 야는 누궁교?"

"우리 옆집 사는 아다. 글찮해도 니를 찾고 있었는데 같이 가자."

계집애는 기다리고 있었다는 듯이 휑하니 앞장서서 우리 집으로 들어가는 계단을 뛰어올라갔다. 내가 누나와 함께 집 안에 들어섰을 때 그 계집애는 누나의 방에서 우리를 기다리고 있었다.

"과자는 쪼매 있다 묵고 재미난 놀이부터 하자. 알았나?"

멀뚱멀뚱 누나의 얼굴만 들여다보고 있는 나와 달리 그 계집애는 누나의 말이 떨어지기가 무섭게 걸쳤던 옷을 홀딱 벗어 버렸다. 나도 누나가 시키는 대로 발가벗은 뒤 누워 있는 계집애 위에 올라탔다. 그 당시의 여느 아이들처럼 남녀관계에 대해서는 아무것도 몰랐던 나는 계집애와 함께 누나가 시키는 대로 몸을 놀렸다. 그 사이에도 쫀드기와 눈깔사탕 생각으로 입에 군침이 고였다. 이렇게 해라 저렇게 해라 말이 많던 누나는 어느 순간부터 게슴츠레하게 눈이 풀리면서 제 몸을 더듬어댔다.

그때 갑자기 방문이 벌컥 열리면서 아버지가 뛰어들었다. 노름판에서 여러 날을 보내고 돌아온 아버지가 내 신발을 봤던 것이다. 아버지는 놀라서 어쩔 줄을 몰라 하는 그 누나의 멱살을 틀어쥐고 사정없이 빰따귀를 갈겨댔고 이어서 나를 단짝 들어서 방 밖으로 내던졌다.

"이 드런 놈의 새끼, 아무리 어려서 뭘 모른다지만 이따위 추잡한 짓을 해?"

아버지는 허리띠를 끌러 내서 팔이 부러져 꼼짝도 못하는 내 알몸을 사정 없이 후려갈겼고 그것도 모자라서 허리띠로 내 목을 휘어감아 공중에 쳐들었다. 나는 숨이 막히는 것보다 공포에 질려서 버둥거렸으나 그럴수록 허리띠는 내 목을 옥죄었다. 점점 숨이 가빠 오면서 뭐라고 고함을 치는 아버지의 입만 보일 뿐 웅웅거리는 것 외엔 아무런 소리도 들리지 않았다. 마침내 나는 눈을 까뒤집으며 까무러치고 말았다.

그날 이후로 나는 사소한 폭력에도 민감하게 반응하게 되었고, 그 폭력이 내게로 향할 때 그건 곧 공포였고 죽음이었다. 내가 이십대의 한 시절을 노동운동에 매달렸던 이유도 단순히 맑시즘의 영향을 받았기 때문만은 아니다. 나는 가정에서 학교에서 사회에서 그리고 대인관계 속에서 너무도 자연스럽게 행해지는 무수한 폭력에 맞서 보고 싶었다. 자유니 민주니 평등이니 하는 것들은 아무래도 좋았다. 한 인간이 그 어떤 폭력에도 시달리지 않고 본래의 형상대로 본래의 의지대로 본래의 생명대로 살아갈 수만 있다면, 그리하여 흙에서 왔듯이 조용히 흙으로 깃들 수만 있다면 그것으로 족했다.

나는 누렁이를 묵묵히 겨눠 보았다. 부슬비가 허공에 흩날렸다. 나는 개집 옆에 걸어 두었던 개목걸이를 누렁이 목에 채웠다. 나는 개줄을 잡아당겨 누렁이를 끌어냈다. 그러나 내가 저를 해치려는 눈치를 챘는지 누렁이는 비명을 지르며 앞발에 힘을 주고 한껏 버텼다. 나는 개줄을 힘껏 당겼다. 누렁이는 끌려가지 않으려고 안간힘을 썼다. 누렁이의 목에 둘린 개줄이 팽팽한 긴장 속에서 살려는 본능을 전달해 왔다. 겁을 먹은 누렁이의 눈을 보자 가슴 한쪽이 녹아 내렸으나 끝을 봐야 멈추고 마는 폭력의 본성은 내게서 이성을 앗아갔고 나는 개줄을 있는 힘껏 당겼다. 빗방울이 땀과 뒤섞여 뺨을 타고 흘러내렸다. 팽팽하게 당겨진 개줄에 숨통이 조인 누렁이는 내 앞으로 질질 끌려왔고, 끌려오는 녀석의 눈에는 그렁그렁 눈물이 고였다. 그러나 나는 당기는 힘을 늦추지 않았다.

몸부림을 쳐가며 버티던 누렁이는 막상 두어 걸음 질질 끌리고 나자 체념을 해버린 듯 내가 이끄는 대로 순순히 끌려왔다. 마당을 가로질러 대문을 나선 나는 집 뒤쪽에 야트막하니 엎드려 있는 동산을 탔다. 곤죽이 된 솔밭길이 발걸음을 떼어 놓을 때마다 질척거렸다. 나는 소리 없이 따라오는 누렁이를 보면서 체념이 얼마나 무서운가를 생각했다.

동산 꼭대기에 닿자 대규모 아파트 단지가 눈앞을 가로막았다. 가랑비 속에 놓인 아파트 단지의 풍경은 쓸쓸하기 그지없었다. 먼 곳을 향해 떠나야 하는 자가 끝끝내 떠나지 못하고 그리움에 목메여 소리 없이 흐느끼다 돌로 변해 버렸을 때의 슬픔이 거대한 콘크리트 덩어리에 짙게 배어 있었다. 나는 아파트 단지 너머로 눈길을 늘였다. 아파트 단지를 끼고 가없이 흐르는 안양천 너머로 공단이 펼쳐져 있고, 우뚝우뚝 솟은

판도라의 상자

굴뚝에서는 허연 김이 뭉클거리며 끝없이 솟아오른다. 젖은 다복솔에 불을 지피면 그 연기가 부엌의 천장을 뒤덮듯, 공장 굴뚝에서 무럭무럭 피어오른 연기가 구름이 되어 하늘을 덮어 나가는 것처럼 보였다.

　나는 밑둥이 굵은 소나무 곁에서 비를 맞아 훈김을 피워 올리는 누렁이의 따뜻한 목을 마지막으로 만져 보았다. 녀석에게도 한가닥 희망을 바라는 간절한 마음이 있는 것일까. 내가 제 목을 어루만지자 눈물을 흘리면서도 꼬리를 살랑살랑 흔들어댄다. 나는 누렁이의 애절한 바람을 저버리고 일어섰다. 개줄을 소나무 가지에 거는 두 손이 두려움으로 떨렸다. 나는 줄을 당기기 전에 숨을 골랐다. 나뭇가지에 목 매달려 버둥거리다 끝내는 혀를 길게 빼물고 축 늘어질 누렁이의 모습이 눈에 선했다. 나는 누렁이가 버둥거릴 때 줄을 놓치지 않도록 줄 끝을 손에 두어 번 둘러 단단히 움켜쥐고서 힘껏 당겼다. 누렁이의 몸이 허공으로 떠올랐고 나는 질끈 눈을 감았다.

　눈을 감고 기억을 더듬으면 슬레이트로 지붕을 얹은 블록 집이 나타난다. 나는 이십여 년이 지난 요즘에도 산동네 이마 짝에 붙어 있던 그 집의 구석구석을 훤히 꿰고 있다. 축대 밑에 납작 엎드린 그 집에서 어머니는 구멍가게를 했다. 부산에서 노름빚에 몰린 아버지는 가족을 이끌로 서울로 야반도주를 했고, 알거지나 다름없던 우리 가족의 몰골을 보다 못한 친할아버지가 그 가게를 얻어 준 것이었다. 가게는 유리문에서 성큼성큼 세 걸음만 안으로 내디디면 방문이 이마에 닿을 정도로 비좁았으나 인근에 구멍가게가 드물어 그럭저럭 입에 풀칠하기에는 모자람이 없었다. 방은 두 칸이었는데 사이벽 가운데 뚫린 빗살문을 통해 서로 드나들 수 있었다. 큰방은 부모님이, 작은방은 내가 공부방으로 썼는데 말이 큰방 작은 방이지 두 사람이 드러누우면 옴죽거릴 수 없게 비좁기는 매 한가지였다. 큰방에는 가게로 통하는 문 반대편으로 또 하나 의 빗살문이 달렸고 그 문을 통하면 바로 손바닥만한 마당이 었다. 장롱 문짝 따위를 얽어매 담을 두른 마당은 부엌으로 쓰였다. 마당에는 온갖 것이 다 널려 있었다. 아궁이 옆으로 는 석유곤로와 찬장이 있었고 두어 평 남짓한 채마밭 옆으로 는 파리가 들끓는 변소와 개집이 있었다. 아궁이 반대편에 있 는 수챗구멍 주위에는 큼직한 물항아리와 크고 작은 고무 그 릇이며 세숫대야가 포개져 있었다.

비록 초라하고 볼품 없는 집이었지만 세 식구가 살기에 모 자람이 없었다. 다만 한 가지, 마당에 우물이 없던 탓에 국민 학교 삼학년이었던 나는 학교에서 돌아오자마자 동네의 다른 아이들과 마찬가지로 물지게를 지고 산기슭에 있는 빨래터로 가야만 했다. 빨래터는 집에서 그다지 멀지 않았으나 물지게 를 지고 예닐곱 번 왕복을 하다 보면 다리가 후들거렸다. 그 래도 나는 물 긷는 일을 마다하지 않았다. 빨래터에만 가면 재미난 구경거리가 많았기 때문이다. 그 중에서도 으뜸은 뭐 니뭐니 해도 개를 잡는 광경이었다.

동네 아주머니들이 삼삼오오 둘러앉아 수다를 떨며 빨래 를 하는 개울에서 십여 보 떨어진 곳에는 아이들이 해골바위 라고 부르는 자동차 크기의 바위가 있었는데, 어른들은 하루 가 멀다 하고 그곳에서 개를 잡았다. 해거름만 되면 해골바위 주변에는 쇠잔등에 파리 꼬이듯 사람들이 몰려들었다. 몇몇 어른들이 아카시아 나뭇가지에 목매달려 버둥거리는 개를 몽둥이로 다듬이질할 때, 그 한켠에서는 윷판과 함께 벌써부터 술판이 벌어졌다.

개고기라면 사족을 못 쓰는 아버지는 해만 설핏하면 숫제 그곳에서 살았고 술이 불콰해서 집으로 돌아오는 아버지의 손에는 개고기가 들려 있게 마련이었다. 덕분에 나도 개고기라면 남 부럽지 않게 먹었고, 자다가도 개고기 소리만 들으면 벌떡 일어날 정도로 개고기를 좋아하게 되었다. 물론 개고기를 먹을 때마다 마당에 있는 점박이에게 미안했으나 그건 별개의 문제였다.

말복이 갓 지났을 어름이던가, 하루는 학교에서 돌아오니 점박이가 보이지 않았다. 동네를 다 뒤지고 다녀도 점박이를 찾을 수 없었다. 그러다 퍼뜩 아버지의 얼굴이 떠올랐다. 그렇잖아도 아버지가 언제 점박이를 산으로 끌고 갈지 몰라 마음을 졸여왔던 나는 빨래터로 내달았다. 아니나다를까, 아버지는 점박이의 목에 밧줄을 두르고 있었다. 나는 한켠에 물러서서 점박이가 나뭇가지에 대롱대롱 목 매달리는 광경을 참담한 심정으로 지켜보았다. 어른들은 손바닥에 침을 퉤퉤 뱉어 가며 몽둥이를 움켜쥐고 점박이에게 몽둥이 찜질을 가했다. 그러나 점박이는 좀처럼 죽지 않았다. 다른 개라면 두어 번은 족히 혀를 빼물었을 텐데도 점박이는 목숨줄을 붙들고 늘어졌다. 그때 나는 봤다. 점박이의 두 눈에서 퍼런 불똥이 도는 것을. 점박이의 눈에서 돋아난 불똥은 마치 낙숫물 떨어지듯이 땅으로 뚝뚝 떨어져 내렸다. 나는 태어나서 그렇게 무서운 광경은 처음 보았다. 달아나고 싶었으나 발이 떨어지지 않았다.

어른들은 점박이가 좀체 죽지를 않자 이유 없이 사나워졌
다. 특히 아버지의 눈에서는 살기가 돌았다. 어라, 요놈의 개
새끼가 한번 해보자네 그려. 아버지는 씹어뱉듯이 중얼거려
가며 눈에 심지를 돋구고 점박이의 머리를 몽둥이로 있는 힘
껏 내려쳤다. 퍼억, 하고 뼈 바스러지는 소리가 이만치 물러
선 나에게까지 들렸다. 점박이가 축 늘어지자 비로소 땅바닥
에 달라붙었던 발이 떼어졌다. 나는 뒤도 돌아보지 않고 달렸
다. 등 뒤에서 아따 그놈 오지게도 질기네 어쩌구저쩌구 해가
며 껄껄거리는 아버지의 호탕한 웃음 소리가 들려왔다.

그날 이후로, 나는 개고기를 입에 대지 못했다. 냄새만 맡
아도 속이 뒤집어졌다. 집에서 개장국을 끓이는 날이면 당시
의 광경이 눈앞에 선하게 떠오르면서 속이 미식거렸다.

십여 분 간 허공에 매달려 몸부림을 쳐대던 누렁이는 긴
비명 소리를 끝으로 축 늘어졌다. 나는 줄을 놓았다. 가슴이
서늘하게 오그라들어 나는 질척거리는 진탕에 털썩 주저앉았
다. 나는 죽은 누렁이를 끌어안았다. 싸늘하게 식어 버린 누
렁이의 체온을 가슴 저미도록 느끼면서 내가 왜 누렁이를 죽
여야만 했는지 비로소 깨달았다.

그래 이렇게 하나씩 정리해 나가는 거야.

나는 내 자신을 향해 또렷하게 중얼거렸다. 기실 누렁이가
제 새끼들을 물어 죽였다는 이유를 들어 산으로 끌고 와서 죽
인 것은 핑계에 불과했다. 누렁이가 강아지를 물어 죽이지 않
았더라도 나는 내 손으로 누렁이를 죽일 만한 그 어떤 핑계거
리를 만들어 내서 녀석을 산으로 끌고 왔을 것이다. 혹 나는
누렁이가 눈도 제대로 못 뜨는 강아지들을 물어죽이도록 은

연중에 바랐을지도 모른다. 어디 그게 누렁이뿐만이었을까. 나는 살아오는 동안 얼마나 많이, 사랑과 미움에 관계 없이 주변 사람들의 죽음을, 우연하고 돌발적인 죽음을 바라왔던 가.

누렁이를 죽임으로써 나는 내가 죽음의 문 앞으로 한 발 가까이 다가선 것을 느꼈다. 그러나 아직도 내가 없애야 될 것은 많았다. 내가 읽던 책들, 내가 입던 옷들, 채 피기도 전에 죽음을 먼저 알아버린 내 삶의 비망록과 목숨처럼 사랑했고 사랑하는 여인에게 썼던 그러나 전하지 못한 많은 편지들, 그리고 무엇보다 내 운명의 시계추를 돌려버린 어머니의 일기장! 그 날의 운명적인 사고를 통해 내가 어머니의 일기장을 발견하지 못했더라면 아, 정말 그랬더라면 나는 저 하늘에 한 점 꿈이라도 새겼을 것을.

국민학교를 졸업하던 그 해의 홍수는 참으로 무서웠다. 전국의 들판이 온통 물에 잠겼고, 연일 퍼부어대는 장대비는 멎을 줄을 몰랐다. 라디오에서는 연일 태풍속보가 급박하게 흘러나왔다. 그런 와중에 내가 다니던 학교는 임시휴학에 들어갔고, 직접 피해를 입은 지역은 없었으나 산벼랑 밑이나 저지대에 사는 사람들이 산사태나 침수에 대비해 학교 건물로 속속 피난을 갔다.

학교를 가지 않아 내심 신바람을 냈던 나는 차츰 진력이 났다. 하루종일 방 안에만 틀어박혀 있으려니 좀이 쑤셨다. 아침부터 라디오 앞을 지키고 앉아 꼼짝도 않던 아버지는 점심만 먹고 나면 함께 낮잠을 자자며 나를 붙잡고 놔주지 않았다. 낮잠은 대개 두어 시간 족히 늘어지게 잤는데, 그 시간에 어머니는 가게를 지키고 앉아 뜨개질을 했다.

　나는 억지로 잠을 청하는 게 썩 내키지 않았다. 그러나 낮잠을 자지 않고 달리 시간을 보낼 방법이 없었다. 장대비를 맞아 가며 찾아가기에는 만화방이 너무 멀었고, 친구들도 너구리를 피해 닭장에 숨은 닭처럼 집 안에 꼭꼭 틀어박혀 있어 도무지 얼굴을 볼 수가 없었다. 선생님이 숙제라도 많이 내줬으면 그나마 붙들고 시간을 메울 텐데 휴학기간 동안 마쳐야 될 숙제는 쥐 꼬리만큼도 없었다. 때문에 나는 아버지가 이부자리를 펴고 현민아, 이리 와 낮잠 자자 하고 부르기만 하면 얼른 다가가 아버지 옆에 드러누웠다. 아버지는 늘 그렇듯이 벽에 바싹 붙어 눕고 나는 그 옆에 누웠다. 그렇게 두어 시간 어거지로 낮잠을 자고 나면 머리가 어지럽고 무엇보다 꼼짝하기가 싫었다. 행여나 비가 그쳤을까 들창을 열어 보면 사위가 빗줄기로 뿌옜고, 어머니가 뭐하시나 방문을 열어 보면 뜨개질 감을 손에 든 채로 꾸벅꾸벅 졸고 있었다. 낮에는 그나마 나았다. 저녁밥을 먹고 나면 심심해서 미칠 지경이었다. 낮잠을 걸게 자둔 탓에 잠도 오지 않았다. 송곳 같은 빗방울이 슬레이트 지붕을 뚫을 듯이 두들겨대는 소리가 따발총 소리처럼 요란해 귀가 다 먹먹했다.

　학교가 임시휴학을 한 지 닷새째 되는 날이었다. 그 날은 따발총 쏘듯 요란하던 빗소리가 한결 수굿해져서 오전 내내 좀이 쑤셔 죽을 지경이었다. 점심상을 물린 아버지는 어김없이 이부자리를 펴고 나를 불렀다. 그러나 나는 내 방에서 못 들은 척 '마녀의 관'이란 공포소설의 책장을 넘겼다. 공연히 낮잠 자기가 지겹고 싫었다. 빗줄기가 수굿해지기는 했으나 쉬 멎을 기세는 아니었다. 아버지가 재차 나를 불렀다.

"그냥 아버지 혼자 주무세요."

나는 빗살문에 비친 아버지의 그림자에 대고 말했다.

"어여 오니라, 이리 와 함께 자자."

"숙제해야 돼요."

나는 있지도 않은 숙제 핑계를 댔다. 아버지는 입맛을 쩝쩝 다셔 가며 서운해 하면서도 더 이상 부르지 않았다. 얼마 지나지 않아 아버지의 코 고는 소리가 들려왔다. 뭘 하고 놀까, 세 번이나 읽은 공포소설을 옆으로 밀어내며 나는 머리를 굴렸다. 그러다 문득 바깥 풍경이 궁금하면서 벽 쪽에 놓인 여섯 단짜리 서랍장과 그 위에 닫혀 있는 들창이 눈에 들어왔다. 나는 서랍장 위에 올라앉아서 들창을 열고 바깥 풍경을 내다봤다. 빗줄기에 가려 먼 풍경은 보이지 않았다. 나는 창턱에 두 손을 포개 얹고 그 위에 턱을 고인 채 빗줄기가 삼켜 버린 세상을 바라보았다. 그러나 머지않아 그 짓도 고만 시들해져 창문을 닫았다.

막 창문을 닫고 돌아앉는데 갑자기 쾅, 하는 굉음과 함께 풀썩 먼지가 일었다. 놀랄 틈도 없었다. 쾅, 하는 굉음에 눈만 한번 꿈쩍거렸을 뿐인데, 천장과 벽이 사라지고 뒷산이 보였다. 집을 깔아뭉갠 돌무더기 위로 빗낱이 박혔다. 그러나 내 머리 위로는 비가 내리지 않았다. 고개를 들어 위를 보니 내 머리 바로 위에서 뜯겨나간 천장이 너덜거리고 있었다. 축대가 무너지면서 윗집이 우리집을 덮친 것이었다. 가게에 있던 어머니는 자지러지게 비명을 지르며 미친 듯이 달려들어 돌더미를 헤치며 아버지와 나를 찾았다. 나는 서랍장 위에 가만히 앉아서 어머니가 돌무더기를 헤치는 모습을 멍하니 보고만 있었다. 울부짖으며 돌무더기를 헤치는 어머니의 모습이 이상하게도 딴 세상 사람처럼 보였다. 나는 내 존재를 알려야 된다고 생각했지만 어쩐 일인지 말문이 열리지 않았다. 그러다 언뜻 어머니가 내 쪽으로 고개를 돌렸고 나는 비로소 조심스럽게 서랍장 위에서 내려와 어머니에게 다가갔다. 어머니는 돌더미 위에 털썩 주저앉으며 내 얼굴을 눈물로 바라보았다. 굉음에 놀라 우우 몰려나온 사람들이 팔뚝을 걷어붙이고 돌무더기를 헤쳤다. 나는 멀거니 서서 동네 아저씨들이 비를 맞아 가며 돌무더기를 들어내고 진흙을 퍼내는 모습을 지켜보았다. 꼭 동화책을 읽는 기분이었다. 깨진 블록과 돌무더기와 진흙 속에 파묻힌 아버지의 생사도, 오열하는 어머니의 모습도, 빗줄기에 가려 뿌옇게 보이는 뒷산도 모두가 꿈인양 아득하게 느껴졌다. 집이 무너졌다는 생각만이 뚜렷하게 뇌리에 맴돌았다.

"집이 무너졌네. 우리집이 무너졌네."

나는 나지막이 중얼거렸다.

동네 아저씨들이 돌무더기를 헤치기 시작한 지 두어 시간만에 아버지는 모습을 드러냈다. 진흙에 뒤덮인 아버지는 온통 피투성이었다. 누군가 아버지의 가슴에 손바닥을 댔다. 모여 있는 사람 모두가 숨을 죽였다. 멀리서 천둥이 쳤다. 번갯불이 번쩍거릴 때, 아버지의 가슴에 손바닥을 댔던 이가 벌떡 일어서며 소리쳤다.

"숨을 쉰다! 살아 있어. 뭣들 해, 숨을 쉰다니까!"

아버지의 가슴에 손바닥을 댔던 이가 아버지를 들쳐업으며 소리쳤다. 어머니가 벌떡 일어서며 내 머리에 정신 없이 입맞춤을 해댔다. 어머니는 입맞춤을 하면서 연방 감사하다는 말을 되뇌었다. 그러나 나는 그런 어머니를 이해할 수가 없었다. 아버지를 들쳐업은 이가 집 밖으로 내닫자 사람들이 그 뒤를 좇았고 어머니도 산동네의 가풀막진 골목길을 내달았다.

나는 모두가 빠져 나간 폐허 한가운데 우두커니 서서 하늘을 우러렀다.

아버지는 며칠 요양하면 되는 가벼운 찰과상만 입었을 뿐, 크게 다친 곳은 없었다. 어머니가 병원에 머물며 아버지를 간호하는 동안 나는 이웃집에 머물렀다. 나는 아버지가 병원에 입원해 있는 동안 한 번도 문병을 가지 않았다. 동네 어른들이 나를 병원에 데려가려고 할 때마다 나는 무너진 우리집으로 내뺐다. 낯익은 동네 장정들이 돌더미를 걷어내며 우리집의 세간살이를 한쪽으로 쟁여 놓는 동안 나는 서랍장 위에 앉아서 그 모습을 짯짯이 지켜보았고 그 짓도 시들해지면 장정들이 한쪽에 쌓아 놓은 우리집 세간살이를 뒤졌다. 그러다 나는 한 번도 보지 못한 책가방 크기의 금빛 장식이 아로새겨진 상자를 발견했다. 상자의 뚜껑은 자물쇠로 잠겨 있었다. 부쩍 호기심이 당긴 나는 아무도 없는 곳으로 가서 단단한 돌멩이로 자물쇠를 부수고 상자의 뚜껑을 열었다.

상자 안에는 낡은 노트 몇 권과 반지 나부랭이가 들어 있었다. 뭔가 대단한 것이 들어 있으리라 기대를 했던 나는 적이 실망했다. 나는 별 생각 없이 노트 한 권을 집어들어 펼쳐 보았다. 그것은 일기장이었다. 나는 노트를 빼곡이 채운 글씨를 보고 그게 어머니의 일기장임을 단박에 알아챘다. 어머니의 일기장임을 안 나는 펼쳤던 노트를 후딱 덮었다. 가슴이 두근거렸다. 정체를 알 수 없는 불안이 치오르면서 들판에 쥐불 번지듯 가슴이 방망이질을 쳤다. 꺼내 봐서는 안 될 것을 꺼냈다는 후회가 엄습해 왔다. 그러나 이미 엎질러진 물이었다. 제자리에 아무도 몰래 갖다 놓을까 생각해 봤지만 자물쇠가 부서진 마당에 그럴 수도 없는 노릇이었다. 쓰레기장에 갖다 버리자, 문득 그런 생각이 들었으나 어머니의 일기장에는 나를 지배하는 어떤 마력이 깃들어 있었다.

나는 아무도 모르는 나만의 비밀 장소에 어머니의 일기장을 상자째 감춰 두었다.

아버지의 퇴원이 임박해져서 어머니가 돌아왔는데, 하루 종일 무너진 집터와 한쪽에 쌓아 놓은 세간살이를 뒤져 가며 무언가를 찾는 눈치였다. 나는 직감적으로 어머니가 찾는 물건이 무언지 눈치챘다. 그러나 나는 시침을 떼고 모른 척했다.

"현민아, 혹시 금빛이 반짝반짝 하는 이만한 상자 못 봤니?"

어머니가 당황한 빛으로 내게 물었으나 나는 가만히 고개를 가로저었다. 어머니는 현기증이 도는지 이마를 짚으며 바닥에 주저앉았다.

나는 어머니의 일기장을 내가 죽는 바로 그 순간에 불태워야겠다고 생각했다. 태우기 전에 아버지에게 보여 주는 것은 어떨까 하는 유혹이 잠깐 일었으나, 부질없는 짓이었다. 모름지기 덮어 둘 것은 그냥 덮어 두는 게 옳다.

나는 누렁이의 사체를 안고 일어섰다. 비가, 가랑비가 여전히 내렸고 나는 산을 내려왔다. 언뜻 바람이 불었고, 나는 만약에 내가 죽어서 다시 태어난다면 저 바람으로 태어나서 세상을 덮고 싶었다.

길 아닌 길

백로가 부채 같은 날개를 활짝 펴고 훌쩍 날아올랐다. 들여다보면 얼굴이 비추일 듯 명징한 하늘로 비상한 백로는 날갯짓을 멈추고 연처럼 떠서 유유히 남녘으로 흘러갔다. 소년은 백로가 날아가는 하늘을 따라 들길을 걸었다. 고무신을 신은 소년의 발바닥이 땅에 닿을 때마다 고운 흙먼지가 노래하듯 풀썩 가볍게 일었고, 풀잎을 흔들기에도 조심스러운 살랑바람이 발갛게 홍조 띤 소년의 뺨을 어루만졌다.

노란 민들레가 흐드러진 들길을 바람보다 가볍게 걷던 소년은 콧노래를 흥얼거리기 시작했다. 백로는 어느 결에 저만치 먼 하늘가에 물에 뜬 민들레 씨앗처럼 떠 있다. 눈이 부셔 멀리 닿아 있는 백로가 선하게 눈에 잡히지 않는다. 소년은 눈길을 늘여본다. 백로인가 하면 눈부신 하늘이었고, 하늘인가 하면 희디흰 백로였다.

소년은 눈길을 거두어들이며 미소를 짓는다. 투명한 햇살에 부서진 물비늘처럼 반짝이는 미소였다. 소년은 여전히 콧노래를 흥얼거리며 씩씩하게 걷는다.

양팔을 벌리고 나폴나폴 걷다가 깡충깡충 뛰기도 하고, 자치기를 할 때 거리를 재듯 한발 한발 어긋매끼며 수를 세보다가 방정맞은 참새처럼 갑자기 마음을 바꿔 깨금발을 뛰기도 하고 부러 흙먼지가 부옇게 일도록 발끝에 힘을 줘서 땅바닥

을 차대며 걷기도 했다. 소년은 이렇게도 걸어 보고 저렇게도
걸어 보며 그가 떠올릴 수 있는 모든 걸음걸이를 흉내내 본다.

들길은 백로가 노니는 하늘처럼 끝이 보이지 않도록 시원
하게 뻗어 있다. 그가 걸어볼 길은 너무도 많다. 소년은 걷는
게 신기하고 또 신기했다. 소년은 풀잎을 꺾어 입에 물고 걷
다가 도움닫기를 하여 껑충 넓이뛰기도 해본다. 풀썩 흙먼지
가 일고 땅을 받치고 선 두 다리에 뻗치는 기운이 실답다.

애기구름처럼 먼 하늘가를 선회하던 백로가 소년의 머리
위에 가만히 떠 있다. 훌쩍 뛰기만 하면 몸이 부웅 솟아 백로
의 다리를 너끈히 잡을 수 있을 듯하다. 소년은 제자리에서
껑충 뛰며 머리 위로 손을 뻗쳐 본다. 터무니없는 짓인 줄 뻔
히 알면서도 소년은 자꾸만 뛰어 본다.

소년은 양팔을 벌리고 팽이 돌 듯 빙빙 돌다가 와아, 소리
를 지르며 언틀먼틀한 들길을 달린다. 그러다 그만 돌부리에
채여 넘어지고 까진 무르팍에서는 피가 난다. 그러나 즐겁다.
무르팍이 까져 피가 나도 아아, 소년은 즐겁다. 너무 즐거워
가슴이 뛴다. 소년은 길 위에 벌렁 드러눕는다. 환한 햇살을
가르고 날아가며 지저귀는 새소리를 듣는 소년은 그 자신이
새가 되어 하늘을 나는 환상에 사로잡힌다. 소년이 누운 대지
위로 새가 우짖고 하늘은 그지없이 청명하다.

나는 잠이 채 덜 깨서 무거운 눈꺼풀을 손등으로 비볐다.
환하게 밝은 다락방 창 밖에서 까치가 요란스레 울고 있었다.
꿈인지 생시인지 분명치 않은 속에서 두 눈을 슴벅거리며 다
락방 천장을 올려다보자 비로소 잠이 밀려나고, 꿈을 채 즐기
기도 전에 잠에서 깨어난 스스로가 여간 원망스럽지 않았다.

쥐오줌으로 얼룩진 천장 위로 훨훨 새 날아가던 청명한 하늘이 어른거렸고, 나는 누구라도 좋으니 끌어안고 한타방 울고 싶었다. 짧은 내 생애를 통틀어 유일하게 행복했던 유년 한때의 기억은 내 몸과 영혼이 한없이 깊은 나락으로 떨어져 내릴 때마다 꿈으로 되살아나 나를 당혹케 했다. 잠시나마 행복했던 시절이 있었다는 기억만으로도 가슴이 미어질 수 있다는 깨달음은, 절벽의 돌출부를 부여잡고 겨우 매달려 있는 나를 절벽 위로 끌어올려 주기는커녕 고통을 즐기고 음미하는 눈길이 되어 차라리 손을 놔버리라고 채근하는 유혹이었다.

나는 꼼짝 않고 누워서 천장의 사귀를 어릿어릿 살폈다. 어금니를 깨물거나 주먹을 그러쥐거나 하는 따위의 행동들은 되려 울음을 촉발시킬 따름이란 걸 나는 오랜 경험을 통해 알고 있었다. 치받쳐 올라오는 감정의 열기를 무의미하고 잡스런 생각으로 가로막고 돌부처 모양으로 가만히 있다 보면 슬픔의 파고가 제풀에 가라앉게 마련이었다.

쥐가 합판을 쏠아 놓은 탓에 구멍이 숭숭 뚫린 천장의 사귀는 뒤엉킨 거미줄로 지저분했다. 내가 눈만 멀뚱거리고 움직이지를 않자 합판을 쏠아놓은 구멍으로 머리를 내민 어미쥐 한 마리가 대담하게도 벽을 타고 내려온다.

쥐를 죽여 그 피를 쥐가 다니는 길목에 발라두면 다른 쥐들이 얼씬거리지 않는다는 것을 알면서도 나는 잠을 잘 때마다 내 배 위를 지나다니는 쥐들을 방치해 두어 왔다. 적어도 내 방에서 만큼은 피에 관한 그 어떤 기억도 존재해서는 안 되는 탓이었다. 스스로의 삶이 가치가 없다는 생각을 하며 자라난 내가, 묵고 사고하고 휴식하는 공간만큼은 순결해야만 한다고 나는 믿었다.

나는 몸을 일으켰다. 그 기척에 놀란 쥐가 블록벽에 뚫린 구멍 속으로 쏜살같이 달아났다. 나는 이불을 개키고 다락방에서 내려왔다.

아버지는 보이지 않았다. 방바닥에 아버지의 평상복이 나뒹굴고 벽에 걸려 있던 양복이 보이지 않는 것으로 미루어 봐서 또 서울역에 간 모양이다. 아버지가 양복을 걸쳐 입고 갈 수 있는 곳이라곤 서울역 외에 달리 없었다. 아버지가 행보를 한 이상 서울역 주변 상인들이 한 차례 곤욕을 치를 것은 불을 보듯 뻔했다. 아버지는 서울역 광장 주변을 떠돌며 감히 주인 허락도 없이 누가 내 땅에 건물을 지었느냐며 고함을 지르고 다닐 것이다. 한 달에 두어 번씩은 서울역 광장에 나타나는 아버지와 낯을 익힌 상인들은 실실 웃어 가며 아버지를 조롱하다가 으슥한 골목으로 끌고 가서 흠씬 두들겨 팰 터이고, 그제서야 온정신이 돌아온 아버지는 피투성이가 된 몸을 이끌고 집으로 돌아올 것이다.

나는 아버지가 서울역 광장을 떠돌다가 차라리 부랑자 수용소로 끌려가게 되기를 간절히 바랐다. 보기 싫어서가 아니었다. 그래야만, 내가 차마 두려워서 실행에 옮기지 못하고 미적거려 왔던 그 일을 포기하고 나 혼자만 훌쩍 한줌의 먼지로 사라질 수 있기 때문이다.

나는 세면을 하기 위해 마당으로 나섰다. 하루가 다르게 사그라지는 대추나무의 잎새가 마당에 널려 발에 밟혔다. 수돗가로 향하는데 과수댁 옆 방에 사는 곽씨의 마누라가 부엌문을 밀치며 전동휠체어를 밖으로 내놓았다. 나는 휠체어를 마당에 내놓고 집 안으로 들어가는 곽씨 마누라의 가로퍼져 뒤룩뒤룩한 뒷모습에 무심한 눈길을 주며 양치질을 했다. 안으로 들어갔던 곽씨 마누라가 남편을 들쳐 안고 마당으로 나와 전동휠체어에 앉혔다.

"지금 일 나가세요?"

나는 치약 거품을 뱉어내며 곽씨에게 인사삼아 말을 건넸다.

"간밤에 잠을 좀 설쳤더니 그렇게 됐구만. 인제는 잠이 부실하면 몸이 영 거시기 헌거이 암만 해도 나이는 속일 수 없나 봐."

마흔여섯이라는 나이에 비해 사오 년은 좋이 젊어 보이는 곽씨가 사람 좋게 웃어 보이며 대꾸를 했다. 나는 종종 곽씨가 제 나이보다 젊어 보이는 이유를 곰곰이 따져보곤 했는데, 매번 같은 결론을 내렸다. 내 눈에는 비참할 따름이건만 곽씨는 스스로의 삶을 아끼고 사랑했다. 하반신 마비라 혼자의 힘으로 거동은커녕 똥오줌도 못 가리는 처지에 그는 늘 자신보다 못한 사람들을 생각하며 살았다.

한 달 전이었을까, 해거름에 곽씨가 전에 없이 술이나 한잔 하자며 나를 집 밖으로 불러냈다. 늘 쾌활하던 곽씨의 얼굴에 수심이 가득했다. 나는 난생 처음 대하는 곽씨의 어두운 기색에 잠자코 따라나섰다. 곽씨는 포장마차가 있는 한길로 전동휠체어를 몰았다. 묵묵히 술잔을 비워대던 곽씨는 술기운이 얼큰해져서야 쓰린 속내를 털어놓았다. 이 세상에 생을 유지할 만한 그 어떤 가치도 존재하지 않는다고 생각하며 허깨비처럼 살아가던 나는 곽씨의 사연에 아무런 관심도 없었지만 그저 그가 얘기하므로 들어주었다.

"달포 전일세. 그날도 나는 휠체어 위에 좌판을 벌여놓고 라디오를 듣고 있었어. 싱글벙글쇼였을 거야, 아마. 물건을 사려는 손님도 없어서 거리를 물끄러미 보고 있는데 아나운서가 어떤 젊은 애기엄마가 콩팥이 없어서 수술을 못하고 있다는 사연을 전하더라고. 나는 방송을 들으면서 참, 안됐구나 하고 무심히 들어넘겼지. 그런데 이상하게도 시간이 지나면 지날수록 젊은 애기엄마가 생선가시 목에 걸리듯 자꾸만 마음에 걸리는 것이야. 남의 일이거니 하고 소 닭 보듯 그냥 지나쳐 버리면 젊은 생목숨이 찬비 맞은 꽃처럼 져버릴 것만 같아서 잠도 오지 않더라고."

나는 무표정하게 술잔만 기울였다. 곽씨는 내가 옆에 있다는 사실을 잊기라도 한 것처럼 혼잣말하듯 웅얼웅얼 말꼬리를 이어나갔는데, 나는 시종일관 그의 얘기를 흘려들으며 어차피 대화란 인간과 인간을 이어 주는 매개의 역할보다는 스스로의 삶을 확인하고 다짐받기 위한 것이란 따위의 생각을 별 의미도 없이 해보았다.

"그렇게 몇 날 며칠을 잠도 버려 가며 끙끙대던 끝에 나는 방송국으로 전화를 걸어 내 콩팥을 젊은 애기엄마에게 떼어 주겠다고 기별을 했지. 물론 대가 따위는 바라지 않았어. 선행이 어떻고 미덕이 어쨌니 해가며 사람들 입방아에 오르내리는 건 더더욱 관심도 없고. 내가 우리 재길이 엄마한테 그 얘기를 했더니 아내는 제 앞가림도 못하면서 누굴 돕느냐고 생난리를 쳐댔지. 이건 지나가는 애길세만 아마도 내가 돈을 받고 콩팥을 판다고 했으면 아내는 반대는커녕 내 등을 떠밀었을지도 몰라. 좌우지간 방송국에 기별을 주고 나서부터 나는 세상에 태어나서 처음으로 남을 도와본다는 기쁨에 들떠 어쩔 줄을 몰라했다네. 누에가 허물을 벗고 나방이 되는 기분이 바로 이런 건가 싶더라구. 그런데 말이야, 바로 어젤세.

젊은 애기엄마가 입원해 있는 병원에 콩팥을 떼어 주러 갔었
는데 그랬는데 말이야, 장애인은 장기를 기증할 수 없다는 조
항이 있다며 병원에서 나를 되돌려 보내더라고……. 자네 내
기분을 알겠는가? 호박이 달리지 않는 넝쿨처럼 자신이 아무
짝에도 쓸모가 없는 위인이라는 그런 기분 말이야. 장애인은
장기를 기증할 수 없다니, 세상에 그 따위 법이 어딨어? 그런
법이 있어도 되는 거야?"

곽씨가 술잔을 바닥에 내던지며 목청을 돋우웠지만 나는
대꾸하지 않았다. 나는 앞에 놓인 잔을 비우고 술값을 치룬
뒤 씩씩거리는 곽씨를 버려두고 혼자서 집으로 돌아왔다.

"오늘은 기분이 좋아 보이시네요?"

나는 양칫물을 뱉어내며 말했다. 아닌 게 아니라 곽씨는
크나큰 즐거움을 감춰 둔 사람처럼 얼굴표정이 밝고 명랑했
다. 그러나 나는 인사 치레로 기분이 좋아보인다는 말을 건넨
것뿐이지 정작 그에게 무슨 좋은 일이 있는가 따위의 호기심
은 아니었다. 되려 안면에 가득한 곽씨의 미소가 어쩐지 불안
해 보여 아는 것도 모른 척하고픈 심정이었다.

"암, 좋고말고. 내 나중에 얘기해 줌세."

곽씨는 시원스레 대답하며 공공칠 가방을 무릎 위에 올려
놓고 전동휠체어의 시동을 걸었다. 나는 손목시계며 라이터
따위가 그득먹할 곽씨의 공공칠 가방을 물끄러미 보았다. 곽
씨는 휠체어를 조작해 내 곁을 지나갔다. 곽씨를 태운 휠체어
가 대문 밖으로 사라지자 내내 마뜩찮은 눈길로 남편의 뒷모
습을 쏘아보던 재길네가 팽하니 돌아서며,

"우라질 놈의 인간, 보자보자 하니 별 꼴값을 다 떨고 자빠
졌어!"

대뜸 욕설을 퍼부으며 새끼발가락 같은 손가락들이 보기 흉하게 오그라붙은 조막손으로 횡, 하니 코를 풀어서 땅바닥에 뿌렸다.

나는 마치 재길네가 내 얼굴에 콧물을 뿌려 놓기라도 한 것처럼 낯이 다 뜨거웠다. 나는 재길네가 감사납게 닫아버린 부엌문에 대고 눈을 흘겼다.

조금치라도 제 성미에 거슬리면 아무라도 붙잡고 시비 걸기를 일삼는 재길네의 눈길은 여간 그악스럽지 않았다. 뒤룩뒤룩 살진 절구통 같은 몸매에 북통 같은 배를 내밀고 팔자걸음으로 집 안팎을 누비고 다니는 재길네와 마주칠 때마다 나는 더러운 벌레를 보는 기분이었다. 누가 어찌어찌 새수나서 셈평이 폈다는 소문만 접해도 재길네는 그 자리에서 나부대한 얼굴이 벌겋게 달아올라 하루종일 그 사람의 험담을 하고 돌아다녔다. 반면에 자기를 헐뜯는 소리가 모기 소리만큼이라도 귀에 들려오면 만사 제쳐놓고 달려가서 머리 끄댕이 휘어잡기를 서슴지 않았다. 생일 같은 날에 음식을 장만해도 한집안 사람에게 콩 한 쪽 돌리는 법이 없었고 옆집에 파 한 쪽을 빌려 주면 한 단을 받아내기 위해 눈을 부라리고 목청을 돋궈 가며 여간 이악스럽게 굴지 않았다. 게다가 이웃 아낙들이 모인 자리에서 앞뒤 분별 없이 이 웬수, 저 웬수, 입에서 나오는 대로 내붙여 가며 곽씨의 험담을 늘어놓을 때에는 주접도 그런 주접이 없었다. 남편 험담을 늘어놓을 때의 재길네를 보면 스스로가 대단한 구세주라도 된 양 젠 체하는 꼴이 여간 민망하지 않았다. 그러나 그런 재길네에게 동조하는 이는 아무도 없었다. 되려 곽씨를 딱하게 여긴 이웃 아낙이,

"아따, 징그럽게 불퉁거려쌓네. 한글도 모름서 그렇게 잘

났단가?"

해가며 면박을 주기 일쑤였다.

그러면 뜨끔하게 아픈 곳을 찔린 재길네는 한껏 독이 올라,

"내가 한글을 왜 몰라? 거기가 봤어? 응? 거기가 봤냐구. 그리구 내가 기역자를 놓구 엎어치든 메치든 지져먹든 삶아먹든 거기가 뭔 상관이래. 국민학교라고 다니다가 그만둔 것도 벼슬이라고 돼게 우세 떨고 자빠졌네."

막 질러대며 성난 멧돼지처럼 씩씩거렸다.

성미가 오뉴월 두엄더미 썩는 냄새같이 고약스러운 재길네지만서도 하나밖에 없는 아들은 금쪽같이 위했다. 이 세상이 에오라지 재길이 하나를 위해 존재하는 양 극성을 부려대는 재길네의 심정이야 십분 이해하고도 남을 노릇이지만 정작 재길이 본인은 모친의 손길이 뱀의 혀라도 되는 양 진저리를 쳐가며 싫어했다.

중학교 2학년인 재길이는 또래의 아이들에 비해서 키가 작은 편이었는데도 껑충하니 키가 큰 아이들을 졸개처럼 부리고 다녔다. 재길이보다 한두 뼘씩 키가 큰 아이들이 그의 책가방을 들고 다니는 꼴도 꼴이거니와 친구들끼리 장난을 치다가도 재길이가 눈꼬리를 치켜뜨고,

"이 씨뱅이, 눈깔을 뽑아불라."

나직이 부르대면 꼬리를 말고 설설 기는 꼴이 아주 볼 만했다.

재길이는 또래들 사이에서 '완뻔치'로 통했는데 그와 일대 일로 붙은 아이들이 대체로 주먹 한방에 나가떨어진다고 해서 붙여진 별명이었다. 재길이가 항상 큼직한 쇠구슬을 주머니에 넣고 다닌다는 사실을 알고 있는 나로서는 동네 아이들이 집 앞 골목에 모여 완뻔치가 어쩌구저쩌구 떠들어댈 때

마다 남 몰래 웃곤 했다. 굳이 재길이가 싸우는 모습을 보지 않더라도 나는 그가 싸움을 할 때마다 쇠구슬을 주먹 안에 움켜쥔다는 것을 알았다. 그러나 정작 아이들이 재길이를 무서워하는 까닭은 다른 데 있었다. 재길이는 힘으로 붙어서 이길 자신이 없는 아이와 시비가 붙을 때면 슬그머니 피했다가 기습을 했다. 이를테면 주먹만한 돌멩이를 등 뒤에 감추고 말없이 다가가서 느닷없이 상대의 머리를 찍는다던가 평소 그 아이가 잘 다니는 길목을 지키고 숨어 있다가 등 뒤에서 야구방망이를 휘둘러댄다든가 하는 식이었다. 재길이는 어떻게 해야 아이들이 겁을 집어먹고 꼬리를 내리는지 그 심리를 정확히 파악해낼 만큼 영악했고, 한번 작정을 하면 돌멩이와 야구방망이와 체인을 서슴없이 휘둘러댈 만큼 집요하고 독한 아이였다.

나는 그런 재길이와 마주칠 때마다 어렸을 때의 나를 보는 것만 같아 착잡한 심정에 빠져들었다. 밤이면 대문 밖 골목에서 동패들과 어울려 담배를 피우는 재길이의 흐릿하게 풀린 눈을 보고 나는 그가 본드를 흡입한다는 것을 알았고, 요란하게 치장한 여자애들과 킬킬거리며 몰려다니는 모습에서 그가 동정이 아닐 뿐더러 몇 번에 걸쳐 강간을 한 경험이 있으리라는 짐작을 했다. 세상을 송두리째 부정하고 자기학대를 즐기는 재길이의 모습에서 그가 얼마나 치열하게 자기자신과 싸우고 있는지, 그가 얼마나 슬퍼하고 외로워하는지, 아버지와 어머니와 세상을 사랑하고 싶은 열망에 몸을 떨며 얼마나 깊이 절망하는지 나는 내 지난날을 통해 그 모든 것을 어렵지 않게 이해할 수 있었다.

그러나 재길네는 아들에 대한 소유욕만 강했지 눈곱만큼

도 재길이의 심정을 헤아리지 못했다. 곽씨보다 네 살 연상으로, 오십 줄에 접어든 그는 애오라지 자기자신만을 생각하며 살았다. 재길네는 진득하니 참고 살다가도 어느 날 갑자기 온다간다 말 한 마디 없이 옷보따리를 꾸려서 집을 나가곤 했다. 그때마다 곽씨가 용케도 재길네의 행적을 수소문해서 집으로 데려오긴 했지만 일 년에 한 번 꼴로 행해지는 모친의 가출을 어린 재길이가 감당해 내기엔 참으로 벅찰 터였다. 내가 곁에서 지켜본 바로는 재길네가 한번 집을 나갈 때마다 재길이는 꼭 그만큼씩 모질어지고 사나워졌다.

나는 대문 밖으로 멀어져 가는 전동휠체어의 기계음을 들으며 곽씨의 희망에 찬 얼굴을 떠올렸다. 문득 곽씨가 걱정이 되었다. 남편을 마뜩찮게 여기는 재길네의 태도와는 무관한 불안이었다. 나는 사람이 세상을 살아 나가는 데 있어서 희망만큼 위험한 것은 없다고 생각했다. 언뜻 보기에 사람이 질곡의 세월을 헤쳐나갈 수 있는 것이 희망 때문인 듯싶지만 실은 인간의 감춰진 욕구가 만들어낸 허상에 지나지 않는 희망은 인간을 파멸로 이끌 따름이다. 내가 지난한 세월을 거슬러오는 동안 희망만 지니지 않았더라도 나는 절망하지 않았을 것이다. 어머니에 대해서, 아버지에 대해서, 나 자신에 대해서, 그리고 무엇보다 이 세상에 대해서!

나는 방으로 들어와 작은 등산 배낭에 옷가지를 챙긴 뒤 다락방으로 올라갔다. 방금 싼 쥐똥이 책을 쌓아 놓은 개다리 밥상 위에 얼룩져 있었다. 나는 쥐똥을 치우지 않았다. 새삼스러울 것도 없었다. 쥐똥이 여기저기 널려 있는 바닥에 이불을 깔고 누워 잔 것만 해도 부지기수였다. 내 자신이 곧 똥이라는 극단의 자기비하에서 비롯되는 행위일지는 모르나, 내게

있어 쥐똥은 부스러진 블록의 시멘트 가루나 빗고 나서 쓸어
버리지 않아 널려 있는 머리카락 따위와 별반 다르지 않았다.

　나는 연장통에서 소형 장도리를 꺼냈다. 장도리를 손에 쥐
자 두려움에 가까운 야릇한 흥분이 혈관을 파고들었다. 나는
호흡을 가다듬으며 장도리의 한끝을 천장을 두른 합판과 벽
사이의 미세한 틈으로 밀어넣었다. 힘들여 장도리를 당길 필
요도 없이 합판은 쉽사리 뜯겨졌다. 못이 빠져 나온 합판의
모서리를 손으로 잡아당기자 후두둑, 돌처럼 굳은 쥐똥이 쏟
아져 내렸다. 나는 한껏 벌어진 천장 속으로 팔을 쑥 들이밀
어 천장 바닥을 흠착거렸다. 금세 딱딱한 상자의 결이 만져졌
고 동시에 가슴이 소쿠라져 흐르는 물굽이처럼 소용돌이를
쳤다.

　나는 책가방 크기의 금빛 장식이 아로새겨진 밤색 상자를
천장에서 끄집어냈다. 상자를 움켜쥔 두 손에 미세한 경련이
일었다. 나는 먼지가 뒤덮인 상자의 표면을 손바닥으로 쓸었
다. 부옇게 먼지가 일면서 매끄러운 상자의 표면이 드러났고,
나는 검붉은 옻의 빛깔을 보며 감춰진 세월이 제 혼자의 힘으
로 과거와 현재 사이의 창호지처럼 얇은 벽을 뚫고 내 앞에
서서 더 이상 거부하지 말고 받아들이라고, 그러면 고통은 사
라지고 달게 잔 낮잠처럼 모든 게 편안해지노라고 얘기를 하
는 것만 같아 움찔, 몸을 떨었다. 그러나 내 가슴을 움켜쥐고
흔들어대던 두려움은 서서히 잦아들었다.

　자살하기 사흘 전 나를 찾아왔던 어머니의 얼굴이 떠올랐
다. 자물쇠 채워진 자취방 앞을 지키다 퇴근해 들어오는 나를
맞은 어머니의 표정은 섬뜩할 정도로 맑았다. 그토록 맑은 얼
굴이라니, 나는 한동안 당황하여 말문을 열지 못했다.

"그냥 보고 싶어서 들렀는데 인제 됐다. 나를 차 타는 데까지 좀 데려다주겠니? 어쩐지 네 배웅을 받고 싶어서 말이다."

어머니는 어리둥절해 하는 내 뺨을 갓난 병아리 만지듯 쓰다듬으며 말했다. 나는 알 수 없는 불안감에 휩싸여서 꼼짝을 할 수가 없었다. 투명한 끈이 내 몸을 칭칭 동여맨 것처럼 손가락 하나 움직거릴 수가 없었다. 어머니는 그런 내 얼굴을 말없이 올려다보았다. 낙숫물이 처마에서 땅바닥으로 떨어질 정도의 짧은 눈맞춤이었는데 그 순간이 영원처럼 느껴졌다.

어머니의 눈동자는 폭풍이 오기 전의 바다처럼 고요하고 잔잔했다. 어머니가 내게서 눈길을 거두고 돌아서서 대문가를 향해 걸어가기 시작했을 때, 나는 이제까지의 불안이 씻은 듯이 사라지면서 찾아드는 마음의 평온을 느꼈다. 그제서야 어머니의 손에 지팡이가 들려 있지 않다는 데 생각이 미쳤다. 오랜 세월 앓아온 관절염으로 지팡이 없이는 한 발짝도 떼지 못하던 어머니가 거짓말처럼 멀쩡하게 내 앞을 걸어가고 있었다. 그러나 어쩐 일인지 내 눈에는 지팡이 없이 걷는 어머니의 뒷모습이 초가 지붕에 영근 박처럼 자연스러워 보였다.

"엄마!"

버스 정류장에 다다랐을 때, 나는 어쩐지 절박한 심정이 되어 어머니를 불러 세웠다. 국민학교를 졸업한 이후로 엄마라는 호칭을 입에 올린 적이 없던 내가 무엇 때문에 어머니 대신 엄마라고 불렀는지, 나는 지금도 그 까닭을 알지 못한다. 어머니는 내가 부르는 소리에 뒤를 돌아보는 대신 콘크리트로 만들어진 등받이 없는 벤치에 앉아 곁에 와 앉으라는 눈빛으로 나를 빤히 쳐다보았다. 나는 다소곳이 어머니 곁에 앉았다.

"할말이 있어요."

크나큰 비밀을 털어놓기 직전의 두려움으로 목줄이 타는 나와는 달리 어머니는 먼 하늘을 우러르며 태연한 모습이었다. 그 모습을 보자 타는 갈증에 우물물을 들이켰을 때처럼 머리가 맑아지는 느낌이었다.

"엄마 일기장, 제가 갖고 있어요."

나는 남의 얘기라도 하듯 덤덤하게 이십 년 간 덮어 둔 비밀을 털어놓았다. 막상 털어놓고 나자, 어려서 본 개천을 어른이 된 뒤에 보면 개천의 폭이 턱없이 좁은 것에 놀라듯 이제까지 대단한 비밀이라고 여겨왔던 일이 대수롭잖게 여겨져서 어이가 없으면서도 왠지 허전하고 쓸쓸했다. 내 얘기를 듣고 나면 어머니가 충격을 받을 줄 알았는데 먼산바라기를 한 어머니의 얼굴 그 어디에도 당황하는 기색은 보이지 않았고, 나 또한 그런 어머니의 태도에 귀살적은 마음이 들기는 했으나 놀라지는 않았다.

"그랬구나. 하지만 난 진작부터 그런 줄 알고 있었다."

"어떻게 아셨어요?"

내 질문에 어머니는 바람을 더듬듯 내 뺨을 쓰다듬으며 미소를 지었다.

"그냥 네가 자라는 걸 보면서 알았다. 엄마들은 자식들이 얘기를 하지 않아도 그 속을 느낄 수가 있거든. 하물며 넌 내 하나밖에 없는 자식인데 내가 어떻게 모를 수 있니. 현민아, …… 비록 내 속으론 낳지 않았지만 넌 틀림없는 내 아들이다."

나는 내 뺨을 쓰다듬는 어머니의 손을 거두어 두 손에 꼭 쥐었다. 가슴이 먹먹했다. 태산같이 무거운 삶을 저 여린 가슴속에 쟁여 놓고 살아온 어머니가 가여웠고 앞으로 살아갈 내 삶이 무서웠다. 버스가 당도하자 어머니는 내 어깨에 손을 얹고

"잘 있거라."

짧막하게 말한 뒤 버스에 올랐다.

어머니를 태운 버스의 문이 닫히자 갑자기 사무치는 슬픔에 목이 메었다. 그러나 내가 버스를 가로막을 염을 채 내기도 전에 버스는 시커먼 매연을 내뿜으며 저만치 꽁무니를 빼버렸고, 버스가 내 앞을 지나칠 때 언뜻 보았던 어머니는 흐느끼고 있었다.

그날 밤, 나는 불을 꺼놓고 밤새도록 울었고 이튿날은 출근을 하지 않았다. 그렇게 나는 이틀을 방 안에 틀어박혀 보낸 뒤 어머니의 부음을 접했다.

나는 개다리밥상 밑에 있는 걸레로 상자의 먼지를 샅샅이 닦아냈다. 금도금이 벗겨진 장식물에 녹이 슬었달 뿐, 상자는 예전의 모습을 고스란히 간직하고 있었다. 나는 가볍게 한숨을 내쉰 뒤 상자의 뚜껑을 열었다. 경첩에도 녹이 슬어 뚜껑을 열자 끼이익, 하는 쇳소리에 섞여 곰팡내가 끼쳐 왔다. 나는 삭아서 푸석거리는 몇 권의 노트를 신주단지 모시듯 조심스레 꺼내서 품에 안았다. 어머니의 일기장을 품에 안자 훗훗한 열기가 가슴에 차면서 목구멍이 뜨거워졌다.

방으로 내려온 나는 일기장을 배낭에 챙겨 넣었다. 푸른 옥빛이 영롱한 쌍가락지만 덩그마니 남은 상자를 보고 있자니 인간의 삶이란 어쩌면 채워 나가기보다는 하나씩 비워 나가는 과정일지도 모른다는 생각이 들었다. 실오라기 하나 걸치지 않은 알몸의 인간이 가장 아름다워 보이는 연유가 거기

에 있지 않을까. 사람들은 찬바람이 불면 당장의 추위에 옷을 껴입으려 들지만 따뜻한 바람이 불어오는 날, 잔뜩 껴입은 옷을 벗으려 들면 채 벗기도 전에 한시절이 지나가버리고, 종내는 알몸의 아름다움도 모르고 죽게 되는 것이리라.

나는 텅 빈 상자를 마당으로 들고 나가서 망치로 빠갰다. 둘둘 만 신문지 위에 빠개진 나무를 어긋매껴 쌓아 놓고 불을 당기자 불길이 쉬 치솟았다. 모든 사람의 가운데 있었으되 모두에게 외면당하고 저 혼자 어둠의 세월을 견뎌 온 나무는 연기도 없이 제 몸을 살랐다. 나는 치솟는 불길 앞에 쪼그리고 앉아서 손바닥에 불땀을 쬐가며 대추나무의 단풍을 보았다. 가을이었다.

불씨가 완전히 꺼진 걸 확인한 나는 부엌으로 들어서며 구석에 놓인 흰 색의 한 말들이 석유통에 눈길을 주었다. 나는 어젯밤 내가 통에 석유를 가득 채워 놓았음을 상기했다. 석유통 뒤에는 단 한번도 사용하지 않은 날 퍼런 식칼이 숨겨져 있다. 사용한 적이 없는 식칼을 나는 한 시간에 걸쳐 정성스레 숫돌에 갈았다. 거친 숫돌로 연마기의 흔적을 지우고 부드러운 숫돌로 날을 세웠다. 사각사각 칼이 갈리는 소리에 팔뚝의 솜털이 곤두서면서 야릇한 쾌감이 등줄기에 뻗쳤다. 애초에 날을 세울 필요도 없는 칼을 숫돌에 갈면서 나는 칼을 갈면 갈수록 칼이 피를 원한다는 걸 피부로 느낄 수 있었다. 잘 갈린 칼을 단단히 움켜쥐자 무엇이라도 찌를 수 있을 것 같은 자신감과 살아 있는 그 어떤 생명을 꼭 찔러 보고픈 충동을 억제키 어려웠다.

나는 석유통 뒤에 감춰져 있는 칼을 굳이 확인하지 않더라도 그 칼이 여전히 아니, 시간이 지나면 지날수록 더욱 강렬하게 피를 원한다는 사실을 내 욕망 속에서 감지했다. 나는 살의에 떠는 욕망을 억누르며 최선의 삶에 대해서 생각했다. 그러나 아무리 머리를 굴려 보아도 최선의 삶이 무엇인지 알 수가 없었다.

나는 방 안에 들어가 잠바를 걸치고 배낭을 짊어졌다. 운동화 끈을 단단히 조이고 마당에 나서니 비로소 정처없이 먼 길을 떠난다는 실감이 났다. 하늘을 보니 해가 머리 위에 떠 있었다. 나는 등산모를 눌러쓰며 과수댁의 집을 잠깐 돌아보았다. 어제 애가 아프다더니 오늘도 도배를 하러 나갔을까. 문득 늘 피곤에 절어 있는 과수댁의 얼굴에 앞서 오랜 도배공 생활로 수세미처럼 거칠어진 그의 손마디가 눈앞에 어른거렸다. 물기 어린 눈망울보다 거북이 등껍질 같은 그 손이 언제나 내 마음을 아프게 했다. 내 가슴속에 뿌리를 내렸던 연정의 싹, 그 싹이 시루 속의 콩나물처럼 하루가 다르게 부쩍부쩍 자라나 내 삶의 결마다 뿌리를 내리고 가지를 뻗었다. 내가 채 느끼고 인식하기도 전에 한 여자의 존재가 내 속에 들어앉아서 슬픔이 되고 눈물이 되어버린 것이다. 그러나 나는 과수댁을 받아들일 수가 없었다. 내가 나를 신뢰하지 못하는 까닭이었다. 나는 세상을 믿지 않았다. 세상을 믿을 수가 없기 때문에 나를 신뢰하지 못했다.

나는 과수댁의 집에 붙들어 맨 눈길을 거두어 들였다. 그저 스쳐 지나가는 바람처럼 잊어야 된다는, 낯설면서도 오래 전부터 알아 왔던 친숙한 감정이 잔물결처럼 번졌다. 나는 성큼성큼 대문을 나섰다.

먼 하늘가에 떠돌이 구름이 거꾸로 흘러가고 있었다.

물 위에 남은 발자국

여행 닷새 만에 내가 당도한 곳은 동해안의 조그만 해안 마을이었다.

내가 그 마을에 들른 것은 비가 내렸기 때문이다. 빗줄기가 굵지는 않았으나 강풍으로 바다가 사나웠다. 그렇잖아도 바다를 낀 국도를 시외버스가 질주하는 내내 차창 밖으로 으르렁거리는 바다를 내다보며 술 생각이 간절하던 터라 버스가 그 마을에 멈췄을 때 나는 주저하지 않고 하차를 했다.

버스 정류장에 붙박인 입석(立石) 옆에서 해안가를 굽어보니 백여 채 남짓한 마을이 한눈에 들어왔다. 마을 풍경은 단조로웠다. 바닷가 마을 어디를 가도 볼 수 있는, 빨간색 혹은 파란색 슬레이트로 지붕을 얹고 블록담을 두른 집들이 해변에 가로퍼져 특색이라곤 눈을 씻고 찾아봐도 없었다. 그러나 수평선 아득한 바다는 내 영혼을 삽시간에 빨아들였다.

마을을 한입에 집어삼킬 듯 성난 기세로 몰려온 파도는 쉴 새없이 방파제 위로 솟구치면서 물보라를 일으켰다. 파도가 방파제를 덮칠 때마다 요란한 굉음이 일었고 방파제 안쪽에 정박한 어선들은 위태롭게 흔들렸다.

나는 몸도 녹일 겸 마을 어귀 지서와 이웃한 꽃다방의 문을 밀쳤다. 시큼한 곰팡내가 눅진하게 배어 있는 다방 안은 한산했다. 나는 큼직한 창문을 통해 바다가 정면으로 내다보이는 자리에 엉덩이를 부렸다. 주방에 딸린 방 안에서 이른 저녁을 먹고 있던 레지가 입을 훔치며 다가와 주문을 받았다.

지친 목소리로 커피를 청한 나는 막 돌아서는 레지의 옆모습을 가만히 살폈다. 이십대 중반을 갓 넘겼음직한 레지는 쉬 눈에 띄는 미색은 아니나 막상 지나치고 나면 돌아보게 만드는 매력이 있었다. 특히 선량한 눈망울에는 떨어지기 직전의 동백꽃처럼 위태로운 우수가 깃들어 있어 내 눈길을 잡아끌었다.

나는 레지가 커피를 내오는 동안 어항 속의 붕어에 무심한 눈길을 주었다. 내가 어항의 유리벽을 손가락으로 톡톡 두드리자 몇 마리의 붕어가 몰려들었다. 나는 물고기들이 사람을 알아본다는 사실을 잘 알고 있다. 그들은 다가오는 사람의 발소리만으로도 그 사람이 자기를 해치려고 오는지 장난을 치러 오는지 혹은 밥을 주러 오는지 귀신같이 알고서 내빼거나 반색을 하며 몰려든다. 나는 어항을 두드리는 내 손가락 앞으로 몰려든 물고기를 보며 나 또한 생존본능의 힘으로 지금까지 살아온 것은 아닌지 한숨에 섞어 생각해 보았다.

"여행 다니세요?"

레지가 탁자 위에 커피를 내려놓고 맞은편에 앉으며 물었다. 나는 곁에 뉘어놓은 배낭에 한쪽 팔을 괴며 대답삼아 웃어 보였다. 레지는 호기심으로 두 눈을 빛내며 나를 빤히 쳐다보다가,

"저도 커피 한 잔만 사주세요."

하며 내 대답을 기다렸다.

나는 선선히 고개를 끄덕여 주었다.

"아저씨는 참 좋겠다, 이렇게 여행두 다니구."

커피 한 잔을 더 가져와 탁자 맞은편 의자에 다리를 동개고 앉은 레지가 궁상스런 제 처지가 한심스럽다는 낯빛으로 중얼거렸다. 나는 대꾸하지 않았다. 무엇이 부럽다는 것인지 선뜻 이해가 되지 않았다. 요 며칠 여행을 다니면서 나는 어디에나 바람은 불고 비가 오고 낙엽은 지며, 하늘은 누구에게나 하늘이라는 것을 깨달았다. 따라서 레지가 나를 부러워할 하등의 이유가 없었다.

나는 커피를 한 모금 마신 뒤 꺼칠하게 수염이 웃자란 턱을 쓰다듬었다. 따끈한 커피의 향이 좋았다. 등허리에 서늘하게 늘어붙었던 추위가 가시면서 온몸이 노작지근했다.

"제가 여기 처음 온 날도 오늘처럼 날이 궂었어요. 바다가 얼마나 애절하게 우는지 밤새 한잠도 못 자고 이리 뒹굴 저리 뒹굴 자반만 뒤집다가 나중에는 저 바다가 내 마음을 알고서 저리 우는가 싶은 생각에 왈칵 눈물이 나지 뭐예요. 언제까지 이렇게 떠돌아야 하는지…… 오늘도 바다가 저렇게 요동을 쳐대니 잠은 다 잤네요."

레지는 묻지도 않은 얘기를 주섬주섬 주워섬기며 바람에 덜컹거리는 창 밖을 바라보았다. 심상한 눈빛이 금방이라도 흑, 하고 느껴 울 것만 같았다. 창문을 쥐흔드는 바람 소리에 지친 내 영혼이 작은 깃발처럼 낭창거렸다.

레지는 바다가 우는 소리에 잠을 못 이뤘다지만 아득한 세월의 저편, 지둥치게 울어대는 소쩍새 소리에 밤새 몸을 떨어가며 울었던 기억에 나는 새삼 눈시울이 뜨거워졌다.

무너진 집더미 속에서 구사일생으로 살아난 아버지는 입원한 지 한 달 만에 퇴원을 했다. 아버지가 퇴원을 하기까지 어머니와 나는 동네 사람들의 도움으로 무너진 집터에 천막을 짓고 살았다. 천막생활이 불편하기는 했지만 아버지에게 얻어맞아 눈두덩이 시퍼렇게 부어오른 어머니의 얼굴을 보지 않아도 되고, 어머니를 향한 아버지의 구타가 끝나기까지 윗목에 옹송그리고 앉아 어린 내 주먹을 원망하지 않아도 된다는 것만으로도 나는 행복했다.

아버지가 없는 그 한 달 동안 나는 하늘이 맑고 산이 예쁜 것을 처음으로 느꼈다. 폭력이 없는 세계는 참으로 아름답고 경이로웠다. 짓눌림에서 벗어난 눈으로 보니 아름답지 않은 것이 없었다.

녹슨 철못을 사포로 문질렀을 때 환하게 드러나는 속살이며 지붕과 지붕 사이를 일지매처럼 날아다니는 도둑고양이의 날렵한 몸놀림, 루핑에 박혀 있는 모래 알갱이가 햇살을 튕겨낼 때의 미세한 반짝임들, 꺼진 연탄불을 되살리기 위해 지핀 숯불 앞에 앉았을 때의 몸살나는 불꽃춤과 사흘 간 풀죽을 먹어댄 끝에 마주한 쌀밥의 자르르한 윤기와 시장 장사치의 눈치를 살펴가며 시래기를 주워 온 어머니의 어깨를 주물렀을 때 나를 돌아보는 어머니의 미소…… 그 모든 것에 나는 신명이 지폈다. 골목을 내닫는 족제비를 발견하는 족족 돌팔매질을 해대던 여느 때와 달리 나는 골목을 누비는 족제비의 노는 양을 기꺼운 마음으로 숨어서 지켜보았다.

나는 그 무엇의 방해도 받지 않고 내 고유의 순수한 마음으로 자연을 만끽하며 나 또한 눈앞에 놓인 자연처럼 아름다운 삶을 소유할 수 있을지도 모른다는 희망을 손아귀에 여치 쥐듯 조심스럽게 품어 보았다. 그러나 깨지기 쉬운 알처럼 여린 가슴속에 품었던 희망은 아버지가 퇴원한 그날로 뭉그러지고 말았다.

집으로 돌아온 아버지는 암만 해도 운신이 전만 못했다. 척추에 손상이 갔는지 무리해서 걷거나 조금치라도 무거운 물건을 옮긴 날이면 어김없이 허리에 통증을 호소했다. 가족의 생계야 어머니가 죽 도맡아 왔으므로 나는 아버지의 허리쯤 결딴이 나건 말건 걱정이 없었다. 외려 아버지가 당한 화가 하늘이 내린 벌인 듯싶어 내심 고소하기도 했다. 그러나 몸이 약해지면 마음 또한 약해진다고, 아버지는 전에 없던 의처증으로 어머니를 닦아세웠다. 유일한 생계수단이었던 구멍가게를 물마귀에게 빼앗긴 어머니는 한동네 사는 십장의 도움으로 함바집에 취직을 했으나, 아버지는 어머니를 향한 의심으로 하루 해를 보냈다. 어머니가 일을 마치고 돌아올 무렵이면 하루 왼종일 어머니가 뭇 사내들과 어울리는 상상에 지칠 대로 지친 아버지는,

"이년, 들어오기만 해봐라. 가랑이를 좍좍 찢어서 말뚝을 박아놀 테다. 조갑지를 헤프게 벌리고 다니는 년이 어떤 꼴을 당하는지 내 오늘은 똑똑히 가르쳐 줄 테다, 이년. 이 씹어먹어도 션찮을 년."

어린 자식 앞에서 남우세스러운 줄도 모르고 욕지거리를 앞세웠다.

살기등등한 아버지의 기세에 눌린 나는 어머니가 돌아오기까지 공책을 펴놓고 숙제를 하는 척 엎드려서 숨을 죽였다. 밖으로 내빼고 싶은 마음이야 굴뚝 같아도 싸가지 없는 새끼가 놀 궁리만 한다고 무슨 행패를 당할지 몰라 공책 위로 눈물만 뚝뚝 떨궜다. 그러다 보면 아버지는 분풀이로 마셔댄 술에 취해 쉬 곯아떨어졌고, 나는 눈물이 그렁그렁한 눈으로 아

버지를 노려보았다.

　사단은 꼭 아버지가 잠에서 깨어나는, 동네가 쥐 죽은 듯 잠든 야심한 밤에 일어났다. 잠이 깬 아버지는 냉수를 벌컥벌컥 들이켠 뒤 피곤에 지쳐 쓰러져 누운 어머니를 발로 차서 깨웠다. 제발 잠 좀 자게 해달라는 애원을 무지르며 어머니를 강제로 일으켜 앉힌 아버지는 쥐를 앞에 둔 고양이처럼 두 눈에 쌍심지를 켜고서,

　"너 이년 솔직하게 불지 않으면 아주 죽여버릴 줄 알아. 내 성질 알지? 그러니 뒈지고 싶지 않으면 날 속일 생각일랑 집어치워. 만약에 그랬다가는 뼈째 갈아마시고 말 테다, 이 쌍년."

하고 들입다 욕부터 퍼부었다.

　나는 아버지가 어머니를 폭행하는 내내 구석에 쪼그리고 앉아서 당겨 세운 무릎 위에 책을 펼쳐 들고 그 사이에 얼굴을 파묻었다. 그러고는 아버지가 퍼붓는 욕설을 입속말로 고스란히 되읊었다.

　"쌍년!"
　'쌍놈!'
　"씨팔 년!"
　'씨팔 놈!'
　"좆 같은 년!"
　'좆 같은 놈!'

　아버지가 내뱉는 욕지거리를 따라 하는 내 마음은 증오로 부들부들 떨렸다. 무자비한 구타를 견디지 못하고 널브러진 어머니를 봐도 눈물은 나오지 않았다.

　하루는 어머니의 귀가가 퍽 늦었다. 그날 따라 어쩐 일로

술을 입에 대지 않던 아버지는 어머니가 여덟 시를 넘겨서도
돌아오지 않자,

　"이런 죽일 년. 이런 때려 죽일 년."
하고 짐승처럼 낮게 으르렁거리며 소줏병을 입에 물고 나발
을 불었다.

　어머니가 아홉 시를 막 넘겨 집에 들어섰을 때, 거나하게
술에 취한 아버지의 얼굴은 살의로 번들거렸으나 나는 그 살
의가 추하고 역겨웠다. 인부들의 간조날이라 함바에서 빠져
나올 수 없었노라는 자초지종을 아버지는 귓등으로도 듣지
않았다. 나는 구석 자리에 옹송거리고 앉아 책을 펴서 무릎
위에 세웠다. 아버지는 다짜고짜 손찌검부터 했다. 나는 눈을
책으로 반쯤 가리고 어머니가 발에 걸린 촛대처럼 쓰러지는
것을 보았다. 어머니를 짓밟고 선 아버지는 안광을 빛내며 사
위를 두리번거리다가, 천막 바닥에 펼쳐진 내 공책 위에 놓여
있던 연필을 집어들었다. 길고 뾰족한 연필심이 누런 알전구
의 불빛을 받아 반지르르 빛났다. 나는 연필을 움켜쥔 아버지
의 손이 허공을 가르는 것과 동시에 두 눈을 질끈 감았다.

　"아악!"
　귀청을 찢는 어머니의 비명 소리가 천막 안에 울려퍼진 한
참 뒤, 나는 두려움에 떨며 감았던 눈을 천천히, 떴다. 아버
지는 보이지 않고 어머니만 피칠갑이 된 정강이를 부여잡고
신음하고 있었다. 어머니의 발 아래, 심이 부러진 연필이 나
뒹굴었는데 연필 끝에 벌건 살점이 묻어 있었다. 나는 겁에
질린 두 눈을 동그랗게 치켜뜨고 아래턱만 덜덜 떨어댈 뿐,
미동도 할 수 없었다. 어머니는 깊이를 알 수 없는 지하동굴
에서 들려오는 울림같이 기괴한 울음 소리를 내며 정강이뼈

에 박힌 연필심을 빼내려고 모질음을 썼다.

어머니가 정강이를 부여잡고 사리를 무는 허공 위로 하루살이 떼가 알전구 주위를 열쩨게 날아다녔다.

뼈에 박힌 연필심을 뽑아내기 위해 죽살이 치던 어머니가 돌연 고개를 치켜들고 눈물이 차고 넘치는 눈으로 나를 노려보았다. 그러더니 느닷없이 앉은걸음으로 내게 다가와 나를 때리기 시작했다.

"이 나쁜 놈, 엄마가 매를 맞아도 두 눈을 말똥말똥 뜨고 구경만 하는…… 이 밥 버러지 같은 놈. 엄마가 맞는데도……."

나는 어머니의 매질을 피하지 않았다. 피하고 싶어도 가슴이 미어져서 피할 수가 없었다. 어머니는 통곡을 하며 나를 때렸고 나는 소리 없이 눈물을 흘려가며 어머니의 매를 맞았다. 문득 내 뺨이며 머리통이며 가슴패기를 쥐어박던 손길이 멎으면서 어머니가 내 머리를 가슴에 부여안고 엉엉, 소리내어 울었다.

불을 끄고 누웠으나 잠은 오지 않았다. 곁에 누운 어머니의 불규칙한 숨소리 사이사이 한숨이 섞여 나왔다. 부질없이 달은 밝아 천막 안이 달빛으로 우련한데 가까운 산에서 소쩍새가 울었다.

나는 두 눈을 꼭 감고 어거지로 잠을 청했다. 그러나 구슬픈 소쩍새의 울음 소리가 귀에 박혀 마음이 산란하고, 옆에서 끙끙 앓아대는 어머니의 신음에 기껏 오던 잠도 천리만리 달아나버렸다. 천막 자락을 들추면서 아버지가 들어서는 기척에 나는 부러 건코를 골았다.

"자알들 하는 짓이다. 저그들끼리 퍼질러 자빠져 자고, 염병할 놈의 집구석."

불퉁대며 바닥에 주저앉는 아버지에게서 혹 술내가 끼쳐 왔다. 나는 자는 척 꼼짝하지 않으면서도 언제 아버지가 행패를 부릴지 몰라 가슴이 도근거렸다. 아니나 다를까, 아버지는 누워 있는 어머니의 어깨를 잡아 흔들며,

"일어나 봐, 눈 좀 떠보래두."

하고 자근대는데 의외로 목소리가 숙부드러웠다.

"그렇게 노려볼 것 없어. 아깐 내가 잘못했으니까 이리 좀 와 봐."

"더러운 인간, 차라리 날 죽여라 죽여."

"조용히 해. 현민이 깨겠다. 앙탈 부리지 말고 이리 좀 와 봐."

나는 올랑거리는 가슴을 달래며 부모님의 실랑이에 귀를 기울였다. 슬며시 실눈을 뜨고 살펴보니 아버지가 어머니를 어거지로 찍어누르고 있었다. 어머니가 완강하게 저항을 했으나 아버지는 강제로 어머니의 하의를 벗겨내었다. 얼핏 눈길에 잡힌 어머니의 얼굴은 치욕으로 일그러져 차마 눈뜨고 지켜볼 수가 없었다.

나는 슬며시 떴던 실눈을 질끈 되감으며 우둔우둔 뛰노는 가슴을 달래려 어금니를 깨물었다. 느껴우는 어머니의 흐느낌과 씩씩대는 아버지의 숨소리에 가슴이 먹먹해지면서 나도 모르게 한줄기 눈물이 뺨을 타고 흘러내렸다. 천막의 찢어진 틈새로 스며든 달빛 외에 내 뺨에 흐르는 눈물을 본 이는 아무도 없었다.

'짐승 같은 놈. 짐승 같은 놈. 더러운 짐승 같은 놈……'

나는 속으로 끊임없이 씹으며 울분을 달랬다.

그날 밤, 나는 동녘이 번해 오도록 잠들지 못했다. 슬퍼서 잠을 잘 수가 없었다. 그런 나를 대신해 밤새도록 소쩍새가 울어 주었다. 소쩍새의 울음 소리가 잦아들 무렵, 나는 살그머니 천막 밖으로 빠져나왔다. 환하던 달이 기울고 있었다. 지는 달을 보고 있자니 문득 여기는 내 집이 아니라는 생각이 들었다. 나는 축대 끝에 서서 우련한 달빛이 먹을 감겨 주는 산동네를 굽어보았다. 달빛이 가닿는 땅끝, 그 어딘가에 진정한 내 집이 있을 것만 같았다.

그래 일기장을 보자. 아무도 모르게 꼭꼭 감춰 두었던 어머니의 일기장을 보자.

나는 하늘에 뜬 달을 보다가 퍼뜩 떠오르는, 어쩌면 내가 이 집의 자식이 아닐지도 모른다는 생각에 주먹을 쥐었다.

내가 어머니의 일기장을 맨 처음 읽었을 때 받은 충격은 도저히 말로 표현할 길이 없다. 시쳇말로 하늘이 무너지고 땅이 꺼지는 심정이었다고 얘기해 봐야 어차피 역부족이다. 아무튼 어머니의 일기장을 읽고 난 뒤로 나는 꼬박 보름을 앓았다. 어머니가 약국에서 며칠분의 약을 지어 왔지만 열이 펄펄 끓고 먹는 족족 속의 것을 죄 게워내는 내 병세는 차도가 없었다.

나는 앓아 누운 내내 무시로 잠을 잤는데 설핏 잠이 깼다가도 의식이 가물거려 이내 잠 속으로 빠져들었다. 보름 간을 거의 잠결에 보내는 동안 나는 똑같은 꿈을 수도 없이 반복해서 꿨는데, 이상하게도 깨어나면 무슨 꿈을 꿨는지 통 기억이 나지 않았다. 지독한 악몽을 꿨던 모양으로 잠에서 깨고 나서도 한참 동안 얼겁이 들어 움직일 수가 없었다. 그러나 도무지 이해할 수 없는 일은 악몽에 시달리다 깨어나 보면 내가 아버지의 바지나 윗도리를 입고 있는 것이었다. 내가 자다 말고 벌떡 일어나서 아버지의 옷을 꺼내 입는 것을 몇 차례에 걸쳐 목격한 어머니는 조금은 의아하게 여기면서도,

"원 애두, 무슨 잠꼬대를 저리 요상하게 할까."

하고 무심히 보아넘겼다.

병이 다 나아서 더 이상 악몽에 시달리지 않게 되었을 때, 나는 내가 아버지의 옷을 주섬주섬 꿰어입은 연유를 곰곰이 따져봤으나 머리만 지끈거릴 따름이었다. 돌이켜보면 혹 내 잠재의식 속에 하루빨리 어른이 되고 싶은 욕구가 강렬하게 또아리를 틀고 있었던 것은 아니었을까. 어머니의 일기장을 본 순간 운명처럼 짊어져버린 삶의 무게를 이기고 감당하기 위하여.

보름이 지나자 내 몸을 들볶던 병은 나았으나 마음의 병은 비로소 시작되었다. 나는 책가방을 메고 집을 나서면 학교로 가지 않고 하루종일 거리를 쏘다녔다. 낯선 거리에 낯선 사람들, 차라리 그 속에서 마음이 편했다. 걷는 도중에 비를 만나면 하염없이 빗속을 걸어갔다. 겨울비가 뼈에 시렸지만 아무래도 좋았다. 아래턱을 덜덜 떨며 걷다 보니 한강이었고, 나는 잠시 강변에 앉아 있다가 대중 목욕탕의 온탕에 뛰어들 듯 강물 속으로 첨벙 뛰어들었다.

내가 눈을 뜬 곳은 병원이었다. 웅성거리는 소리에 눈을 떠보니 담임선생님과 어머니와 몇 명의 급우들이 내 주위에 둘러서 있었다. 내가 눈을 뜨자마자 어머니는 죽었다 살아난 사람을 반기듯 얼굴이 환해지며 두 손을 가슴에 그러모으고 왈칵, 눈물을 쏟았다. 나는 몸을 일으켜 세우면서 팔뚝에 꽂혀 있던 링거 주사바늘을 뽑아냈다. 나는 뽑아낸 주사바늘을

내던지며 침대에서 내려섰다. 놀란 어머니가 내 앞을 가로막으며,

"애, 현민아. 대체 왜 이러니?"

눈물이 그렁그렁한 얼굴로 물었으나 나는 어머니를 옆으로 밀쳐내며,

"씨팔, 상관하지마!"

감사납게 쏘아붙인 뒤 병원을 빠져나왔다.

내 눈에는 어머니를 포함한 세상의 모든 것이 위악으로 비쳤다. 사람들은 거짓으로 말하고, 거짓으로 웃고, 거짓으로 울고, 거짓으로 밥을 먹고, 거짓으로 잠을 자고, 하다못해 똥도 거짓으로 누며 해도 거짓으로 뜨고 거짓으로 지고, 물도 거짓으로 흐르고, 꽃도 거짓으로 피고, 바람도 거짓으로 불고…… 나를 제외한 모든 것이 거짓이었다. 나는 내 자신도 거짓에 물들어 거짓으로 숨을 쉬며 살아가는 것은 아닌가 두려워 견딜 수가 없었다.

첫 자살 시도가 무위로 끝나고 나는 중학교에 입학을 했다. 그러나 무엇을 배운다는 것이 내게는 하등의 의미가 없었다. 무엇을 위해 배울 것인가? 무엇을 위해 살 것인가? 내게는 그 '무엇'이 없었다.

나는 교모를 삐딱하게 눌러쓰고 책가방에는 칼을 품고 다니며 또래의 불량패들과 어울려 다녔다. 처음에는 그저 몰려다니기만 하던 것이 차차 대담해져서 골목에서 애들의 돈을 빼앗고 담배를 피우고 술을 마시고 나중에는 학교 뒷산에서 본드도 흡입했다. 본드에 취한 날이면 집에 들어가지 않았다. 아니, 돌아갈 집이 없었다. 우리 패거리 중에는 여자애들도 더러 있었는데, 나는 그 중에서 팔뚝에 담뱃불로 지진 흉터가

여섯 개나 있는 계집애와 본드에 취해서 관계를 가졌다. 동정이었던 나는 삽입을 하기도 전에 사정을 했으나 그 애는 처음에는 다 그런 것이라며 느긋하게 담배를 피웠다. 나보다 한 살 많은 그 애는 애를 지운 경험도 있었다.

하루가 다르게 어긋나가는 나를 볼 때마다 아버지는 인정사정 두지 않고 몽둥이를 휘둘러댔으나, 나는 맞으면서도 우스울 따름이었다. 나를 자신의 친아들로 알고서 사람 한번 만들어보겠다고 매를 드는 '그 사람'의 삶이 우습기 짝이 없었다. 내가 무엇 때문에 방황하는지 알 턱이 없는 어머니는 날이면 날마다 나를 붙들어 앉혀놓고 눈물 콧물 옷깃을 적셔 가며 타이르고 애원하고 빌기까지 했으나, 그러면 그럴수록 나는 더욱 부아가 나서 집을 뛰쳐나가 이삼 일씩 돌아오지 않았다.

내가 자퇴를 한 것은 그 해 가을이었는데 심심찮게 벌였던 패싸움이 화근이었다. 싸움의 발단이야 으레 그렇듯이 별 것 아니었다. 한동안 싸움을 하지 않으면 몸이 근질거려 부러 시비거리를 만들어서라도 드잡이질을 해야만 직성이 풀렸으니까. 아무튼 이웃 마을 중학생패와 우리는 한밤에 벽돌공장에서 맞붙었다. 주먹을 휘두르고 발길을 내두르고 멱살을 틀어쥐고 박치기를 해가며 한참을 엎치락뒤치락하다 보니 머릿수가 모자라는 우리 편이 수세에 몰렸다. 슬슬 뒷걸음질을 쳐가며 내뺄 궁리를 하는 와중에 우리 가운데 한 놈이 어디서 주워왔는지 삽을 들고 와서는 상대 패거리 중 가장 센 놈을 골라 어깨를 찍어버렸다. 삽에 찍힌 녀석의 어깨에서 피가 솟구쳤고, 그 기세에 눌린 이웃 마을 중학생들은 꼬리를 내리고 달아났다. 승리감에 취한 우리들은 삽을 휘둘러댄 녀석을 한껏 추켜줘 가며 좋아라했다. 그러나 그 이튿날, 삽날에 어깨를 찍힌 녀석의 부모가 순경들을 앞세워 학교로 들이닥쳤고, 우리들은 파출소로 연행되었다. 파출소로 끌려가면서 우리들은 겁에 질려 걱정이 태산 같았으나 정작 삽을 휘두른 당사자는 무언가 단단히 믿는 구석이 있는 모양으로 휘휘 휘파람을 불어가며 천하태평이었다.

아니나 다를까, 우리들은 약간의 조사만 받고 한나절 만에 풀려났다. 비단 풀려났을 뿐만 아니라 패싸움을 벌인 서로간의 입장이 바뀌어 우리들은 피해자로 삽날에 찍힌 녀석의 패거리는 가해자로 둔갑을 했다. 더욱이 취조실로 끌려간 녀석들은 얼마나 심하게 치도곤을 당했는지 나중에 보니 몰골이 엉망이었다. 파출소를 나서면서도 나는 도시 영문을 몰라 어리둥절해 했는데 알고 보니 삽을 휘두른 녀석의 아버지가 관할 경찰서의 서장이었고 우리 중 한 아이의 아버지는 새마을 금고의 이사장이었다. 반면에 우리와 패싸움을 벌인 아이들의 부모는 막일꾼 아니면 노점상이나 청소부가 고작이었다.

"씹새끼들이 엉길 데를 보고 엉겨야지."

파출소를 나서며 경찰 서장의 아들이 가소롭다는 듯이 빈정거렸고 모두들 깨소금 맛이라는 듯 낄낄거렸으나 나는 그 웃음이 소름이 돋도록 징그러웠다. 녀석들은 전날 싸웠던 일이 대단한 무용담이나 되는 양 쉴새없이 재방송을 해댔으나 나는 토할 것만 같았다. 그 애들을 향한 경멸보다도 그간 내가 해온 짓거리들이 반항도 뭣도 아니라는 사실을 깨달으며 견딜 수 없이 비참해졌기 때문이었다.

위악스런 내 부모와 세상에 대해 반항한다는 착각에 빠져 보내버린 일 년 가까운 시간 동안 결국 나만 못 쓰게 되어버린 셈이었다. 나는 아이들의 돈을 강탈하고 술을 마시고 본드를 흡입하고 여자애들과 관계를 맺고 패싸움을 하는 모든 행위를 통해 결국 나만이 도덕적으로 순결하다는 생각을 해온 것이었다. 그건 일종의 자학이었다. 자학을 하다 보면 자신이 모든 면에서 순결한 인간이라는 착각이 일고, 그런 착각은 자신이 도덕적으로 순결하기 때문에 그 어떤 타락을 해도 면죄부를 받을 자격 내지는 권리가 있다는 또 다른 착각을 불러일으켜 점점 커다란 경멸과 폭력을 행사하게 되는 것이다. 물론 당시의 내가 그토록 구체적인 생각을 했을 리는 없지만 막연하게나마 그런 논리 속에서 사고하고 움직였던 것만은 틀림없다.

학교로 돌아온 우리들은 교무실로 불려가 한 차례 치도곤을 당한 뒤 징계위원회에 회부되었다. 그 결과 경찰 서장과 새마을금고 이사장의 아들은 일주일의 유기정학, 나머지 떨거지인 나와 다른 아이들은 무기정학을 당했다. 그러나 이미 학교를 그만두기로 마음 먹은 나에게 그깟 징계는 아무런 의미도 없었다.

정학을 먹은 이튿날, 나는 어머니가 함바집에 일을 나간 틈을 타서 주섬주섬 옷을 챙겨 보따리를 꾸렸다. 무시로 노름 밑천을 내놓으라고 행패를 부려대는 아버지의 눈을 피해 어머니가 어디에 돈을 감춰두는지 좌르르 꿰고 있던 나는 찬장 밑을 뒤져 얼마간의 돈도 챙겼다. 집을 나가고 싶지는 않았지만 그것만이 내게는 최선이었다. 물론 나는 바깥 세상이 얼마나 무서운 곳인지 알지 못했다. 그러나 바깥 세상의 폭력이 집에서의 폭력보다 훨씬 가혹하고 완고하다는 걸 알았더라도 나는 집을 나갔을 것이다. 열네 살의 나이에 나는 내 자신을 두려워할 줄 알았다. 집을 떠나지 않으면 내 자신이 무슨 짓을 저지르게 될지 모를 일이었다. 나는 내 자신을 포기하고 싶지 않았다.

집을 나서면서 나는 아주 조금 울었다. 두 번 다시 울지 않으리라 다짐하면서.

가출한 나는 무작정 거리를 떠돌아다니면서 내 한몸 의탁할 곳을 찾아다녔다. 라면으로 끼니를 때우면서 돌아다니다가 밤이 되면 역전이나 공원 등지를 찾아갔다. 그러다가 취직을 한 곳이 중국집이었다. 내가 너무 어려 보였던지 주인은 배달 아닌 허드렛일을 시켰다. 나는 그 집에서 한 해를 보냈는데 몸이 고달퍼도 마음은 그렇게 편할 수가 없었다. 기합 센 형들한테 이유 없이 매도 맞고 배 터지게 욕을 얻어먹으면서도 나는 꿋꿋하게 버텼다. 고달픈 사회 생활을 견디다 보니 내 생각은 나이에 비해 훨씬 웃자라 제법 어른다운 생각도 할 줄 알게 되었다. 그러다 보니 부모님에 대한 생각도 차차 달라졌다. 비록 내 친부모가 아닐지라도 핏덩이였던 나를 거둬다 이만큼 키워 준 이상 친부모나 다름없다는 생각이 서서히 마음 한귀퉁이에 자리를 잡아갔다.

그렇게 일 년을 넘기고 나자 못 견디게 어머니가 보고 싶었다. 술에 취해 무턱대고 주먹을 휘둘러대는 아버지가 있는 그 음습하고 우울한 집이 그립기도 했다. 설사 다시 뛰쳐나오는 한이 있더라도 돌아가서 견뎌 보고 싶었다. 그 이면에는 내 앞가림 정도는 할 만큼 성장했다는 자부심이 있었다.

정들었던 중국집을 그만두고 집으로 향하는 내 발걸음은 나붓나붓 가벼웠다. 그간 모아 두었던 월급도 월급이거니와 무엇보다도 양손에 들린 선물이 내게는 가슴 뿌듯했다. 길 가는 모든 사람들이 다 나만 쳐다보는 것 같기도 했다. 그러나 내 기쁨은 집으로 오르는 큰길에서 웬 여자와 엉켜붙어 육박전을 벌이는 어머니와 맞닥뜨리게 되면서 산산조각이 나버렸다. 생전 남에게 큰소리 칠 줄을 모르던 어머니가 밝은 대낮에 한길에서 죽자고 싸우는 모습에 나는 그만 어안이 벙벙해졌다. 그러나 더욱 놀라운 일은 사람들을 헤치고 나타난 아버지의 행동이었다.

아버지는 두 여자 사이에 끼여들어 싸움을 말려놓고는,

"이런 개 같은 년이 아주 서방 망신을 시키려고 작정을 했고나. 지지리 궁상 같은 년이 제 꼴값을 모르고 어디서 패악이야? 이년아, 내가 왜 딴 살림 낸 줄이나 알어? 바로 네 년의 그 흉물스런 낯짝이 보기 싫어서야."

하고 냅다 퍼부어 가며 어머니를 복날 개 잡듯이 두들겨 팼다.

사람들 뒤에 서서 지켜보던 나는 더 이상 참지 못하고 손에 들고 있던 선물꾸러미를 아버지의 얼굴을 향해 집어던졌다. 어떤 개자식이, 하고 돌아보던 아버지가 등 뒤에 있던 나를 발견하고는 주춤했다. 나는 아버지를 비껴 지나 쓰러진 어머니를 부축해 일으켜 세웠다. 눈두덩이 시퍼렇게 부어오른 어머니가 내 품에서 흑흑, 느껴 울었다. 나는 어머니를 부축해서 우우 몰린 구경꾼 사이를 빠져 나갔다. 이만큼 와서 돌아보니 줄곧 내 등짝을 노려보던 아버지가 첩과 함께 사라지고 있었다.

천막이 있던 자리에는 판잣집이 들어서 있었는데 말이 좋아 집이지 숫제 개집이나 다름없었다. 나는 우선 이부자리부터 펴서 어머니를 눕혔다. 자리에 누운 어머니는 한동안 서럽게 목놓아 울었다.

"아저씨, 지금 우는 거예요?"

눈에 고인 눈물을 찍어내자 레지가 걱정스런 낯빛으로 내게 물었다. 나는 고개를 가로저으며 한숨을 내쉬었다.

"어머, 비가 멎었네요."

분위기가 어색해지자 레지가 호들갑을 떨었다. 나는 창 밖으로 눈길을 돌렸다. 레지의 말대로 비는 멎었으나 해변 끝 송림숲을 휘젓는 바람은 여전히 극악스러웠다. 날이 이운 탓인가, 소나무를 떠다박으며 왜장을 쳐대는 바람의 기세가 한결 표독스럽게 느껴졌다.

담배를 태워도 괜찮겠냐는 레지에게 담뱃불을 붙여 주자 그는,

"차라리 세상이 저 바람에 싹 날아갔으면……."

하고 처연한 눈길을 창 밖으로 돌렸다.

외로운 사람끼리는 눈빛만으로도 통한다던가, 나는 레지에게서 낯설지 않은 정을 느꼈다. 바닷가의 조약돌처럼 세파에 쓸려 닳아졌으면서도 크고 작은 물결에 끊임없이 대항하며 몸부림치는 이에게서나 엿볼 수 있는, 완강한 슬픔이 깃든 레지의 눈빛이 깊은 밤 대금 소리처럼 가슴을 저몄다. 나 또한 그런 슬픔으로 얼마나 많이 상처받아 왔던가. 소외받은 자의 슬픔은 평생을 간다는 이치를 깨닫고 포기하기까지 얼마나 많은 날들을 부대끼며 살아왔던가. 그러나 막상 모든 것을 포기하고 나자 내 영혼의 깊숙한 곳으로부터 나를 제압해 들어오는 이 두려움의 정체는 무엇일까. 지난 며칠 간 나는 내 내부에서 들려오는 소리를 밤마다 들어야 했다.

이 땅에 왔다가 흔적도 없이 죽어가게 하지 마소서!

모든 것을 포기했다는 자의식이 강해지면 강해질수록 내면의 울림도 커져서 나를 잠 못 들게 했다. 첫 물결에 얹히는 둘째 물결처럼 내면의 울림이 수그러들 즈음이면 살아온 건지 살아낸 건지 모를 날들이 서늘한 바람이 되어 가슴 한복판을 쓸고 지나갔고 그러다 보면 어느덧 번하게 먼동이 터오곤 했다.

"찻값이 얼마죠?"

"벌써 가시게요?"

나는 대답 대신 자리를 털고 일어나서 배낭을 짊어졌다.

"그냥 가세요. 오늘 같은 날은 돈을 받고 싶지 않아요. 저렇게 바다가 울부짖는 날이면 누구라도 대접하고 싶어지죠. 문득 뒤를 돌아보면 텅 빈 공허감, 그런 마음으로 사람을 만나면 누구라도 피붙이처럼 절절해지거든요."

나는 묵묵히 서서 한 인간의 외로움을 내려다보았다. 흐르는 침묵 속에 양은주전자 물 끓는 소리가 정겨웠다. 창 밖에 휘몰아치는 들개처럼 사나운 바람의 위협도 물 끓는 소리에 묻혀 너우룩하게 잦아드는 느낌이었다. 그러나 바로 그러한 느낌에 레지의 모습이 더욱 처연해 보였고, 그의 주위를 안개처럼 감싼 외로움은 내가 다가가서 안아 줘야 될 것처럼 위태롭게 여겨졌다.

"그깟 커피값, 부담 가질 필요 없어요. 마담 언니가 지서장이랑 온천으로 놀러가서 오늘은 내가 주인이나 다름없으니까요."

나는 말없이 돌아서서 다방을 빠져 나왔다. 등짝에 레지의 시선을 느꼈으나 돌아보지 않았다. 시비거리를 찾아 눈알을 부라리며 마을을 휩쓸던 바람이 오냐 너 잘 걸렸다는 듯이 다방문을 나서는 내 멱살을 나꿔챘다. 나는 옷깃을 바투 추켜세운 뒤 바다를 바라보았다.

어둑시근한 어둠에 묻혀 먼 바다는 보이지 않는데 허연 이빨을 앞세우고 방파제를 덮친 파도가 굉음과 함께 하늘로 솟구쳤다. 파도가 부서질 때마다 부는 바람에 그 파편이 내게로까지 날아와 흡사 가랑비를 맞는 것 같았다. 방파제 주변을 환하게 밝힌 가로등들이 연신 물벼락을 맞아 가며 오돌오돌 떨고 서 있는 해변가는 지나다니는 개 한 마리 없어 무섭도록 황량했다.

방파제 끝을 파수꾼처럼 지키고 서 있는 등대의 불빛이 그나마 위안이 되었다. 병들고 지친 나그네 같은 가로등과 달리 바다를 향해 떡, 하니 버티고 서서 꼿꼿한 눈길을 누그러뜨리지 않는 등대의 모습은 모두 퇴각해 버린 전장을 홀로 지키는 장수처럼 의연해 보였다. 덮치는 파도에 아랑곳없이 어둠을 가르고 먼 바다를 향해 일직선으로 뻗어 나가는 등대의 불빛이 내게는 추락하는 산악인을 팽팽하게 매단 자일처럼 여겨졌다. 어둠에 잠긴 바다를 짯짯이 살피는 등대의 불빛을 지켜보노라니 들끓는 바다 어딘가에 표류하는 어선이 있을 것만 같았다.

나는 방파제를 향해 일직선으로 뻗은 길가에서 깜북깜북 졸고 있는 구멍가게의 문을 두들겨 깨웠다. 소주와 마른 오징어를 검정 비닐 봉지에 담아들고 방파제로 향했으나 차마 가까이 다가가지는 못했다. 펄펄하던 바람이 내가 다방에 들 때에 비해 눈에 띄게 누그러지긴 했으나 그 기세가 여전히 무시 못하게 되알졌고 파도 또한 방파제에 부딪칠 때마다 폭탄 터지듯 했다. 어쩔 수 없이 발길을 돌린 나는 방파제 맞은편에 덩두렷하니 솟은 동산 중턱에 자리를 잡았다. 동산은 암반 투성이였다. 나는 미끄러지지 않도록 조심해 가면서 절벽가 바위턱에 걸터앉았다. 걸터앉은 발 아래서 성난 파도가 소용돌이치면서 으르딱딱 위협을 해왔다. 여차직하면 집어삼켜 버리겠다는 기세로 발 밑 절벽에 몸을 부딪는 파도를 대하자 어쩐지 막혔던 가슴이 시원하게 뚫리는 기분이었다. 까딱 잘못하면 파도에 쓸려 자취도 없이 사라져버릴 수도 있겠으나 나는 그 어떤 위협도 느끼지 못했다.

나는 되도록이면 아무런 생각도 하지 않으려고 애쓰면서 병째 술을 마셨다. 이따금씩 소주가 목에 걸려 욕지기가 일었으나 이를 악물어 구역질을 참았다. 금방이라도 목구멍을 뚫고 터질 것만 같은 구역질을 견디자 속이 울렁거리면서 입 안에 신침이 고였다. 나는 신침을 삼켜 가며 마른 오징어 다리를 질겅질겅 씹었다.

나는 빈 술병을 바다에 내던지고 어금니로 나머지 술병의 뚜껑을 땄다. 이미 비워낸 술로 으슬으슬 치곧아오르던 추위는 가셨으나 속이 좋지 않았다. 신침이 자주 입에 고였고 술을 한 모금 삼킬 때마다 욕지기가 심하게 일었다. 나는 욕지기를 견디기 위해 오징어를 되도록이면 오래 씹었다. 그러나 어느 순간 꿀꺽, 하고 삼킨 신침이 고만 식도를 타고 되넘어오면서 나는 허리를 꺾었다. 나는 바위턱 아래 소용돌이치는 바다에 이제껏 마신 술을 토해내면서 사이렌 소리를 들었다.

"왜에에에—앵."

지서 옥상에 설치된 스피커를 통해 울려퍼지기 시작한 사이렌 소리는 삽시간에 마을을 흔들어 깨웠다. 집집마다 불이 켜지면서 영원히 깨어나지 않을 것처럼 깊이 잠들었던 마을이 소란스러워졌다. 허리를 꺾고 속엣것을 토해낸 나는 질금거리는 눈물을 손등으로 훔쳐 가며 마을로 눈길을 돌렸다.

"주민 여러분께 알립니다. 지금 막 무전이 들어왔는데 멀리 고기잡이를 나갔던 어선 한 척이 고래불 앞 바다에서 표류중이라고 합니다. 선원 십여 명 중 두 명은 파도에 쓸려 실종되었고 저기, 아무튼 상황이 급박한 관계로 주민 여러분께서는 속히 채비를 갖추어 나와 주시기 바랍니다. 다시 한 번 알려드립니다."

다급한 목소리가 스피커를 통해 쉬지 않고 삑삑거렸고, 대문을 박차고 뛰어나오는 사람들로 골목마다 북새통을 이루었다. 방파제 앞으로 몰려드는 사람들의 움직임은 취침중에 집합 명령을 받은 사병들의 동작처럼 잽싸고 일사불란했다. 사이렌이 울리기 시작한 지 십 분도 채 지나지 않아서 방파제 주변은 이백 명 가량의 주민들로 미어졌다. 지팡이를 짚은 노파부터 어린애를 등에 업은 아낙까지 거동을 할 수 있는 이는 죄다 몰려나온 모습만으로도 사태의 심각성을 익히 짐작할 수 있었다. 남녀노소 할 것 없이 섭슬린 사람들 속에 다방 레지의 모습도 끼여 있었는데 그는 사람들 뒤쪽에 쳐져서 방관자처럼 지켜 보기만 했다. 징을 들고 나온 몇 사람이 바다를 향해 부지런히 징을 울려댔다. 세 개의 징이 하나의 박자로 어울렸고 그 소리는 지축을 울리는 파도 소리를 훌훌 뛰어넘어서 바다 멀리 뻗어나갔다.

방파제 주변에 늘어선 사람들은 제각기 눈길을 늘여가며 드넓은 바다를 짯짯이 살폈으나 먹빛 어둠 속에서 표류중인 어선을 발견하기란 불가능한 일이었다.

하
늘
에
뜬
집

그때 밧줄을 허리에 비끄러맨 사내 하나가 방파제 위로 두어 길은 좋게 솟구치는 파도를 아슬아슬하게 피해 가며 등대를 향해 달음질쳐 갔다. 우르르르…… 콰앙, 무시로 달려들어 방파제를 덮치는 파도를 요리조리 잽싸게 피해 가며 경중경중 내닫는 사내의 모습에 마을 사람 모두가 간을 졸여 가며 숨을 죽였다. 두어 번, 파도를 미처 피하지 못해 숫소의 박치기와도 같은 물보라를 맞고 나가떨어지긴 했으나 사내는 그때마다 벌떡 일어나서 내처 달렸다. 포탄 작렬하는 전장 같은 방파제 위를 허위단심 내달린 사내가 등대 앞으로 거지반 육박해 들어갔을 때, 졸개들을 물리치고 앞으로 썩 나선 장수 같은 파도가 등대를 반나마 집어삼키며 사내를 덮쳤다. 응원하던 사람들이 앗, 하고 비명을 지를 새도 없이 사내의 모습은 물보라 속으로 사라졌다.

강 건너 불구경하듯 바위턱에 걸터앉아 술을 마셔 가며 사내를 지켜보던 나도 그때만큼은 마른침을 삼켰다. 허연 이빨을 앞세운 물보라가 사내를 집어삼켰을 때, 전신을 짜르르 훑고 지나가는 섬뜩한 느낌에 나는 하마터면 술병을 놓칠 뻔했다.

부챗살 모양으로 허공을 덮은 물보라가 방파제 좌우로 흩어지면서 닻줄을 묶기 위해 붙박아놓은 쇠기둥을 두 팔로 으스러져라 껴안은 사내의 모습이 드러났다. 무사한 사내의 모습을 확인한 사람들이 일제히 와와, 함성을 질러댔고 징소리는 징소리대로 신이 나서 천리 밖에서도 들리게끔 울려퍼졌다.

사내는 마을 사람들의 응원을 뒤로 하고 등대 안으로 들어갔다. 이윽고 등대 꼭대기에 설치된 조명등에 불이 들어왔고,

물 위에 남은 발자국

바다를 향해 일직선으로 뻗어나간 빛살이 잃어버린 아이를 찾아 헤매는 어미같이 바다 위를 더듬어 나갔다. 이백여 명의 눈길이 조명등 불빛을 좇아 개미 새끼 한 마리도 놓치지 않겠다는 듯 희번덕거렸다. 나 또한 반 병 가량 남은 소주를 홀짝홀짝 축내 가며 초조한 심정으로 조명등 불빛을 좇아 눈길을 들었다 놨다 늘였다 좁혔다 내 식솔의 일처럼 애를 태웠다. 그러나 바다를 뒤지는 조명등 불빛에 잡히는 것이라곤 크고 작은 파도뿐, 생과 사를 넘나들며 사투를 벌이고 있을 어선은 보이지 않았다.

"어? 저, 저기다. 저 앞에 있다!"

조명등이 삼십 분은 좋이 바다를 뒤졌을 때, 징 치는 사람 곁에 서서 바다를 겨눠보던 이가 숨 넘어가는 소리로 외쳐댔고 조명등 불빛이 그의 손이 가리키는 방향으로 날아가서 못 박혔다. 과연 그곳에 성냥갑 크기의 어선이 있었다. 조명등 불빛에 잡힌 어선은 파도 위로 불쑥 올라서서 선체가 통째로 시야에 들다가도 파도 아래로 내려앉으면 코빼기도 보이지 않았다. 배가 파도에 가려 보이지 않을 때마다 혹여 침몰한 것은 아닌가 하여 가슴이 철렁 내려앉았다. 마침내 배를 발견한 사람들은 자신이 그 배에 타고 있기라도 한 듯이 고래고래 함성을 질러가며 응원을 보냈다. 그러나 그뿐이었다. 운명의 신과 싸워서 이기고 지는 것은 온전히 저들만의 몫이고 이쪽에서 도울 수 있는 방법이라곤 그저 고함을 지르고 징을 치는 외에 달리 없었다.

그때 119 구급차를 선두로 하여 한떼의 구조대원들이 마을 어귀에 들어섰다. 사람들은 뒤로 물러서서 그들에게 자리를 내주었다. 그러나 구조대원들이라고 해서 달리 뾰족한 방도가 있는 것도 아니었다. 죽어가는 사람들을 살려 보겠다는 일념으로 숨가쁘게 달려온 구조대원들이건만 접근하는 것은 그 무엇이라도 부숴버리겠다는 기세로 으르렁거리는 바다 앞에서 그들이 할 수 있는 일이라곤 사투를 벌이는 어부들에게 행운을 빌어 주는 것뿐, 아무것도 없었다. 유일한 희망이 있다면 헬기뿐이었다. 구조대는 무전기에 대고 몇 번에 걸쳐서 헬기를 띄울 수 있는지 타전해 봤지만 매번 대답은 같았다. 하기사 헬기를 띄울 수 있는 일기가 아니었다. 설사 헬기를 띄운다 하더라도 치부는 바람과 싸워 가며 사, 오 미터에 달하는 파도 속에서 어부들을 구하려 들다가는 구조대원들부터 바다의 제물이 되기 십상이었다.

어선이 더디게나마 뭍과의 거리를 좁혀 왔으나 상황은 절망스럽기 짝이 없었다. 파도와 싸우는 어선의 모습이 내 눈에는 마치 그물에 걸려 퍼덕거리는 물고기처럼 보였다. 통통거리는 어선의 엔진 소리가 희미하게 들리기 시작했으나 그 소리는 엔진 소리라기보다는 살려달라는 애원에 가까웠다.

"여어, 여어, 힘 내라!"
"여어, 여어, 힘 내라!"
"이영차, 이영차, 다 왔다!"
"이영차, 이영차, 다 왔다!"

누군가 악쓰듯 뽑아올린 선소리에 마을 사람들뿐만 아니라 구조대원들까지 손나팔을 만들어 합창을 했고 그 곁에서 징이 정신 없이 울어댔다. 바다를 향해 나란히 서서 얼굴이 벌개지도록 목을 놓는 사람들에게서 어떤 울분이 느껴졌다. 생사의 경계를 오락가락 넘나들며 생똥을 싸대는 이들을 무력하게 지켜봐야만 하는 분노가 그 어떤 집단적 광기를 불러

일으키는 모양으로, 사람들은 숫제 악을 썼다.

"야, 이 새끼들아, 다 와간다 힘 내라!"

"야, 이 새끼들아, 다 와간다 힘 내라!"

사람들이 입을 모아 악을 쓰는 사이 어선은 백여 미터 안쪽으로 성큼 가까워졌다. 손만 뻗으면 닿을 듯 가깝게 여겨지는 거리였지만 그 거리가 되려 사람들의 애간장을 녹였다. 조명등 불빛에 갑판 위에서 파도와 싸우는 어부들의 모습이 똑똑히 보였다.

나는 선상 위에서 사투를 벌이는 어부들의 모습에 그만 나도 모르게 술병을 내던지며 벌떡 일어섰다. 그 바람에 하마터면 발을 헛디뎌 벼랑 아래로 떨어질 뻔했으나 바위의 돌출부를 부여잡아 가까스로 위기를 모면할 수 있었다. 그러나 그 순간에도 위기를 넘겼다는 안도감보다 바다와 싸우는 어부들을 응원해야 한다는 다급함이 앞섰다.

"으샤! 으샤! 으샤! 으샤! 으샤!……."

사람들은 손바닥이 부르트도록 박수를 쳐가며 응원을 보냈고 구조대원들은 파도의 힘이 미치지 않는 곳에 자리를 잡고서 금방이라도 구명튜브를 던질 채비를 갖췄다. 어선은 숨이 막히도록 더딘 속도로 뭍을 향해 다가왔다. 그러나 뭍과 어선과의 거리가 가까워지면 질수록 위기감이 높아져서 배가 파도에 가려 보이지 않을 때마다 간이 졸아드는 느낌이었다. 파도 밑으로 가라앉았던 배가 파도를 타고 위로 불쑥 솟구쳤다가 다시금 파도 밑으로 내려갈 때면 고만 다 와서 침몰한 것은 아닌가 하여 가슴이 덜컹거렸다. 십여 명을 태운 어선은 파도 하나를 넘을 때마다 파도 하나를 넘는 똑 그만큼의 위기로 뭍과 가까워졌다. 따지고 보면 어부들은 바다 전체와 싸우는 것이 아니라 놓치는 파도 하나하나와 싸우는 셈이었다. 사방에서 뒤덮쳐오는 수십, 수백의 파도가 아닌 눈앞에서 놓치는 단 하나의 파도와 싸워서 이겨내는 것, 그것이 바로 목숨을 구할 수 있는 유일한 희망이었다.

초조하고 안타깝고 설레이는 감정의 소용돌이에 휩싸여 마치 신들린 광신자들처럼 위태위태하게 바다를 건너오는 배를 향해 손뼉을 치고 고함을 질러대는 사람들 가운데 누군가 갑자기 불쑥 앞으로 뛰어나오며 손사래를 쳤다.

"안 돼! 거기루 오면 안 돼. 거긴 암초가 있단 말야!"

사내의 외침에 끓는 냄비 같던 소란이 일시에 사그러들었다. 꺼질듯 꺼질듯 바람을 견디는 촛불처럼 바다를 헤쳐온 배 한 척, 그 배가 눈앞으로 미끄러져 들어오면 올수록 살려낼 수 있다는 믿음에 가슴 벅차하던 사람들이 팍삭 깨져버린 종지기같이 얼굴 하나하나가 다 잿빛이 되었다. 사람들은 황망스러워 어쩔 줄을 모르고 우왕좌왕하다가,

"배를 돌려라! 암초다아!"

목청이 터져라 외쳐대는 사내를 좇아,

"배를 돌려라! 암초다아! 배를 돌려라! 암초다아!"

젖 먹던 힘까지 쥐어짜내 부르짖었다.

그러나 그들의 부르짖음이 어선에 채 가닿기도 전에 "꽝, 우지끈!" 하는 굉음과 함께 어선이 기울었고 그 충격으로 갑판에 있던 어부들이 바다로 튕겨져 나가고 말았다. 사람들이 놀란 입을 채 다물 사이도 없이 배 뒤쪽에서 내달아온 삼각파도가 먹이를 덮치는 맹수처럼 좌초한 어선을 뒤덮쳤다.

"아악!"

여기저기서 아낙들의 비명이 터져나왔다. 모든 게 한순간

이었다. 사람들이 정신을 수습할 새도 없이 어선이 눈앞에서 감쪽같이 사라지고 말았다. 누군가 울음을 터뜨렸고 그를 빌미로 넋을 빼고 섰던 여자들이 하나 둘 땅바닥에 주저앉으며 곡을 하기 시작했다. 곡을 하는 여인들 곁에서 사내들은 한줌 바람처럼 서 있었다. 구조대원들은 혼이 나간 모양으로 미동도 하지 않았고 나 또한 녹장이 나서 미끄러지듯 바위턱에 주저앉고 말았다.

믿을 수가 없었다. 어선이 침몰한 그 자리를 조명등이 샅샅이 훑고 구조대원들은 황망한 속에서도 생존자를 찾기 위해 미끄러지는 조명등 불빛을 좇아 바다를 샅샅이 살펴봤으나 부질없는 노릇이었다. 이따금씩 부서진 선체 쪼가리가 조명등 불빛에 잡히긴 했으나 그뿐이었다. 생목숨을 살려보겠다고 갖은 수단을 동원해서 죽살이쳐온 사람들은 말할 것도 없고 나 또한 밀물려오는 죄책감에 몸을 떨어야 했다. 눈앞에서 자취도 없이 사라져버린 이들, 그들을 꼭 내가 죽인 것만 같아 견딜 수가 없었다. 아니, 죽어가는 이들을 번연히 눈앞에 두고서도 아무것도 할 수 없었던 무기력한 자신이 원망스럽기 짝이 없었다.

다소 먼 이웃 마을에 사는 어부들의 떼죽음을 놓고 아낙들은 눈물바다를 이루었다. 조명등 불빛에 드러났던 배의 이름을 보고 이웃마을에 적을 둔 어부들임을 짐작할 뿐, 신원이 밝혀진 이는 단 한 명도 없었다. 그러나 애써 태연을 가장해가며 의연한 척 딴청을 부리는 남정네들 또한 온몸으로 울고 있을 터였다. 바다에 운명을 맡긴 이들은 비록 생판 남의 죽음일지라도 그건 더 이상 남의 죽음이 아니었다. 하기사 이 세상에 '나' 자신과 무관한 죽음이 어디 있으랴.

나는 더 이상 바위턱에 버티고 앉아 있을 수가 없었다. 어부들을 집어삼킨 바다와 방파제 앞에서 울음바다를 이룬 사람들을 지켜보고 있다가는 삶이 너무 허망해서 내 스스로 절벽 아래로 몸을 던질 것만 같았다.

'삶이 다 무어냐!'

절벽 아래 포효하는 바다가 나를 손짓해 부르는 환상 속에서 나는 부르짖었다. 우르르 몰려왔다가 절벽에 몸을 던져 그대로 부서져서 콰르르릉, 비명으로 승천하는 파도, 그 파도가 내게는 양팔을 활짝 벌려 나를 안아 주려는 더없이 자상한 몸짓으로 비쳐졌다. 그 품에 안기면 이제껏 내 등을 떠밀어 왔던 모든 설움과 고뇌와 회한에서 벗어나 무한한 자유를 누릴 수 있을 것만 같았다. 자유를 향한 열렬한 갈망, 나는 하마터면 바다로 뛰어들 뻔했다. 그러나 그 순간,

'이 세상에 흔적도 없이 사라질 수는 없다.'

섬광과도 같은 생각이 뇌리를 스치면서 발목을 붙들었다.

나는 암반 투성이의 동산을 내려왔다. 내딛는 발걸음마다 허방을 짚은 듯 아뜩아뜩 헛놀았다. 등에 짊어진 배낭이 천 근의 무게로 어깨를 짓눌렀고 눈앞에 펼쳐진 사물은 모두가 헛것인 양 입체감도 거리감도 없이 물러나고 다가들면서 머리를 어지럽혔다.

섭슬려서 곡을 하는 사람들을 마악 지나치는데 뒤쪽에서 누군가 내 팔을 나꿔챘다. 돌아보니 다방 레지였다. 그는 다짜고짜 다방 쪽으로 내 팔을 잡아끌었다. 영문도 모르면서 나는 그가 이끄는 대로 끌려갔다. 사람들 곁을 어느 정도 벗어나고 나서야 레지는 잡았던 팔을 놔주며 두어 걸음 앞서 걸어갔다. 무엇보다 지친 몸을 뉘고 싶었던 나는 레지의 뒤를 군

말 없이 타박타박 따라갔다. 우리가 다방 앞에 다다랐을 때 타이탄 트럭 한 대가 엔진 소리를 요란하게 울리며 마을로 들어섰고 그 뒤를 자가용이며 오토바이 따위가 뒤따랐다.

"아마 죽은 이들 마을에서 왔을 거예요."

내가 붙박인 듯 멈춰 서서 차량의 행렬을 눈으로 좇자 레지가 묻지도 않은 말을 주워섬겼다. 나는 레지의 말을 한 귀로 흘려들으면서 방파제를 향해 내달아가는 차량 그 너머 허공을 가르는 등대의 불빛을 겨눠보았다. 삼백육십 도 회전하면서 불빛을 쏘아대는 등대가 시야에 잡히는 순간,

'희망은 결국 저 등대의 불빛과 같은 것이다.'

입속말을 중얼거렸다.

그렇다! 등대의 불빛을 보면서 내가 명확하게 깨달은 것은 바다를 건너는 이에게 정말 중요한 것은 등대가 아니라 바다라는 점이다. 노한 바다 위에서 등대의 불빛이란 그 얼마나 허망한 것인가.

'잘못된 것은 내가 아니다. 잘못된 것은 바로 세상이다.'

순간 십수 년 전의 기억이 선명하게 되살아나면서 내 나이 열일곱, 사춘기를 온통 사로잡았던 절망감이 엄습해 왔다.

내가 아버지에게 버림받은 어머니를 남겨 두고 새로 취직한 공장 기숙사로 들어간 것은 기술을 배울 요량보다도 동네 어른들이 지나는 길에 나만 보면 "쟈가 고물장수 마누라쟁이하고 붙어먹은 김가놈 아들이지 아마. 그 아줌씨가 참말로 불쌍코마. 전생에 무슨 죄를 지었다고 팔자가 그 모양인지 원." 하고 쑤근거려대는 통에 도시 낯이 뜨거워 살 수가 없었기 때문이다.

남자들의 어지간한 바람기야 쉬쉬해 가며 덮어 둘 줄 아는 게 산동네 인심인데도 사람들이 모여서 입만 열었다 하면 아버지 험담을 일삼는 데는 다 그만한 이유가 있었다. 아버지와 정분이 난 고물장수 마누라는 본래 외간 남자 밝히기로 온동네에 소문이 자자한 여자였다. 제딴은 멋을 낸다고 치장을 하고 다니는 꼴이 술집 여자 저리 가게 야하고 사치스러워서 동네 아낙들 치고 뇌꼴스럽게 여기지 않는 이가 없었다. 그 여자는 제 남편이 멀쩡히 두 눈 뜨고 있는데도 무시로 우리집에 와서는,

"김씨 있어요?"

하고 아버지 불러내기를 밥 먹듯 했고 덕분에 점잖치 못한 소문이 꼬리에 꼬리를 물고 온동네에 퍼져 나갔다.

평소에도 마누라의 바람기 때문에 속병을 앓아 오던 고물장수 최씨는 그 소문을 접하자마자 아버지를 찾아왔다가 사내가 오죽 못났으면 마누라가 바람을 피우겠냐는 면박만 당하고 돌아갔다. 그러고는 그 길로 쥐약을 먹고 자살을 해버렸다. 최씨가 자살을 하자 동네는 벌집을 건드려 놓은 듯 시끄러워졌다. 그러나 정작 아버지와 최씨의 마누라는 그래 너희들은 짖어라 우리는 놀란다 하는 식으로 최씨의 장례식이 끝나기가 무섭게 살림을 합쳐버렸다.

사정이 그러하고 보니 나는 동네에 버티고 있을 재간이 없었다. 어머니에게 몇 번이고 이사를 가자고 졸라댔지만 어머니는 묵묵부답이었다. 그만큼 당했으면 아버지와 결별을 하고 새로운 삶을 꾸려 갈 법도 한데 어머니는 마을을 지키는 당산나무처럼 묵묵히 집을 지켰다. 내 눈에는 그런 어머니가 이 세상에 둘도 없는 바보천치로 보였다.

물 위에 남은 발자국

손목시계를 만드는 공장에 취직한 나는 프레스 반에 배속이 되었다.

첫 출근을 한 날, 공장 문턱을 들어서자마자 받았던 인상을 나는 지금도 잊지 못한다. 공장은 길쭉한 기역자 형의 블록 건물이었는데 슬레이트 지붕에 환기구멍 겸 창문 대신 뚫어 놓은 연두색 플라스틱 슬레이트가 바람이 불 때마다 들썩거렸다. 건물에는 두 개의 출입문이 있었는데 하나는 사무실로 통하는 미끈한 샷시문이었고, 또 하나의 빨간 페인트가 칠해진 육중한 철문은 기계들이 꽉 들어찬 공장으로 들어가는 문이었다. 내가 첫 출근을 했을 때, 육중한 철문은 나를 한입에 집어삼킬 듯 아가리를 쫙 벌리고 있었다. 나는 깡패 소굴에라도 들어선 것처럼 쭈뼛거리며 공장 안으로 성큼 들어서지 못했다.

"넌 뭐야?"

시커먼 기름때에 절은 군복바지에 누더기 같은 런닝셔츠를 걸친 중씰한 사내가 커다란 옷가방을 들고 얼쩡거리는 내 행색을 위아래로 훑으며 거칠게 물어왔다. 네모나게 각진 턱에 째진 눈을 한 사내는 떡 벌어진 어깨가 우람했고, 힘줄이 툭툭 불거진 굵은 팔뚝은 무엇이든 움켜쥐기만 하면 단박에 부숴버릴 것처럼 힘이 넘쳐 보였다. 나는 까닭 모를 위축감에 고만 눈길을 떨구고 말았다. 장정 서넛쯤은 예사로 메다꽂게 생긴 그의 풍채 탓은 아니었다. 나는 그 나이에 그처럼 자신감이 넘쳐 흐르는 얼굴을 본 적이 없었다. 이제껏 내가 봐온 중씰한 사내들은 지치거나 찌들거나 짜부라들어서 내 자신이 그들처럼 늙는다는 상상만으로도 소름 끼치게 했다. 그러나 그는 달랐다. 굵은 주름살로 뒤덮인 그의 얼굴은 활기가 넘쳐 보였다. 무엇보다 어린 내 눈에 비친 그는 당당했고 자랑스러움으로 빛이 났다.

"여기서 일을 하기로 어제 사장님하고……."

"꼬마가 새로 들어온다더니 바로 너로구나. 일루 따라오너라."

사내가 걱실걱실 웃어 가며 앞장을 섰다. 나는 어려운 어른의 뒤를 따르는 아이처럼 사내의 뒤를 좇았다. 사내는 아카시아나무가 우거진 야산이 있는 공장 뒤켠으로 나를 데리고 갔다. 그곳에는 바람이 용 한번 쓰면 휘딱 나자빠지게 생겨먹은 합판을 둘러 만든 변소가 있었고 그로부터 여남은 걸음 안쪽으로 기숙사가 있었다.

부엌도 뭣도 없이 달랑 방 한 칸인 기숙사 방문 앞에는 헌 운동화며 슬리퍼 따위가 어지럽게 널렸고, 개골창이 흐르는 기숙사 옆에는 빈 소줏병이 한 리어카는 좋이 쌓여 있었다. 방문을 여니 역한 냄새로 속이 거북했다. 여덟 자짜리 좁은 방의 윗목은 기숙사 생활을 하는 사람들의 옷가지와 소지품으로 빼곡했고, 이불을 개키지 않은 방바닥에는 《선데이 서울》 따위의 잡지들이 아무렇게나 나뒹굴었으며, 무엇보다 나를 당혹케 한 것은 포르노 잡지로 도배를 한 윗벽이었다.

방바닥에 옷가방을 내려놓으며 나는 이 돼지우리 같은 곳에서 먹고 자야 한다는 생각에 눈앞이 캄캄해졌다.

"싸게 옷 갈아입고 나오너라."

사내는 앞뒤 꼭지 없이 간략하게 이르고 나서 방문턱에 걸터앉아 담배를 태우며 기다려 주었다. 나는 심란한 마음을 추스릴 새도 없이 교복바지에 티셔츠를 걸쳐 입고 사내를 따라 공장으로 갔다.

아웅한 굴 속 같은 공장 천장에는 알전구가 대롱대롱 매달려서 아침부터 누런 불빛을 쏟아냈고, 시멘트로 공구리를 친 바닥은 낡고 삭아서 여기저기 벌건 흙이 드러나 있었다. 공장 복판에 들어선 사내는 손뼉을 두어 번 짝짝 쳐서 사람들의 시선을 모은 뒤,

"새로 꼬마가 들어왔으니까 잘들 대해 주라고."

짤막하게 인사를 시켰다.

사람들은 시큰둥한 표정으로 나를 한번 쓰윽 훑어본 뒤 하던 일을 계속했다. 나는 사람들의 무관심한 태도에 당황하면서 주눅이 들었다. 사내는 나를 공장 구석에 있는 유압 프레스 앞으로 데리고 갔다.

시커먼 몰골의 유압 프레스는 우선 그 집채만한 크기로 나를 압도했다. 난생 처음 보는 무시무시하게 생긴 기계 앞에서 나는 오금이 저렸다. 시커먼 기름이 줄줄 흘러내리는 기계는 살짝 손만 대도 사나운 공룡이 되어 내 몸을 갈기갈기 찢어 놓을 것만 같았다.

"그럼 고생해라. 일 하다가 어려운 일이 생기면 나를 찾고."

유압 프레스 기술자에게 나를 인계한 공장장은 내 등을 두어 번 다독여 준 후 총총히 멀어져 갔다. 나는 멀어져 가는 그의 뒷모습을 눈여겨보며,

'나도 열심히 기술을 연마해서 저분처럼 되어야겠다.'

하고 단단히 마음 먹었다.

내가 맡은 일은 생각보다 쉬웠다. 철바구니에 그들먹한 동전 크기의 신주를 산소불로 달궈서 유압 프레스의 금형에 올려놓으면 되는 간단한 작업이었다. 나를 인계받은 기술자는

내게 산소불 다루는 요령을 알아듣기 쉽게 설명해 준 뒤 유압 프레스 앞에 앉았다. 나는 유압 프레스 뒤쪽에서 벌겋게 달궈진 신주 덩어리를 집게로 집어 금형 위에 올려주었다. 프레스 중심부에 뻥 뚫린 구멍을 통해 기술자의 가슴팍이 보였다. 신주가 암금형 위에 올라오자 기술자가 기계의 발판을 밟았고, 이어서 철커덩 쿵, 하고 천둥 같은 소리와 함께 수금형이 내려와 암금형에 박혔다. 수금형이 쑤욱 올라가자 내가 올려놨던 신주가 시계모양으로 변해 있었다. 나는 그 신기한 광경에 입을 헤 벌리고서 다물 줄을 몰랐다. 그러나 신기해 하고 있을 새가 없었다. 잠깐만 한눈을 팔아도 프레스 중심부의 구멍을 통해,

"야이, 개새꺄. 너 놀러왔어?"

하고 기술자의 거친 욕설이 터져 나왔다.

점심시간을 알리는 벨이 울리기까지 나는 정신 없이 집게질을 해댔다. 저마다 기계의 스위치를 내리면서 전쟁터같이 시끄럽던 공장 안이 갑자기 고요해졌다. 나는 집게를 내려놓고 목장갑을 벗었다. 집게질을 해댔던 오른손 팔목이 욱신거렸다. 공장문을 빠져 나온 사람들은 제각기 담배를 빼어 물고 공장 맞은편에 있는 식당으로 우우 몰밀려갔다.

힘 쓰는 일을 하는 사람들이라 반찬이 잘 나왔다. 큼직한 양은 밥그릇에 가득 담긴 하얀 쌀밥에 닭도리탕과 고등어 자반이 나오는 것을 보고 나는 함박 입이 벌어졌다. 늘 김치 한 가지에 보리밥 아니면 수제비로 허기를 달래던 것에 비하면 임금님 부럽잖은 진수성찬이었다. 끼니 거르기를 예사로 알았던 탓에 나는 한 끼만 굶어도 불안하고 초조해지는, 밥에 대한 공포가 남달랐다. 나는 숟가락을 들기가 무섭게 아구아

구 먹어대기 시작했다. 서너 번만 숟가락을 놀려도 밥그릇의 바닥이 드러나도록 밥을 듬뿍 떠서 볼이 미어져라 입에 쑤셔 넣고, 밥알을 씹을 새도 없이 닭고기를 집어들어 쪽쪽 발라 먹었다. 밥과 닭고기를 삼키기 위해 입을 놀리면서도 나는 고등어 자반을 입에 밀어넣었다. 입이 찢어지도록 그들먹한 음식을 단숨에 삼킨 나는 다시금 밥을 푸욱, 떠서 한껏 벌린 입속으로 들이밀었다. 곁의 사람들이 수저를 놀리다 말고 눈이 휘둥그래져서 나만 쳐다보았다. 남들이 첫 술을 삼키기도 전에 밥 한 그릇을 뚝딱 해치운 나는 먹은 둥 만 둥 반 배만 불러 입맛을 쩝쩝 다셔 가며 사람들의 눈치를 살폈다.

"아따 그놈, 우라지게 잘 먹네."

"이놈아, 누가 쫓아오냐. 천천히 좀 먹어라. 너 먹는 거 보다간 여기 사람들 먹기도 전에 죄 없히것다."

"그놈의 자식. 몸피는 쥐방울만한 게 먹성은 인간 하마 임 반장 이상일세 그려. 이놈아 그거 갖고 성이나 차겠냐? 아줌마, 여기 밥 꾹꾹 눌러서 듬뿍 하나 추가. 여기선 밥 많이 먹는다고 욕할 사람 아무도 없으니까 눈치 보지 말고 양껏 먹어라."

밥그릇을 다 비우고도 수저를 내려놓지 않는 나를 보며 사람들이 한 마디씩 말을 냈다. 나는 비로소 부끄러운 생각이 들었으나 주방 아줌마가 밥을 내오자마자 언제 그랬냐 싶게 허겁지겁 먹어대기 시작했다. 고등어는 가시째 씹어 먹고 발라먹은 닭뼈는 아드득 아드득 씹어서 피까지 핥아 먹었다. 허천나게 먹어대던 나는 고봉으로 세 그릇을 비우고 나서야 수저를 내려놓았다. 워낙에 꽉 차게 먹어 배꼽을 손끝으로 쿡 찌르면 목구멍 밖으로 밥알이 톡톡 튀어나올 것만 같았다.

그 일을 빌미로 사람들은 내게 밥통이라는 별명을 붙여 주었다.

기숙사에는 모두 네 명이 기거를 했다. 내게 일을 가르치는 프레스 반 반장인 철구 형과 군대를 갓 제대한 밀링 씨와 나이 사십의 노총각 박씨 그리고 나 이렇게 해서 네 명이었다. 일이 서툴러 남보다 곱절 헛힘을 쓰는 나는 저녁밥을 먹기가 바쁘게 곯아떨어졌으나 세 사람은 자정을 넘기도록 기숙사 골방에서 술내기 육백을 쳤다. 이튿날 일어나 보면 열병에 가까운 소줏병이 굴러다녔다. 그들은 마시던 술이 떨어지면 곧히 잠든 나를 흔들어 깨워 술심부름을 보내곤 했는데 그때마다 나는 아주 죽을 맛이었다. 진작에 닫힌 가게 문을 탕탕 두들겨 가며 주인을 깨우는 짓이 그렇게 싫을 수가 없었다. 그러나 술심부름보다 더욱 징글징글한 것은 불만 꺼지면 사방에서 스멀스멀 기어나와서 피를 빨아대는 빈대였다. 가려움을 견디다 못해 벌떡 일어나 불을 켜 보면 빈대떼가 시글시글했다.

구영달 공장장은 험악한 인상과 달리 푼더분하고 살가와서 내게 곧잘 대해 주었다. 하루는 익숙치 못한 집게질로 손목이 퉁퉁 부어올라 수저를 제대로 놀릴 수가 없었다. 언제 그걸 눈여겨봤던지 공장장이 아무도 몰래 파스를 건네 주며,

"어린 놈이 욕 본다. 한창 공부하고 놀 나이에 이 고생이라니, 가난이 죄다."

위로를 해주었다.

딱히 그 일이 아니더라도 구 공장장은 친조카라도 되는 양 내게 각별히 마음을 써 주었다. 이를테면 공장 형들이 수시로

"야, 밥통, 노기스 좀 가져와."

"밥통, 파이프 렌찌 찾아와."

"얌마 밥통, 다이알 게이지 꺼내 와."

해가며 온갖 잔심부름을 시켜댔는데 그때마다 나는 호된 치도곤을 당해야만 했다. 생판 듣지도 보지도 못한 공구 이름 앞에서 쩔쩔 매는 내게 형들은 병신 머저리 같은 놈이라는 욕설과 함께 머리통을 쥐어박거나 뺨을 후려갈겼고 심할 때는 잘못 전해 준 공구를 내게 집어 던지기까지 했다. 운이 나쁘면 그들이 집어 던진 공구에 정강이가 퉁퉁 부어오르고 발톱이 빠지고 가슴팍에 피멍이 들기도 했다.

그럴 때면 구 공장장이 앞을 가로막고 나서며,

"이 매정한 사람들아, 제아무리 개구리 올챙이적 모른다곤 하지만 자네들 기술 배우느라고 고생할 때를 생각한다면 어찌 이리 모질 수가 있는가. 조근조근 타이르고 가르쳐 가면서 데리고 있지는 못할망정 때려서야 쓰겠는가. 참으로 너무들 허이."

하고 사람들을 말렸다.

그때마다 나는 눈물을 글썽여 가며 공장장을 위해서라면 목숨을 바칠 수도 있다고 스스로에게 다짐을 주었다. 구 공장장과 마주칠 때마다 나는 그가 아버지 같고 큰형 같고 삼촌 같아서 마음 든든한 한편으로 아무리 어려운 일이 닥쳐도 이겨낼 수 있다는 자신감으로 내 자신을 무장할 수 있었다. 나는 잠자리에 들기 전마다 텅 빈 공장을 한 바퀴 둘러보며 구 공장장처럼 훌륭한 기술자가 되고 말겠노라고 맹세에 맹세를 거듭했다.

나중에 가서야 알게 된 일이지만 구 공장장이 지닌 기술은 그 어느 누구도 쫓아올 수 없는 최고의 것이었다. 선반이든 밀링이든 프레스든 하다못해 연마기와 사출기에 이르기까지 구 공장장은 도면 한 장 없이 기계를 완전 분해해서 재조립해 낼 수 있는 능력자였다. 그러나 그가 지닌 기술 중 단연 돋보이는 것은 산업기술의 꽃이라 불리는 금형에 있었다.

똑같이 쇠를 깎고 구멍을 뚫고 홈을 파더라도 일반 가공과 금형 가공은 정밀도에 있어서 그 격이 하늘과 땅만큼이나 차이가 컸다. 일반 가공에서 따지는 치수의 단위가 백 분의 일 밀리미터라면 금형 가공은 천분의 일 밀리미터 단위 안에서 이루어졌다. 따라서 똑같은 밀링 기술자라도 여느 기술자는 금형 기술자와 비교해 월급만 따져도 서너 배 차이가 질 뿐더러 금형 기술자 앞에서는 감히 기술의 '기'자도 입에 올리지 못했다. 특히 하나의 금형에서 여러 가지 제품을 찍어낼 수 있는 프로그램 금형 기술자는 전국을 통틀어도 몇 명밖에 없어서 그 어느 회사를 가더라도 임금님 부럽잖은 극진한 대접을 받았다. 구 공장장은 그런 금형 기술자 중에서도 최고의 실력자였다.

고장난 금형을 수리하는 데 있어 구 공장장은 전국 최고의 장인이라고 해도 과언이 아니었다. 열처리 기술이 부족해서 국내 생산이 불가능하다는 프로그램 금형은 태반이 일본에서 수입해 들여오는데 그 가격이 일이억을 호가했다. 그러나 제아무리 견고하고 정교하다는 금형도 오래 쓰다 보면 마모가 나기 마련이고 암수 금형을 잘못 맞춰서 씹히는 경우도 왕왕 있었다. 그런 식으로 해서 고장난 금형은 수리를 하기 전에는 단지 비싼 고철 덩어리에 지나지 않았다. 구 공장장의 진가가 나타나는 대목이 바로 거기에 있었다.

프로그램 금형을 수리하기 위해서는 왕복 비행기표를 끊

어줘 가며 일본 기술자를 초청해야 했는데 그들의 위세라는 게 여간 대단하지 않았다. 자기들이 팔아먹은 금형을 수리하러 바다를 건너온 그들은 한주일 간 술과 여자를 대주지 않으면 손끝 하나 까딱하지 않았고, 대접받기에 지칠 때쯤 가서야 마지못한 듯 거들먹거리며 움직이기 시작했다. 그러나 그들이 금형을 수리하는 데 걸리는 시간은 고작해야 한나절이었고 한나절 품삯으로 챙기는 수리비는 기술자들 몇 달치 월급에 버금갔다.

구 공장장은 일본 기술자들을 거치지 않고서 고장난 프로그램 금형을 감쪽같이 고쳐낼 수 있는 유일한 사람이었다. 천분의 이, 삼 밀리미터만 틀어져도 불량품을 생산해내는 프로그램 금형, 구 공장장은 단지 손으로 쓰다듬는 것만으로도 전자 측정기만이 측정할 수 있는 천분의 이삼 공차를 정확하게 감지해냈다.

"이 부분에 영점 영일오 오차가 생겼군요."

손바닥으로 쓰윽, 금형 표면을 쓰다듬어 나가다가 구 공장장이 한마디하면 열이면 열 못미더워하면서 전자 측정기로 재보려고 덤볐다. 그러나 전자 측정기의 눈금은 구 공장장의 지적대로 0.015를 나타냈다. 도무지 인간의 능력이라고 볼 수 없는 구 공장장의 기술에 사람들은 탄복하여 혀를 내둘렀다.

물론 공장생활을 막 시작한 나로서는 그런 전후 사정을 알 길이 없었다. 내가 구 공장장의 기술이 얼마나 대단한 것인가를 깨달은 것은 그 어떤 공장에 가더라도 일급 기술자 대우를 받게 된 훗날의 일이었거니와, 기술자들 사이에서도 직접 목격하기 전에는 터무니없는 허풍으로 취급해 버리는 사람이 태반이었다.

　언젠가 내가 한번은 구 공장장에게 물어본 일이 있었다.

　"공장장님, 그 기술이면 일류 회사에 취직하더라도 굉장한 대우를 받을 텐데 뭐하러 이런 마찌꼬바에서 썩고 계세요?"

　그러나 구 공장장은 내 질문을 가당찮다는 듯 피식, 웃어 보이는 것으로 간단히 묵살해 버리고 말았다. 아직 세상물정에 어둡던 나는 공장장의 그런 태도에 행여 내가 무슨 실수를 한 것은 아닌지 난감해 하다가,

　"얌마, 거 말 같잖은 소리 작작 씨부려라. 대우는 무슨 얼어죽을 놈의 대우. 공장장님의 기술이래 봐야 우리 같은 기름쟁이 사이에서나 대단하고 우러러보이는 거지 누가 알아나 주는 줄 알아? 너 인제 봐라. 우리 사장님도 공장장님이라면 절절 매 가면서 행여 공장장님이 다른 곳으로 가버릴까 봐 어려워하지, 네놈 말대로 대기업에 가 봐라. 기껏 월급 몇 푼에 좆도 대학 나왔답시고 대갈빠기에 피딱지도 안 마른 새파란 놈들 밑에서 이거 해라 저거 해라 시키면 시키는 대로 똥줄만 닳아 없어지지. 대우? 아나, 대우. 그래서 임마 세상은 펜이 강한 거야. 거 옛말에도 있잖냐. 총보다 펜이 강하다고. 씨팔 좌우지간 대학은 나오고 볼 일이야. 십 년 이십 년 죽을 똥 살 똥 빼이 쳐 가며 쇳덩어리 붙들고 씨름해 봐야 결국 넥꼬다이 매고 펜대 굴리는 놈들 똥구녕만 핥다가 결국은 아이구, 기가 맥혀라 아가리 쩍 벌리고 죽는 거라니까."

　철구 형 푸념에 비로소 고개를 끄떡일 수 있었다. 그러나 우정 사무실 사람들 들으라고 목청을 돋궈 늘어놓는 철구 형의 푸념에도 내 가슴속에 우뚝 자리잡은 구 공장장의 위상은 조금치도 흔들리지 않았다. 되려 깨죽거리듯 내씹는 철구 형

만 한없이 못나 보였다. 누가 무슨 소리를 해도 구 공장장의 위치에 오르는 것이 여전히 내 인생의 목표였고 그와 같은 기술자만 될 수 있다면 서슴없이 악마에게 영혼을 내줄 수 있었다.

당시의 내가 그런 결심을 하게 된 데에는 여느 기술자들의 월급 몇 배에 해당하는 구 공장장의 수입도 단단히 한몫을 했다. 금형 계통에서 밥을 벌어 먹는 사람치고 구 공장장의 명성을 모르는 이는 드물었고 국내 굴지의 기업에서도 스카우트 제의가 심심치 않게 들어왔다. 사정이 그러하다 보니 금형을 수리해 달라는 요청이 하루에도 서너 건씩 끊이질 않았고 구 공장장은 퇴근 전보다 퇴근을 하고 나서 더욱 바빴다. 한 달 내내 잔업에 특근을 해봐야 십만 원 벌이가 고작이었던 내 눈에 구 공장장은 대단한 부자로 비쳐졌다. 구 공장장이 금형을 고쳐 주고 수리비조로 벌어들이는 돈만 해도 일급 기술자들 월급의 두세 배는 족히 되는 눈치였다. 거기다가 반장급보다 곱절 많은 월급까지 감안하면 구 공장장의 한 달 수입은 나로서는 가히 상상도 못할 액수였고 그 수입만으로도 내가 구 공장장을 우러러볼 이유는 충분했다.

그러던 어느 날이었다. 그날은 월급날이어서 모두들 아침부터 한껏 들떠 있었다. 나 또한 첫 월급을 탄다는 설레임에 하루종일 일손이 잡히지 않았다. 나는 산소불로 신주를 달구면서 연신 콧노래를 흥얼거렸다. 한참 콧노래를 흥얼거리는데 어디선가 이상한 소리가 들려왔다. 쉬이이이……, 하는 풍선 바람 빠지는 소리 같기도 하고 맥 빠진 휘파람 소리 같기도 한 소리가 끊임없이 들려왔다. 나는 쫑긋 귀를 곤두세웠다. 소리는 점점 더 커지고 있었다. 아무래도 이상한 예감에 나는 프레스 가운데 뚫린 구멍을 통해 철구 형을 불렀다.

"형, 자꾸만 쉬이이 하고 이상한 소리가 나요."

"뭐? 빨리 산소불 꺼! 빨리!"

철구 형이 빨리, 하고 외치는 것과 동시에 펑, 하는 소리와
함께 공장 전체가 불길에 휩싸였다. 눈앞이 온통 불이었다.
일 초나 지났을까, 공장을 뒤덮었던 불길이 거짓말처럼 사라
졌다. 금방 무슨 일이 있었던 건지, 모두들 어안이 벙벙한 모
습이었다. 불 속에 있었던 것 같은데 몸 어디를 더듬어 봐도
멀쩡했다. 기계들은 아무 일 없이 덜컹덜컹 돌아가고 여기저
기 놓인 설계도면도 불에 탄 흔적 없이 원래대로였다. 불길에
휩싸였던 흔적은 그 어디에도 없었다. 사람들은 서로의 얼굴
을 마주보며 대체 무슨 일이 있었던 거야? 하고 눈으로 물었
다. 그러다 문득,

"어? 자네 머리카락이 끄슬렸잖아?"

누군가 대단한 발견이라도 한 것처럼 큰 소리로 떠들어댔고
연이어,

"어, 자네도?"

"어, 자네도?"

하고 줄줄이 외쳐댔다.

나도 머리를 만져 보고 나서야 공장이 잠깐 동안 불길에
휩싸였었다는 걸 실감했다. 그 사이에도 쉬이이이, 하는 소리
가 계속해서 들려왔다. 그제서야 퍼뜩 정신이 난 철구 형이
내 쪽으로 달려와서 산소통과 프로판가스통의 벨브를 잠궜
다. 벨브를 잠그자마자 쉬이이이 하던 소리가 멎었다. 가스의
고무관을 꼼꼼히 살피던 철구 형은 고무관이 기름하게 찢긴
것을 발견했다.

"염라대왕 입술에 키스할 뻔했구만."

철구 형이 찢어진 고무관을 잘라내며 말하자 모두들 사색
이 되어 고개를 절레절레 저었다. 사람들이 안도의 한숨을 내
쉬며 수군대는 소리로 공장 안이 한동안 소란스러웠다. 기름
쟁이 삼십 년에 산전수전 다 겪었다는 구 공장장도 놀라기는
매한가지였던 모양으로 사람들 틈에서 이래저래 말이 많았
다.

하루종일 사람들의 입방아에 오르내리던 그날 사건은 퇴
근 후 회식 자리에서까지 화제가 되어 말들이 많았다. 이쪽에
서 죽는 게 한순간이라고 말을 내면 저쪽에서 그러길래 살아
있을 때 좋은 일을 많이 해두어야 한다고 대꾸하는 식으로 얘
기가 끊이질 않았다. 그러나 술자리가 길어지면서 술들이 거
나해지자 그간 공장 생활을 하면서 적게는 한두 번 많게는 너
댓 번까지 죽음의 고비를 넘긴 일화가 저마다의 입에서 쏟아
져 나오기 시작했다.

"씨팔, 우리 같은 놈들은 죽어 봐야 개값도 못 건진다니
까."

"이 사람아, 새삼스레 뭘 그래. 돈병철이 아들로 태어나지
않은 이상 자네나 나나 만사 팔자거니 여기고 살아야지. 그렇
잖고 분하고 억울한 거 하나하나 가슴에 새겨 두고 살다가는
울화병으로 단 하루도 넘기지 못해."

"지랄, 술맛 떨어지는 소리 작작들 씨월거려. 누가 죽기라
도 했대? 것두 아닌데 개값이 어떻구 똥값이 어떻구 돼먹잖
은 흰소리야, 흰소리가. 팔자니 뭐니 좆 같은 소리 작작들 하
고 잔이나 비워."

가슴속에 묻어 둔 장탄식에 분위기가 점차 험악해졌다. 갑

작스레 대화를 잃고 거푸 잔을 비워대는 좌중은 언제 터질지 모르는 화약고 같았다. 그 숨막히는 긴장감에 나는 입도 뻥끗 못하고 마음을 졸였다. 누구 하나 내가 부러워하지 않은 이가 없는 기술자들, 나는 그들의 울분에 적잖이 충격을 받았다. 기술자만 되면 캄캄한 터널과도 같은 삶의 질곡에서 벗어날 수 있으리라는 희망이 모래성처럼 와르르 무너져 내리는 소리를 나는 가슴 깊은 곳으로부터 들었다.

"자, 자, 기분들 풀게. 그리고 명줄 보존한 턱으로다 내가 한 잔 낼 테니 막잔 비우고 고고장으로 가세. 가서 신나게 흔들어들 보자고."

구 공장장이 시원하게 선심을 베풀었으나 좌중은 침울할 따름이었다. 고고장이라면 자다가도 벌떡 일어날 젊은 축들까지 쓰렁한 낯빛으로 대꾸가 없었다.

"공장장님, 고고장은 가 뭣하겠수. 우리 떼씹이나 하러 갑시다."

매사에 기분 내키는 대로 나대기 좋아하는 철구 형의 제안에,

"아따, 이 사람. 아직 초저녁일세. 일단은 고고장에서 녹초가 되도록 흔들어 보고, 그러고 나서 주물탕을 놓든 떼씹을 하든 하자고. 자, 자, 어여 잔들 비우게."

구 공장장이 분위기를 돋구웠고 그제서야 마지못한 사람들이 엉거주춤 동조를 하고 나섰다. 그러나 막상 술집을 나서자 이제까지의 쓰렁쓰렁했던 분위기는 온데 간데 없이 사라지고,

"그래 한 번 죽지 두 번 죽냐. 까짓 것 신나게 놀아 보고나 죽자."

"이래도 한세상 저래도 한세상, 오늘만큼은 죽는 한이 있

물 위에 남은 발자국

더라도 여한 없이 놀고 마시고 끝까지 가보더라고."

"하모, 독초같이 살아온 인생 마 오늘에 죽고 오늘에 산다
는 맘으로다 제껴불자고. 세상아, 길을 비켜라. 우리가 간
다."

왁자지껄 뒤떠들어 가며 고고장을 향해 물밀려갔다.

사람들 꽁지에 묻혀 가면서도 나는 뭔가 큰일을 치러낼 것
만 같은 불길한 예감에 몸을 떨었다. 내 눈에는 짓떠들며 몰
려가는 사람들의 뒷모습이 똑 목표물을 향해 날아가는 포탄
처럼 보였다. 사람들은 그런 내 예감을 증명이라도 하듯 철구
들을 중심으로, 고고장에 닿기까지 길을 가는 내내 행인들에
게 부러 시비를 걸었다. 어쩌다 마주오는 이와 눈길이라도 마
주치면,

"뭘 봐, 개새꺄. 한번 해보겠다는 거야?"

눈알을 부라려가며 으르렁거렸고 좀 껄렁해 보이는 젊은 축
들이 곁을 지나칠 때면 속이 빤히 들여다보이게 어깨를 툭툭
치고 지나가면서 시비를 불러들였다.

이쪽 숫자가 많은 탓에 상대방들이 피해 갔기에 망정이지 이
건 숫제 돌아다니는 화약고나 다름없었다. 구 공장장이 몇 번
이고 철구들을 제지했으나 그들은 이미 시위를 떠난 화살이
나 다름없었다. 그러나 어쩐지 나는 그들의 심정을 이해할 수
있을 것만 같았다. 하늘같이 우러러보이기만 하던 그들이 동
네 형들처럼 친근하게 느껴졌다.

고고장에 들어선 지 채 삼십 분도 지나지 않아서 기어이
사단이 나고 말았다. 고고장에 자리를 잡고 앉자마자 폭탄주
를 서너 순배 돌린 철구들은 술잔이나 기울여 가며 구경을 하
려는 나이든 축들을 부추겨 우르르 무대로 끌고 나갔다. 이십

여 명에 달하는 숫자가 무대 중앙에 원을 그리자 좁으나마 깜냥껏 자리를 잡고서 춤을 추던 사람들이 주춤주춤 가장자리로 밀려났고 그 와중에 여기저기서 볼멘소리가 터져나왔다. 그러거나 말거나 철구들은 격렬하게 몸을 흔들어 가며 무대를 장악했다. 처음에는 철구들 곁에서 춤 추는 시늉만 내던 나는 어느 순간, 정체를 알 수 없는 충동에 빨려들었다. 뭐랄까, 무협영화를 보고 난 뒤 거리로 나선 기분이랄까. 영화와 현실이 분간되지 않는 의식의 공백기 동안 내가 영화의 주인공인 양 행동하고픈 충동, 누군가와 꼭 싸워야만 될 것 같고 싸우면 상대가 누구라도 반드시 때려눕힐 수 있을 듯한 자신감에서 오는 야릇한 쾌감, 나는 그러한 감정의 소용돌이에 빠져들었다. 이미 그 누구도 제어할 수 없는 군중심리의 최면에 걸린 철구들은 무대가 제 것인 양 활개를 쳤고 나 또한 그들에 섭슬려 우쭐거렸다. 철구들은 좁은 무대에서 공간을 차지하기 위한 수단이 아닌 시비를 목적으로 곁엣사람들의 발을 밟거나 팔꿈치로 옆구리를 치거나 등으로 뒤엣사람을 떠밀어 냈다. 테이블 사이를 오가며 시중을 드는 웨이터들이 심상찮은 낌새를 눈치 채고 무대를 예의 주시했으나 철구들을 제지할 만한 명분이 없었다.

그때,

"거 재밌는 양반들일세. 보쇼, 당신들 여기 전세 냈어?"
철구들에게 떠밀린 패거리 중 짧은 파마머리에 갈색 염색물을 들인 사내가 앞으로 썩 나서며 으름장을 놓았다. 그러나 철구들은 바로 그 순간을 기다려온 듯,

"전세를 냈다면?"
하고 눈꼬리를 치켜세워 가며 어깃장을 놓았다.

"이봐, 보아하니 공장에서 기분 풀러 온 사람들 같은데 괜히 깝죽거리다 피보지 말고 한쪽에서 얌전히 놀다 가쇼. 왜냐하면 여기 무서운 분들이 많거든."

염색머리 사내는 자신을 노려보는 이쪽 숫자쯤 안중에도 없다는 듯 천연덕스러웠다.

"흐응, 무서운 분? 아나, 여기 무서운 분."

사내가 미처 방어할 태세도 갖추기 전에 철구의 주먹이 그의 턱밑에 날아가 박혔고 그를 신호로 철구들이 달려드는 사내의 패거리와 엉겨붙었다. 눈깜빡할 새에 집단 난투극이 벌어졌고 사방에서 비명이 터져나왔다. 우우 몰려온 웨이터와 기도들이 싸움을 말리기 위해 무대 위로 뛰어들었다. 그러나 그들은 싸움을 말린다기보다 영업을 망친 분풀이 삼아 철구들을 몰아 때렸다. 알음알음한 염색머리들과 기도들의 협공에 패싸움은 십여 분도 채 지나지 않아 싱겁게 끝나버리고 말았다. 구 공장장을 비롯해서 나이 지긋한 이들은 표 안나게 맞았지만 철구들은 어디를 어떻게 맞았는지 길게 널브러져서 좀처럼 일어나지를 못했다.

그때까지만 해도 나는 내가 치를 곤욕이 거기서 끝난 줄만 알았다. 그러나 고고장에서 일어난 패싸움은 내가 치를 곤욕의 서막에 지나지 않았다. 경찰서로 끌려가서 조사를 받는 와중에 받아야 했던 정신적 충격만 아니었더라도 내 인생은 그런대로 평탄하게 흘러갔을지 모른다. 기름쟁이라면 누구나 부러워하는 금형 기술자가 되어 착실히 저축도 해가면서 작은 일에 감사하고 기뻐하는, 누가 보더라도 모나지 않고 독하지 않은 삶을 살 수 있었을 것이다. 그러나 그날 받은 충격은 내 인생의 나침판을 바꿔 놓고 말았다.

"그 사람들은 뭐야?"

경찰서로 끌려갔을 때, 한가로이 커피를 마시고 있던 고참 형사의 짜증 섞인 질문을 접하면서부터 내 삶은 어긋나기 시작했다. 우리를 체포해서 경찰서로 인솔해 온 형사 중 한 명이 고참 형사의 질문에,

"공돌이들인데 술 처먹고 고고장에서 난동을 부려 끌고오는 길입니다. 술들을 얼마나 처먹었는지 호송차 안에서 냄새 때문에 아주 혼났습니다. 어째 요사이 좀 한가하다 싶더니만 별 시답잖은 것들이 다 속을 썩이네요."

해가며 꼴같잖다는 표정이었다.

젊은 형사의 그만한 대접쯤이야 대수롭잖았고 당연하게 받아들여지기까지 했다. 사실 경찰서 출입이 처음인 나로서는 모든 게 어리둥절하기만 했고 행여 콩밥을 먹게 되는 것은 아닌지 가슴이 다 벌벌 떨렸다. 귀동냥으로 전해 들었던 얘기들 이를테면, 고춧가루 물을 콧속에 쏟아붓는다거나 야구방망이로 골병 들게 다듬이질을 한다거나 전기 고문으로 반쯤 넋을 빼놓는다거나 하는 별의별 고문이 눈앞에 어른거리면서 머리털이 쭈뼛거리고 등줄기에 식은땀이 맺혔다. 그러나 아직 나이가 어린 탓에 나는 열외로 밀려나 구석진 곳에서 형들이 조사 받는 모습을 지켜보기만 했다.

호송차에 올라탈 때부터 풀이 죽었던 철구들은 조사를 받는 내내 죽을 죄를 지은 죄인처럼 연신 고개를 굽신거렸고 몇은 형사의 호된 질책에 눈물을 떨구기까지 했다. 그런 그들의 모습이 내 눈에는 그다지 비굴해 보이지 않았다. 비록 조사 대상에서 제외되긴 했지만 나 역시 오금이 저려서 꼼짝할 수가 없었다. 그런 와중에 내 눈에 띄인 이가 구 공장장이었다.

나뿐만 아니라 철구들도 어느 정도 구 공장장을 믿는 구석이 있었을 것이다. 그러나 내 눈길에 잡힌 구 공장장의 모습은 철구들과 하등 다를 바가 없었다.

"너 이 새끼, 니들이 깡패야, 엉? 니들이 깡패냐구? 낫살이나 처먹었으면 곱게 집구석에 틀어박힐 일이지 고고장에서 패싸움이라니, 아이구, 한심한 위인아. 게다가 직책이 공장장이라구? 육갑떨고 자빠졌네. 그래, 그런 새끼가 새파란 놈들 몰고 다니면서 싸움질이야? 어이, 김 형사. 도대체 세상이 어찌 되려고 이 모양이야. 삼청교육대가 떠서 깡패들 씨가 말랐나 했더니 이젠 공돌이 새끼들이 왕노릇을 하겠다네."

무슨 일로 기분이 틀어졌는지 구 공장장을 취조하던 형사가 서류철로 그의 머리를 탕탕 내려치며 언성을 높였다. 구 공장장은 형사가 뺨을 때리면 때리는 대로 가슴팍을 쥐어박으면 쥐어박는 대로 벌벌 떨면서 입도 뻥끗하지 못했는데 그야말로 고양이 앞의 새앙쥐 꼴이었다.

철구들이 취조받을 때와는 달리 나는 아뜩한 충격에 사로잡혔다. 내게 있어 구 공장장은 '공돌이'가 아니었다. 공장 바닥을 청소하고 형들의 허드렛 심부름을 해가며 기껏해야 보루방으로 쇠에 구멍이나 뚫는 견습공인 내게 구 공장장은 기술자 이상의 의미였다. 견습공의 처지라는 것은 이제 겨우 밀링이나 선반을 다루기 시작한 하급 기술자마저도 까마득히 올려다봐야 하는 고달프고 서럽기 짝이 없는, 그야말로 끈 떨어진 뒤웅박 신세였다. 심부름을 잘못했다고 엉덩이가 곤죽이 되도록 빳다를 맞고, 사소한 불량에도 볼때기가 시퍼렇게 부어오르도록 얻어터지고, 기분 나쁘다고 밥그릇을 집어던지면 눈두덩으로 막아내고, 술에 취해 이유 없이 주먹을 휘두르면 얼굴로 막아내고 배로 막아내고 정강이로 막아내 가며 웃으라면 웃고 울라면 울고 죽으라면 죽는 시늉까지 해야 하는, 제아무리 분하고 억울해도 하늘 아래 하소연할 곳이 없는 신세가 견습공 신세였다. 그런 내게, 면전에서는 감히 숨도 크게 쉴 수 없는 일급 기술자들을 제 수족처럼 부리고 돈도 많이 버는 구 공장장의 존재는 그야말로 굴 밖 세상이었고 하늘 아래 하늘이었다. 그를 통해서 바라보는 내 미래는 금빛 무지개요 환희였다. 황금빛 미래를 눈앞에 그려볼 수 있었기에 내가 겪는 고통쯤 행복한 삶을 누리기 위한 하나의 과정으로 여기고 웃어넘길 수 있었다.

나의 모든 희망인 구 공장장이 한낱 '공돌이'가 되어 하찮기 짝이 없는 천민 취급을 당하는 광경을 두 눈 번히 뜨고 지켜봐야 하는 내 심정은 더도 말고 덜도 말고 똑 죽고 싶은 마음뿐이었다. 모든 산업기술의 꽃이라 일컬어지는 금형의 최고 기술자가 졸지에 하층민으로 전락하는 광경 앞에서 내 모든 꿈과 이상과 벅찬 희망은 그만 쓰레기통 속에 처박히고 말았다. 나는 솟구치려는 눈물을 억지로 참았다.

"너 이 새끼 무릎 꿇어."

구 공장장을 조리 돌려대던 형사는 무슨 심통이 났는지 그를 향해 낮게 이를 갈았다. 선뜻 말귀를 알아먹지 못한 구 공장장이 어리둥절해서 쳐다보자 발끈한 형사가,

"이런 개새끼, 무릎 꿇으란 말야!"

언성을 높이며 그의 정강이를 구둣발로 걸어찼다.

자신이 왜 이런 수모를 당해야 하는지 도무지 알 길이 없는 구 공장장으로서는 단 한 마디 항의라도 하고 싶었겠지만 그럴 수가 없는 처지였다. 전국을 휩쓸었던 삼청교육대의 공

포가 채 가시기 전이라 형사의 '형' 자만 들어도 몸서리쳐지던 시절이었다. 그러나 나는 제발 구 공장장이 무릎만은 꿇지 말기를 진심으로 기원했다. 아무리 무서운 시국이더라도 그가 적어도 내 앞에서 만큼은 굴복하지 말고 최고 기술자로서의 자존심을 지켜주기를 빌고 또 빌었다. 그러나 구 공장장은 끝내 형사 앞에서 무릎을 꿇고 말았다. 그가 무릎을 꿇는 그 순간 나는 손등으로 눈물을 훔치고 말았다. 십수 년이 흐른 지금에 와서도 나는 그때의 절망을 잊지 못한다.

'아무리 노력해도 인정을 받지 못하는구나!'

'한 번 기름쟁이는 영원히 기름쟁이일 수밖에 없구나!'

열일곱 나이에 나는 어렴풋하게나마 잘못된 것은, 정말로 잘못된 것은, 내가 하층민으로 태어난 데 있지 않고 시대 자체에 있다는 사실을 깨달은 것이다. 열일곱 나이에 봐버린 세상의 본질은 아직 소년에 지나지 않았던 내가 감당할 수 있는 것이 아니었다. 감당치 못할 생의 무게, 그 무게는 그 자리에서 내 목줄을 움켜쥐고 단단히 조르기 시작했다.

"아아아, 그만해요. 제발 그만하라구요!"

나는 머리를 감싸 쥐고서 소리를 질러댔다. 경찰서 안에 있던 모든 시선이 내게로 향하는 것은 물론 알지 못했다.

"불, 켤까요?"

레지가 다방 출입문을 걸어 잠그며 내게 물었다. 불 따위 켜서 뭐하겠냐는 듯 공허한 어조였다. 나는 대꾸하지 않았다. 실내 전등은 남김 없이 꺼져 있었으나 다방 복판, 벌겋게 달아오른 전기난로 불빛으로 그다지 어둡지는 않았다. 레지는 내 대답을 기다리지도 않고 전기난로 옆 테이블에 자리를 잡고 앉았다. 나 또한 불을 켜지 않는 편이 좋아서 군말 없이 배낭을 내려놓았다. 전기난로의 온기를 쬐자 미처 의식하지 못했던 추위가 치곧아오르면서 진저리가 쳐졌다. 나는 손바닥을 비비고 나서 담배를 태웠다.

테이블 위에는 먹다 남은 양주와 과일이 놓여 있었다. 양줏병은 반나마 비워져 있었는데 방파제 앞에서 술이 깨었는지 레지에게선 전혀 취기가 느껴지지 않았다. 술병에 머문 내 눈길을 의식한 레지가,

"이런 날, 술 안 먹으면 언제 먹겠어요. 저 파도 소리 들리죠? 술에 취해 눕지 않으면 잠을 잘 수가 없어요. 수많은 생각에 시달리다 보면 저 바다가 내 마음을 알고서 밤새 저리 우는가 싶어서 그만 나도 울어버리죠. 혹여 이따 내가 술에 취해 주정하더라도 욕하지 마세요. 신세 망가진 년이 느는 건 술밖에 더 있겠어요? 요즘은 그냥 취하는 재미로 버텨요. 취한 눈으로 바라보면 외로움도 서러움도 고슴도치 제 새끼 바라보듯 봐줄 만하니까요."

빈 잔에 술을 채우며 혼잣말하듯 중얼거렸다.

"불 꺼놓고 혼자서 술 먹는 여자, 이상한가요?"

내게 술잔을 건네며 레지가 뜽금없이 물어왔다. 입꼬리를 말아올리며 쓸쓸히 미소 짓는 그의 얼굴이 지는 석양처럼 허무해 보였다. 내가 묵묵히 담배만 태우자 그는,

"밤에 불 켜놓고 혼자 있으면 어쩐지 섬뜩해요. 뭐랄까, 수많은 눈길 앞에 놓인 유리방에 벌거벗고 들어앉은 기분이랄까, 내 영혼은 물론이고 심지어는 내장 속까지 낱낱이 까발겨지는 그런 기분, 이해하시겠어요?"

"……."

물 위에 남은 발자국

"그러면서 또 완벽한 어둠도 무서워요. 한 치 앞이 안 보이는 어둠 속에 혼자 있으면 모두에게서 잊혀진 채로 죽음을 맞을지도 모른다는 상상에 숨이 컥, 막혀 오죠. 촛불이나 혹은 테레비에서 흘러나오는 불빛, 하다 못해 모기향에 붙은 불빛이라도 있어야지 마음이 놓여요. 그러면 설사 귀신이 곁에 있다 할지라도 내가 보여 주고 싶은 최소한의 내 모습만 보여 주고 그 나머지, 부끄럽고 슬프고 서럽고 치욕스러운 치부는 감출 수 있다는 안도감이 느껴지거든요. 세상을 살아갈수록 아니, 살아낼수록 감추고 싶은 기억만 늘어가니 어찌된 영문인지 모르겠어요. 후후, 우습죠."

레지는 허공에 대고 쓸쓸히 웃었다. 나는 쭈욱, 비워낸 잔을 레지에게 건넸다. 방파제 쪽에서 오열하는 소리가 쉬지 않고 바람에 실려 왔다. 그러나 레지나 나나 바깥 죽음에 대해서 입도 뻥긋하지 않았다.

"사람 사는 게 꼭 이래야만 할까요?"

되받은 잔을 비워낸 뒤 내가 말했다.

"이렇게라도 오래 살 수만 있다면 좋겠어요. 아저씨, 저는요, 잠자리에 들 때마다 스스로에게 묻곤 해요. 내가 과연 내일 아침에 뜨는 해를 볼 수 있을까. 아침이 되어 마담 언니가 나를 깨울 때면 나는 이미 싸늘히 식어 있지 않을까. 정말 소름 끼치는 상상이죠. 하지만 그렇게 실감이 날 수가 없어요. 죽는 게 왜 이리 무서울까요."

레지가 흘러내린 앞머리를 쓸어넘기며 내 머리 위, 허공에 눈길을 풀어놓았다. 몰아때리는 바람에 실려 방파제 쪽에서 끊임없이 곡소리가 들려왔다. 사람의 애간장을 칼로 도려내듯 애통하고 절통한 오열이었다. 사람이 그토록 한스럽게 울

수 있다는 게 좀처럼 믿어지지 않았다. 그러나 한편으로는 세상의 그 어느 누구라도 그렇게 울 수 있을 것만 같았다. 당장 눈앞에서 술잔을 기울이는 레지만 하더라도 얼마나 많은 밤을 저리 애절한 울음으로 지새웠을까.

'죽자니 억울하고 살자니 허무하고, 나는 죽음이 무섭기보다 죽지도 살지도 못하는 내 자신이 두렵소. 두려움에 질린 내가 무슨 짓을 저지르게 될지 설사 신인들 어찌 알겠소.'

차마 나는 입 밖으로 말을 내지 못하고 그저 멍하니 레지를 건네봤다. 허공에 풀어놓은 삭막한 눈길, 그의 슬픔이 고스란히 내게로 전해졌다. 나는 무력하게 앉아 있는 내 자신을, 텅 빈 두 주먹을 내려다봤다. 한밤에 눈을 감고 있으면 내 육체가 점차 오그라들면서 종당에는 한줌 먼지도 남기지 않고 흔적도 없이 사라지는 상상에 진저리가 쳐지곤 했다.

"술, 듭시다."

"그래요. 우리 밤새도록 취해 봐요."

"좋소, 밤새도록."

"내가 뭣 땜에 아저씨를 붙들었는지 이제 알 것 같아요."

"……."

삭막하기만 하던 레지의 눈길에 언뜻 생기가 돌았다고 느낀 것은 내 착각이었을까. 문득 레지의 얼굴 위로 정순의 모습이 얼비쳐 보였다. 나는 고개를 가로저었다.

"아저씨가 처음 다방에 들어섰을 때부터 난 느꼈어요. 아, 저 사람도 나 같은 사람이구나. 그냥 마주 앉아 있기만 해도 내 마음을 알아줄 것만 같은 사람, 너무나 오랫동안 만나지 못했죠. 아까, 떠나던 아저씨를 붙잡지 못했을 때 무척 후회했어요. 아저씨의 모습이 문 밖으로 사라졌을 때, 뭔가 쿵,

하고 가슴이 내려앉으면서 봇물처럼, 그래요, 봇물처럼, 내가 세상에 혼자 버려졌다는 끔찍하게 무서운 외로움이 밀려오더라구요. 참, 이상한 일이죠. 우린 처음 봤는데……."

홀린 듯 말을 마친 레지가 술잔을 내려놓고 일어서서 내게로 다가왔다. 나는 술잔을 움켜쥐고서 움직이지 않았다. 곁에 앉은 레지가 내 목을 끌어안았다. 목덜미에 와닿는 뜨거운 숨결, 무엇에 홀린 게야, 홀리지 않고서야……. 나는 입속말을 중얼거려가며 레지의 허리를 안았다. 어둠 속이었다. 전기난로의 불빛, 꼭 그만큼만 밝은 어둠 속이었다. 나는 레지의 얼굴을 들어올려 입을 맞추었다. 그의 입술은 오래도록 우물우물 씹은 밥알처럼 달았다. 그의 혀가 내 입 속으로 미끄러져 들어왔고, 나는 복부께에 간지러움 같기도 하고 오줌이 마려운 것도 같은 기묘한 경련을 느꼈다. 딸깍, 하고 전기 스위치를 올린 것처럼 내 마음에 불이 켜졌다.

나는 레지를 조심스럽게 쿠션의자 위에 눕혔다. 바람에 실려 온 곡소리를 밀어내기라도 하듯 레지가 가쁜 숨을 몰아쉬었다. 나는 그의 두 팔을 외투에서 뽑아냈다. 단추를 끄르기 위해 그의 가슴에 손을 얹자 도근거리는 오목한 가슴이 만져지고 내 가슴도 덩달아 뛰놀았다. 나는 옷을 풀어헤치는 손길을 데바삐 놀렸다. 그 와중에 발꿈치에 부딪힌 전기난로가 쓰러지면서 불이 꺼졌다. 그러거나 말거나 나는 힘 있게 봉긋 솟은 레지의 젖가슴을 떨리는 손길로 어루만졌다. 소름이 오돌오돌 돋은 젖가슴을 어루만지며 꼿꼿이 일어선 젖꼭지에 입을 댔다. 레지가 움찔, 몸을 떨며 헉, 하고 가벼운 탄성을 내질렀다.

나는 그가 오랫동안 꿈꾸어 온 내 사람이라도 되는 양 젖

가슴에서 옆구리로, 옆구리에서 복부로, 복부에서 배꼽으로 정성스럽게 애무를 해 내려갔다. 배꼽에 혀를 굴려 가며 나는 치마의 호크단추를 풀렀다. 나는 치마와 팬티를 한꺼번에 끌어내렸다. 치마를 벗겨낼 때, 레지의 허벅지에 죽 일어나는 소름이 만져졌다.

한 치 앞이 보이지 않는 어둠 속에서도 나는 레지가 두 눈을 꼬옥 감고 있는 것을 느낄 수 있었다. 나는 천천히 그의 다리 사이, 생명의 근원인 그곳에 입을 맞추었다.

여자의 성기, 그렇다, 그것은 상처였다.

과거에 창녀와 하룻밤 사랑을 나눌 때도 나는 늘 거기에 입을 맞추었다. 여자의 성기를 애무하다 보면 까닭없이 마음이 편해지고, 더럽고 추악하게 여겨 온 내 자신이 비에 씻긴 나무처럼 깨끗해지는 느낌이 온몸을 뒤덮는 것이었다. 어찌 보면 나는 여자의 성기를 애무하는 행위를 통해 내 자신을 애무하는 것인지도 몰랐다.

레지가 움찔 놀라며 달아나려고 했으나 나는 그의 허리를 붙들고 입맞춤을 늦추지 않았다. 내 머리를 떼어내려고 버둥거리던 레지의 몸에서 스르르 힘이 풀려 나갔다. 그러나 힘이 풀려 나간다고 여기는 순간 전혀 새롭고 신비한 힘이 레지의 몸에 솟구치면서 그의 몸이 봄바람에 흔들리는 수양버들처럼, 물비늘이 부서지는 잔물결처럼 부드럽게 꿈틀대기 시작했고 그의 두 손이 내 머리카락을 움켜쥐었다.

이상한 일이었다. 여자의 생명을 애무할 때마다 내 눈앞에는 들판 가운데 도도록하게 솟은 동산이 어른거렸다. 소나무로 뒤덮인 동산의 남쪽 기슭에는 대숲을 등에 두른 초가집이 있고 초가집 외양간에는 황소가 두어 마리 누워 있다. 뎅뎅 울어대는 시계소리를 들어가며 나는 마루에 걸터앉아 부는 바람에 사람들 걱정을 하고, 서녘 하늘에 타는 듯 노을이 불어지면 온 들판의 새떼가 동산으로 몰려드는 것이다.

어렸을 때, 명절을 쇠러 친할아버지 댁에 내려가면 할아버지는 나를 동산의 초가집으로 데려가곤 하셨다. 그 집은 할아버지의 소유로, 아무도 침범할 수 없는 할아버지만의 휴식처였다. 나는 그 집이 그렇게 좋을 수가 없었다. 마루에 걸터앉아 담배를 태우시는 할아버지께 내가,

"할아버지, 이담에 나 여기서 살 테야."

하고 말하면,

"오냐. 걱정하지 말아라. 여기는 네 집이니까."

할아버지는 흐뭇하게 고개를 끄덕이며 나를 당신의 무릎 위에 앉히셨다.

왜 나는 여자의 그곳을 애무할 때마다 시골의 초가집을 떠올리는 것일까. 이렇게 선연하고 생생하게 그 집 마루에서 햇살을 받아 가며 정사를 벌이는 느낌에 사로잡히는 까닭은 대저 무어란 말인가.

나는 누렇게 벼들이 익어 가는 들판을 굽어보며 레지의 몸을 거슬러 올라갔다. 그가 내 등짝을 호미로 땅을 찍듯이 움켜쥐었다. 나는 내 몸을 레지의 몸 속으로 서서히 들이밀었다. 생동하는 힘이 전신에서 솟아나와 뻗쳤다. 곡소리가 귓가를 어지럽혔고 나는 죽은 자보다 남은 자의 원통함으로 인해 더욱 서러운 곡소리에 맞춰 천천히 움직이기 시작했다.

흐느낌을 들으며 나는 대지를 뚫고 돋아나는 새싹처럼, 가뭄에 갈라진 논바닥 같은 내 가슴을 뚫고 솟아나는 연정의 싹을 보았다. 내 가슴에 돋아난 연정의 싹, 난 그곳에서 정순의

얼굴을 보았다. 오랜 객지 생활에 지친 자가 고향집에서 먹는 한 술의 밥, 문득 정순이 그 밥과도 같은 존재라는 생각이 들었다. 남루해질 대로 남루해져서 더 이상 기울 수 없이 너덜거리는 내 삶을 뉘라서 감싸 줄 것인가. 바로 그 단 한 사람, 정순이었다.

이튿날 아침, 나는 레지가 끓여 준 해장국에 밥을 말아먹고 다방을 나섰다. 레지는 가볍게 손을 흔들어 보인 후 다방 문을 닫았다. 우리는 서로의 이름도 모른 채 그렇게 덤덤히 헤어졌다.

나는 버스 정류장에 서서 마을을 굽어봤다. 들끓던 바다는 밤사이 잠든 아기처럼 유순해져서 쏟아지는 햇살을 섬세하게 튕겨냈다. 그러나 방파제 주변은 실종된 어부들의 가족을 비롯해서 수색작업을 벌이는 경찰들과 사고 취재를 나온 기자들, 구경꾼들로 법석을 이루었다. 방파제 위에는 광목에 덮인 몇 구의 시신이 놓여 있었다.

나는 눈길을 늘여 멀리 수평선을 바라보았다.

'나는 죽기 위해서 떠나온 게 아니라 살기 위해서 떠나왔구나.'

하늘과 바다가 만나는 하나의 선이 아프게 가슴을 베어왔다.

마음속의 집 한 채

여우재 중턱에 닿았을 때 해가 졌다. 나는 잠시 멈춰 서서 이마에 송글송글 맺힌 땀방울을 손등으로 훔쳐내며 하늘을 우러렀다. 해는 졌으나 선홍빛 노을이 눈물나게 고왔다. 나는 도로변에 솟은 바위를 찾아 짊어진 배낭을 내려놓았다. 바위에 걸터앉아 장딴지를 주물러 가며 고개를 드니 지나쳐 온 연봉들이 박명(薄明)속에 아득했다. 연봉 너머에 즈즐편히 펼쳐진 들판 가운데 내가 떠나온 마을이 보였다. 나는 하나둘 불을 밝히는 마을을 아득히 굽어보며,

"참 멀리두 걸어왔다."

나도 모르게 입속말을 중얼거렸다.

중간중간 다리쉼을 할 때마다 느낀 바이지만 내가 그 먼길을 걸어왔다는 게 선뜻 믿어지지 않았다. 전조등 불빛을 앞세운 승용차들이 간간이 지나가는 사이에 노을은 자취도 없이 사라지고 화선지에 먹물 번지듯 눈앞이 어두워졌다. 그러나 나는 길을 서두르지 않고 천천히 담배를 즐겼다. 버스가 산밑 마을에 접어들기 전부터 밤새 걷기로 작정한 걸음이었다.

들판을 달리던 시외버스 안에서 저 멀리 우뚝우뚝 솟은 연봉을 봤을 때 나는 숨이 막히는 느낌이었다. 잘 닦은 면경 같은 하늘 아래 단풍으로 불타는 산이 내 가슴을 떡하니 움켜쥐고서 제 앞으로 질끈질끈 힘을 줘서 잡아당겼다. 달리는 버스

앞으로 산의 자태가 확연히 드러나면서 나는 가슴 저 깊은 곳을 치받고 올라오는 뜨거운 덩어리를 느꼈다. 시집 가는 날, 색단장을 한 누이의 눈부심과 만고풍상을 짊어진 할머니의 꽃상여가 실려 나가는 서러움을 한몸에 지닌 산의 미색에 넋이 나가 나는 손가락 하나 까딱할 수가 없었다. 그러다 문득 목구멍 가득히 뜨거운 열기가 차오르면서 한줄기 눈물이 뺨을 적셨다. 옆좌석에 앉은 사람이 그런 나를 흘깃흘깃 쳐다봤지만 나는 흐르는 눈물을 막지 않았다. 아무래도 좋았다. 저토록 찬란한 가을이 존재할 수 있다는 게 놀라웠고 그 아름다움을 온몸으로 느낄 수 있는 마음을 아직까지 지니고 있는 내 자신이 서럽도록 고마웠다. 다 낡아서 조금만 속력을 높여도 방귀를 풍풍 뀌어 가며 덜컹거리는 시외버스가 터미널에 들어섰을 때, 나는 무작정 하차를 했다. 터미널을 빠져 나와 연봉이 정면으로 보이는 네거리에 서자 다시금 가슴이 도근거리면서 눈시울이 뜨거워졌다. 산 쪽으로 눈길 한번 주지 않고 갈 길에만 마음이 바쁜 사람들 속에서 나는 아무나 붙잡고 저 산을 보라고, 저기 저 숨막히게 아름다운 산이 보이지 않느냐고 소리치고 싶은 강렬한 충동을 느꼈다. 허름하지만 정감이 가는 식당에서 어탕국수로 든든히 속을 채운 나는 꿈속에 기리던 연인을 만나러 가듯 길을 재촉했다. 아기에게 젖 물리는 심성 고운 아낙 같은가 하면 군밤을 까주며 도란도란 옛이야기 들려줄 할머니 같기도 한 산의 넉넉한 품에 한시바삐 안겨 보고 싶었다.

담배꽁초를 주머니에 넣으며 나는 허리춤에 찬 수통을 끌러 목을 축였다. 별이 시글시글한 하늘 저편이 뜨는 달로 부옇게 밝았다. 밤새 달과 길동무를 한다고 여기니 마음 든든했다. 나는 부려 놓았던 배낭을 어깨에 짊어지고 휘뚤휘뚤한 산모롱이를 따라 굽이 도는 길에 들었다. 밤새 우는 산길은 적막하기 그지 없었다. 이따금씩 요란한 엔진 소리를 내며 곁을 스쳐 지나가는 승용차도 산의 적막을 깨뜨리지 못했다. 되려 전조등 불빛을 흔들며 가풀막진 고갯길을 오르는 승용차가 산의 적막을 깨고자 겁없이 덤벼들었다가 거대한 블랙홀 속으로 빨려들어가서 종당에는 자취도 없이 사라지는 듯이 보였다. 한 치 앞을 더듬을 수 없게 어둡던 길이 떠오른 달빛으로 환하게 밝아졌다. 차지도 이울지도 않은 만월이었다. 달빛에 드러난 산자락들이 저녁상을 물리고 마주 앉아 정담을 나누는 노부부처럼 의좋게 보였다.

콧노래를 흥얼거려 가며 밤나무 숲이 무성한 산모퉁이를 돌아서자 이제까지의 가파르던 경사는 사라지고 평평한 길이 이어졌다. 나는 낙엽송이 늘어선 길을 걷다 말고 무춤하여 멈춰 섰다. 평평한 길이 활처럼 휘면서 급경사가 시작되는 곳에 누군가 걸어가고 있었다. 워낙에 먼발치라 한 사람인 줄 알았으나 자세히 보니 등에 누군가를 업고 있었다. 나는 귀신을 만난 듯하여 더럭 겁이 났다. 사방 삼십 리 안쪽으로는 인가가 없는 데다 행여 옛날이라면 모를까 허위단심 이 높은 산을 넘자고 덤빌 사람이 있을 턱이 없었다.

나는 눈을 크게 뜨고 저만치 내 앞에 걸어가는 사람과 백 미터 가량의 간격을 유지하고자 애썼다. 얼만큼 걸었을까, 문득 이상한 느낌이 들었다. 사람을 등에 업었다고는 하나 상대방의 걸음걸이가 지나치게 더딘 데다 어딘가 성치 않은 듯 비틀거리기까지 한 것이다. 활처럼 휘면서 급경사가 시작되는 지점에 닿았을 때 상대는 소나무들이 바람에 휘날리는 고개턱에 올라섰다. 아니, 고개턱에 올라선다고 느낀 순간 그는 등에 사람을 업은 채 앞으로 고꾸라졌다. 그와 동시에 적막한 산 속에 아이의 울음 소리가 울려퍼졌고 그 소리에 놀란 밤새가 푸드득, 날아올랐다.

부어내리는 달빛 속에 쓰러진 이를 흔들어 깨우며 아이가 울었고 나는 발걸음을 재우쳤다. 문득 사위가 캄캄해져 고개를 드니 떠돌이 구름 사이를 만월이 빠르게 지나가고 있었다.

"성, 죽지 마! 성…… 죽지 마."

아이의 다급한 외침에 나는 고개티로 뛰어올랐다. 어둠에 갇힌 아이의 울음 소리는 잠결에 듣는 고양이의 울음 소리처럼 괴기스러웠다. 달이 구름 사이를 빠져 나오면서 다시금 사위가 밝아졌고 나를 발견한 아이가 울음을 뚝 그쳤다. 나는 가쁜 숨을 몰아쉬며 천천히 아이에게 다가갔다. 여덟 살쯤 되었을까, 동글동글하니 귀여운 사내아이의 큼직한 눈망울이 잔뜩 겁을 집어먹고 있었다. 아이 앞에 쓰러져 있는 이는 뜻밖에도 어린 소년이었다. 울음을 그친 아이는 다가서는 나를 잔뜩 경계하며 제 형을 슬금슬금 흔들어댔다. 나는 짊어진 배낭을 아무렇게나 내던지고 쓰러진 소년에게로 다가갔다. 내 눈치를 살피던 아이가 여차하면 달아날 품으로 물러났다.

나는 엎어진 소년의 몸을 똑바로 눕혀서 한쪽 팔로 머리를 받쳤다. 신열이 들끓는 소년의 얼굴은 백지장처럼 창백했다. 나는 수통의 물로 소년의 입술을 축여 가며 그의 얼굴을 찬찬히 뜯어보았다. 열 살을 갓 넘겼을까, 마른버짐 투성인 소년의 얼굴은 지나치게 흉터가 많았고 오똑한 콧날 아래 굳게 다물어진 입술이 몹시 고집스러워 보였다. 나는 소년의 입을 벌려 조심스럽게 수통을 기울였다. 부르터서 딱지가 앉은 소년의 입술이 보일 듯 말 듯 달싹이며 나지막한 소리가 새어나왔다. 나는 바싹 귀를 갖다 댔다.

"엄니…… 엄니……!"

소년은 두 팔로 허공을 내저으며 엄마를 찾았다. 허공을 내젓는 소년의 터서 갈라진 손을 감싸 쥐며 나는 하늘을 우러렀다. 달을 바라보는 내 눈앞에 소년이 꾸고 있을 꿈이 어른거렸다.

나는 허공을 내젓는 소년의 머리를 쓰다듬었다. 어찌된 일인지 꼭 내가 내 머리를 쓰다듬는 느낌이었다. 문득 허공을 젓던 손길이 멎으면서 소년의 두 눈이 반짝 떠졌다. 어리어리한 눈길에 초점이 잡히자 소년은 화들짝 놀라며 내게서 떨어졌다.

"아저씬 누, 누군게라?"

소년은 내게 질문을 하는 와중에도 주위에 다른 사람은 없는지 도리반거려 가며 살폈다. 그 사이에 소년의 동생이 쪼르르 달려가서 그의 등 뒤에 숨었다. 제 형이 그리도 든든한지 소년의 등 뒤에 숨어서 나를 쳐다보는 아이의 두 눈이 아까의 무서워하던 기색은 온데간데 없이 호기심으로 반짝거렸다.

"산을 넘다가 쓰러진 너를 봤단다. 그래 이제 좀 괜찮니?"

소년은 내 물음에 대꾸도 없이 동생의 손을 잡고 타박타박 길을 가기 시작했다. 아이에게 무시를 당한 나는 그만 머쓱해져서 멍청하게 서 있다가 배낭을 짊어지고 앞서 가는 형제를 따라잡았다.

마루터기에 올라서자 여우재의 정상이 보였다. 마루터기에서 정상까지 오 리 남짓한 길은 경사가 완만했다. 낙엽송이 산자락을 뒤덮은 길 왼쪽으로는 수십 길 높이의 낭떠러지였는데 암반으로 이루어진 계곡을 흐르는 실개울이 달빛을 받아 반짝거렸다.

"애들아, 우리 인사할까? 내 이름은 현민이야."

나는 형제와 어깨를 나란히 하고 걸으며 말했다. 그러나 소년은 내 말을 못 들은 척 묵묵히 땅만 보고 걸었다. 그런 소년의 태도가 내심 괘씸했으나 뭐라고 탓할 수가 없었다. 소년에게는 누구라도 함부로 대할 수 없게 만드는 무언의 힘이 있었다. 고집스럽게 입을 꾹 다물고 걷는 소년의 얼굴에서 나는 '두고 봐라. 내가 어른이 되면 다 앙갚음해 주고 말 테다.' 하는 분노에 가까운 오기를 읽을 수 있었다.

소년에게 말 걸기를 포기하고 맥빠진 걸음을 떼어 놓는데,

"난 용호다. 황.용.호. 그리고 우리 성은요 명호래요."

소년의 동생이 내 쪽으로 고개를 빼꼼히 내밀어 가며 노래하듯이 빠르게 재잘거렸다.

그러나 명호가 화난 눈초리로 동생을 째려보았기 때문에 용호의 말은 더 이상 이어지지 못했다. 나는 풀이 죽은 용호를 향해 한쪽 눈을 찡긋 해가며 성나고 울고 웃고 찡그리는 표정연기로 장난을 걸었다. 용호는 그런 내가 재미있다는 듯이 형 몰래 킥킥거렸다. 명호는 그러는 동생이 영 못마땅한 기색이면서도 잠자코 걷기만 했다. 나는 좀처럼 아이다운 구석을 찾아볼 수 없는 명호가 마뜩찮으면서도 왠지 모르게 어린 시절의 나를 보는 듯하여 마음이 끌렸다.

나는 걷는 동안 수시로 명호의 상태를 살폈다. 그는 억지로 힘을 짜내서 걷는 듯, 두 다리가 금방이라도 꺾일 듯 풀려 있었다. 아니나 다를까, 명호는 고갯마루에서 출발한 지 삼십 분도 채 지나지 않아서 맥없이 쓰러졌다. 그는 아픈 모습을

동생에게 보이지 않으려고 억지로 일어서기는 했으나 한걸음
도 떼어놓지 못하고 제자리에 주저앉고 말았다.

"어디 좀 보자. 이런, 아무래도 안 되겠다."

나는 도움의 손길을 뿌리치려는 명호에게 짐짓 엄하게 대
했다. 명호는 마지못한 듯 내게 몸을 의지했다. 가물거리는
눈길로 나를 올려다보는 명호의 눈이 금방이라도 울어버릴
것처럼 뿌옇게 흐려졌다. 중학생으로 봐도 무방하게 껑충하
게 키는 커도 열 살을 갓 넘긴 소년이었다.

"성, 나 배고파."

용호가 내 옆에 철퍼덕 주저앉으며 말했다. 말은 명호에게
했지만 용호의 눈길은 나를 향해 있었다. 그제서야 나는 아이
들이 하루종일 굶었을지도 모른다는 생각에,

"저녁들은 먹었니?"

곤드라지려는 명호에게 물었다.

"점심에 붕어빵 묵었는디, 성은 한나 묵고 나넌 시 개 묵었
어요."

용호가 묵묵히 고개를 떨군 형을 대신하여 말했다. 나는
눈앞이 캄캄했다. 쫄쫄 굶은 아이들을 데리고 산을 넘을 수는
없는 노릇이었다. 그 어떤 절박한 사정이 있는지는 모르나 나
는 아이들의 무모함에 화가 났다. 꾀죄죄한 옷차림며 불안
해 하는 눈초리로 미루어 고아원 같은 데서 도망 나온 아이라
는 짐작은 진작에 하고 있었지만 이토록 무모할 줄은 차마 몰
랐다.

"넌 도대체 어떻게 된 애가……."

나는 화를 내려다 말고 목소리를 삼켰다. 배낭을 뒤져 형
제에게 몇 개의 오이를 건네 준 뒤 나는 도로변 낭떠러지에

걸터앉아 담배를 태웠다. 어찌하여 세상은 아이들마저 내치는지 답답했다. 무슨 사정이 있어서 도망을 나오게 됐는지 굳이 묻지 않더라도 나는 어린 형제의 절박한 심정을 십분 이해할 수 있었다.

나는 담뱃불을 비벼끄고 일어서서 사위를 살폈다. 달빛 환한 산중 그 어디에도 불빛은 보이지 않았다. 혹시나 하는 기대감으로 산자락을 짯짯이 살폈지만 인가는 고사하고 산길을 오르는 승용차 한 대 없었다. 계곡으로 내려가 라면이라도 삶아 줄 요량으로 깎아지른 절벽을 아래위로 죽 훑어봤으나 길이 없었다.

나는 올라오는 차가 있으면 얻어 타기로 마음을 정하고 아이들을 챙겨서 길을 떠났다. 명호는 다소간 다리에 힘이 붙었는지 제법 걸음걸이에 속력을 냈다. 나는 졸립다고 자꾸만 칭얼거리는 용호를 하는 수 없이 안고 걸었는데 녀석은 품에 안기기가 무섭게 잠이 들었다. 내가 용호를 떠맡고부터 명호의 표정은 눈에 띄게 가벼워졌다. 때마침 올라오는 승용차가 있어 손을 들어보였으나 승용차는 우리 앞을 그대로 지나치고 말았다. 눈앞에 빤히 보이는 정상이 자꾸만 멀게 느껴졌다. 등에 짊어진 배낭도 무거운 터에 아이까지 안고 보니 숨이 턱에 차고 발 뒤축이 땅에 끌렸다.

가까스로 산 정상에 닿은 나는 용호를 안은 채로 길섶 풀밭에 철퍼덕 주저앉았다. 나는 헐떡거리는 명호에게 수통을 내민 뒤 품에 안은 용호를 다리 위에 눕혀서 한쪽 팔로 머리를 받쳤다.

나는 가쁜 숨을 고르며 산 아래 풍경을 내려다보았다. 강을 끼고 펼쳐진 들판과 들판을 향해 부챗살 모양으로 뻗어내리는 산자락이 온통 달빛이었다. 들판을 가로질러 맞은편 산자락 사이로 숨어버린 강물은 숫제 달이 들어 앉은 듯 반짝였고 추수가 끝난 들판은 고단한 노동을 마치고 쉬는 사람처럼 달빛으로 인해 평온해 보였다. 나는 강변 철로를 눈으로 좇다가 들판 가운데 바가지를 엎어놓은 형국으로 불룩 솟은 동산에 시선을 고정시켰다.

그곳의 집 한 채. 아, 할아버지. 산 정상 곳곳에 우북한 억새를 흔드는 바람결에 금방이라도 할아버지의 밭은 기침 소리가 묻어날 것만 같았다.

나는 지그시 눈을 감았다.

십수 년 전 그날 밤에도 달빛뿐이었다. 열여덟 나이에 자살을 하기 위해 떠났던 길 끝, 그때도 나는 이 자리에 앉아서 들판에 솟은 동산을 내려다보았었다. 달라진 것이 있다면 서른을 훌쩍 넘긴 내 나이와 포장된 산길뿐, 내 눈앞에 펼쳐진 정경은 그 모습 그대로였다. 물론 그 이후에도 몇 차례에 걸쳐서 할아버지를 찾아뵙기는 했지만 기차를 타고서였다. 걸어서 여우재를 넘기는 십수 년 전 그날 이후로 처음이었다.

비로소 나는 내가 무엇을 바라고 여행의 마지막 행선지를 이곳으로 택하게 되었는지 알 수 있을 것 같았다. 어촌을 떠나던 다방 레지를 배웅해 주고 돌아서서 이곳을 떠올릴 때부터 나는 이미 내가 이러한 상황과 맞닥뜨리게 되리란 걸 알고 있지 않았을까. 지난날의 아픈 기억 속에 나를 내던져서 내 존재 의의를 찾아보겠다는 욕망을 할아버지를 찾아뵙겠다는 명분 속에 교묘히 감춰 두고서 짐짓 모른 체해 온 것은 아닐는지.

나는 감았던 눈을 뜨면서 고개를 옆으로 돌렸다. 당시에는 없었던, 여우재의 고지를 표시하는 입석 앞에 열아홉 살의 소년이 앉아 있었다.

지금 생각해 봐도 나의 자살 여행은 자기학대의 혐의가 짙다. 자살 여행을 계획하면서 나는 반드시 죽어야겠다는 결연한 의지가 애시당초 없었다. 그저 막연히 돈이 떨어질 때까지 전국 각지를 떠돌아다니다가 허기에 지쳐 쓰러진 바로 그 자리에서 수면제를 먹겠다는 생각으로 길을 나섰던 것이다. 동맥을 끊거나 투신을 하는 과감한 방법을 피하고 수면제를 택한 것도 따지고 보면 정말로 죽을 생각이 없었기 때문이다. 그 무렵의 나는 자살을 할 수 있는 수십 가지의 방법을 알고 있었다.

내 친구 가운데 성수라고 있었는데 그와 나는 죽음에 대한 관심이 남달라서 걸핏하면 세상에서 가장 멋있게 죽을 수 있는 방법을 숙의하곤 했다.

하루는 성수가 나를 찾아와서,

"가장 황홀하게 죽는 방법으로 뭐 없을까?"

진지한 표정으로 물었고 이미 그러한 질문에 익숙해질 대로 익숙해진 나는,

"책가방 끈에 목 매다는 게 젤 낫지."

별다른 생각 없이 대꾸를 해주었다.

목을 매달면 사정을 한다는 것과 사정을 하는 절정의 한 극점에서 숨이 딸깍 멎는다는 사실을 우리는 진작부터 알고 있었다. 성수는 과연 그렇겠다는 듯이 고개를 끄덕였다. 하고 많은 끈 중에서 왜 하필이면 책가방 끈을 떠올렸는지 나는 지금도 모르겠다.

그러나 그 이튿날 성수는 구로공단을 가로지르는 고가 난간에서 책가방 끈에 목을 매고 죽었다. 성수의 연고지를 아는 유일한 사람이라는 이유로 나는 경찰관의 입회하에 병원에 있는 그의 시체를 확인했는데, 나는 성수가 자살한 이유보다도 정말로 그가 죽는 그 순간에 사정을 했을까 하는 것이 더 궁금했다. 그것은 단순한 호기심이 아니었다. 자신이 원하는 삶을 단 한순간도 살아 보지 못한 성수가 비록 자살이라는 극단적인 방법을 택했을망정 나는 그가 죽음에 있어서 만큼은 자신이 원한 것을 얻었어야 된다고 생각했다.

내가 정말 자살을 할 작정이었다면 나 역시 성수와 같은 방법을 택했을 것이다. 자살을 해야겠다는 절박함은 나 역시 성수 못지않았지만 내 잠재의식 깊은 곳에서는 이대로 죽을 수 없다는 자의식이 강하게 똬리를 틀고 있었다. 세상은 더 이상 살 만한 아무런 가치도 없다는 절망감과 살다 보면 혹시라도 존재의 소중함을 확인시켜 줄 가치를 찾게 될지도 모른다는 기대감이 내 가슴속에서 어지럽게 교차했다. 그 만의 하나인 가능성 때문에 나는 자살 여행을 떠나면서 수면제를 사 모았던 것이다. 그렇다고 해서 내가 무슨 폼으로 수면제를 지니고 다녔던 것은 아니다. 정말로 나는 수면제를 먹을 작정이었다. 사십 알의 수면제를 먹고서도 요행히 살아난다면 하는 가정은 몇 차례 해본 일이 있어도 수면제를 먹을까 말까 하는 따위의 망설임은 없었다. 그런데도 내가 정말로 죽을 생각이 없었다고 얘기하는 것은 그것이 수면제였기 때문이다. 수면제를 먹고서도 살아난 예를 나는 얼마든지 알고 있었다. 만약에 내 자신의 잠재력과 세상에 대한 일말의 믿음도 없었다면 나는 성수처럼 도저히 살아날 가능성이 없는 방법을 취했을 것이다.

성수는 유서 한 장 남기지 않고 세상을 버렸지만 나는 유서를 품에 지니고 여행을 떠났다. 유서는 없었지만 나는 성수가 죽은 이유를 잘 알고 있었다. 그의 절망과 나의 절망은 피의 빛깔처럼 같은 것이었다. 주변 사람들은 성수가 실연의 상처 때문에 자살을 했다고 입을 모았지만 사실은 그의 삶 자체가 자살 동기였다. 그러나 고백하건데 성수나 나나 스스로의 삶에 대해 비관하지 않았었다. 사는 게 답답하긴 했지만 매사에 있어 유쾌한 편이었다.

가령 교복 입은 아이들이 우리 앞을 지나갈 때,

"짜식들, 호강한다."

한 마디씩 내뱉기는 해도 그 애들과 우리의 처지를 비교해서 한탄하지는 않았다.

되려 그 애들을 볼 때 우리는 우리의 힘으로 먹고 산다는 자부심이 있었다. 우리는 우리 나름대로의 활기가 있었고 재미도 많았다.

나 또한 그랬다. 두세 달에 한 번 꼴로 어머니를 뵈러 집에 다녀올 때 빼고는 대체로 유쾌한 편이었다. 힘든 공장생활이라든가 겨우겨우 밥술이나 먹을 정도의 가난 따위는 사실 아무것도 아니었다. 매일매일 겪는 일이기에 우리는 그것이 힘든 줄도 몰랐다.

그러나 잠자리에 눕기만 하면 떠오르는 상념이 성수나 나를 고통스럽게 했다. 평생 같은 자리를 맴돌다가 공장의 다른 아저씨들처럼 늙어버릴지도 모른다는, 인생이 그렇게 덧없이 흘러가버릴지도 모른다는 두려움이 우리를 안타깝게 했다. 정녕 인생이 그러한 것이라면 우리는 더 이상 살고 싶지 않았다. 평생 가난하게 살거나 노동에 묻혀 사는 따위는 겁나지 않았다. 그러나 뭔가 의미가 있어야 했다. 가치가 있어야 했다. 똑같은 고생을 해도 보람이 있는 고생을 하고 싶었다. 진정한 보람이란 들판에 씨앗을 뿌리는 농부의 손길처럼 삶과의 투쟁에 있음을 몰랐던 열여덟 그 시절, 우리는 밤마다 남 몰래 울었다.

이제 열여덟에서 열아홉이 되기까지 그리하여 끝내 자살 여행을 떠날 수 밖에 없었던 일 년의 세월을 얘기해야겠다.

소규모 프레스 공장을 전전하던 끝에 내가 정착한 곳은 구로공단 내에 있는 도자기 공장이었다. 도자기 공장이라고는 하지만 주방용품부터 시작하여 장식용 인형에 이르기까지 사기로 된 모든 제품을 생산해내는, 딸린 식구만도 오백 명이 넘는 중소기업이었다.

면접을 거쳐 첫 출근을 했을 때의 기억이 지금도 새롭다. 늘 열 명 아니면 이십 명 가량이 오글오글 모여 일하는 소규모 공장만 다녔던 나는 면접을 보러 갈 때부터 주눅이 들었다. 그간 내가 봤던 면접이라야 이력서 한 장 달랑 들고 기름때 묻은 작업복을 걸친 사장과 말 몇 마디 나누는 것이 고작이었다. 그래온 터에 생산직 모집 광고를 보고 찾아든 오십여 명의 응시자들 가운데 섞여 전무며 상무며 이사 앞에서 면접을 보려니 내 자신이 무슨 대단한 시험을 앞둔 사람처럼 여겨졌고, 귀티가 나게 정장 차림을 하고 근엄한 표정을 짓는 면접관들 앞에서 면접을 볼 때는 등줄기에 식은땀이 다 났다.

그렇게 해서 출근을 하게 된 나는 포장부에 배속이 되었다. 포장반은 1반과 2반으로 나누어졌는데, 여자들로 구성된 1반에서는 공기가 주입된 비닐로 완제품이 깨지지 않도록 포장했고 남자들로 이루어진 2반에서는 포장한 제품을 종이상자에 차곡차곡 쌓아서 창고로 운반을 하거나 트럭이 오면 상차를 했다. 그러나 상자를 트럭에 싣는 일은 주로 젊은 축들이 맡고 나이든 이들은 제품을 상자에 담아 창고에 쌓는 일을 했다. 그럴 수밖에 없는 것이 상자 하나의 무게가 적게는 이십 킬로그램에서 많게는 오십 킬로그램까지 나갔고 제아무리 힘센 장정이라도 트럭 두세 대만 보내고 나면 기진맥진 늘어져서 애고고 앓는 소리를 내게 마련이었다. 그런 탓에 포장 2반은 숫제 생노가다판으로 낙인이 찍혀 회사 내에서도 포장 2반이라면 고개를 절레절레 저어 가며 피했고 회사 눈밖에 난 사람들은 포장 2반으로 보내졌다. 신입사원 가운데서도 포장반에 배속된 열 명 가운데 여덟 명이 사흘 안에 그만뒀다.

포장한 제품을 상자에 담아 창고에 쌓는 일과 트럭에 싣는 일을 맡아 할 사람을 나누는 것은 반장의 재량권이었지만 최 반장은 매우 공정한 사람이어서 불평하는 사람이 없었다. 굳이 불평하는 사람을 들자면 오십 줄을 넘긴 박씨 아저씨가 있었는데 그는 포장하는 여자들이 도무지 일을 할 수 없도록 지분거려서 상차를 하게 된 사람이었다. 제딴에는 나이든 사람에게 이럴 수가 있느냐며 궁시렁거렸지만 누구 하나 귓등으로도 듣지 않았다.

전남 구례가 고향이라는 최 반장은 삼십대 후반으로 체구는 작달막했으나 팔힘이 좋은 데다 상차 경력 십 년의 이력이 붙어 상차에 관한 한 견줄 만한 사람이 없었다. 결혼을 일찍한 탓에 고등학교에 다니는 큰아들이 있다며 자식 자랑하기 좋아하는 최 반장은 누구에게나 스스럼이 없어 현장 내에서 인기가 좋았다.

더욱이 쉬는 시간마다 둘러앉은 사람들의 배꼽을 잡게 만드는 그의 재담은 돈을 내고 들어도 아깝지 않을 정도였다. 스무 살까지 고향에서 농사를 지었다는 최 반장의 재담은 태반이 농촌을 배경으로 한 것이어서 겨울철 토끼 사냥을 화제로 삼아도 삼일 밤낮을 지새고 남을 만큼 무궁무진했다. 거기다가 시골 노인들에게 귀동냥한 얘기까지 보태어져 소가 호랑이랑 싸운 일화부터 시작해서 털을 홀라당 뽑힌 닭이 뛰어다닌 얘기까지 도무지 끝이 없었다.

상차반은 일이 힘든 만큼 군기도 세서 우리 또래들은 형들과 맞담배질을 할 수가 없었는데 최 반장은 오히려 담배를 권해 왔다. 뿐만 아니라 한창 클 때는 잘 먹어 둬야 한다면서 우리 또래를 가리봉 오거리에 있는 시장통으로 곧잘 데리고 갔다.

최 반장이 베푸는 친절은 매우 파격적이어서 나이 든 형들은 우리 또래들만 보면 아무런 이유 없이,

"요즘 새끼들은 영 싸가지가 없어. 아, 우리가 쟤들만했을 때는 형들이 죽으라면 껌뻑 죽는 시늉까지 했잖아? 터지기는 좀 터졌어? 어디 쟤들처럼 고개 빳빳이 들고 형들 얼굴 한번 쳐다보래지? 그 자리에서 창고로 끌려가 반 죽었지. 그러고 보면 세상 참 좋아졌어. 암, 좋아졌구 말구."

"그게 다 최 반장 때문이야. 저 새끼들이 사람 좋은 최 반장 믿구 어영부영하는 거라구. 생각하면 우리만 억울한 세월 보낸 거야."

하고 야기죽거려 가며 입맛을 쩝쩝 다셔댔다.

포장반 남자들 가운데 나는 가장 어린 축에 끼었다. 덕분에 나는 최 반장의 배려로 쉴새없이 상자를 어깨로 짊어져 날

라야 하는 상차반이 아닌 포장반에서 일을 하게 되었다. 그러나 포장반이라고 해서 일이 쉬운 건 아니었다. 힘 쓰는 일이 적다 뿐이지 숱하게 널려 있는 자질구레한 일거리에 쫓기다 보면 오줌 누고 뭐 볼 짬도 없었다. 포장반에는 나와 동갑내기가 한 명 있었는데 껑충하니 큰 키에 웃는 모습이 참으로 선량한 미소년이었다.

포장을 하는 아줌마들이 빙그레 잘 웃는 그에게,

"어쩜 총각이 저리두 곱게 생겼을까."

장난삼아 말을 걸면 그는 귓불까지 달아올라 어쩔 줄을 몰랐다.

그러면 장난에 재미가 붙은 아줌마들은,

"오메, 오메, 어찌까이. 저 총각 얼굴 빨개지는 것 잠 보소. 총각이 새악시맨치로 부끄럼도 잘 타네 그랴."

"난 저 총각만 보면 내 첫사랑이 생각나면서 가슴이 울렁거리는 거 있지?"

"내가 십 년만 젊었어두 근사하게 연애 한번 걸어볼 텐데. 우리 애기아빠한테 맞아 죽는 한이 있더라도 이참에 바람 한번 펴보꺼나?"

한 마디씩 돌아가며 농담을 했고 때마침 나타난 최 반장이 밝은 작업 분위기에 흡족한 표정으로,

"우리 성수는 여복이 터졌고마. 나가 너맨치로 기럭지가 쪼깨만 길었어두 여그 아짐씨들 난리가 날 판인디. 인간 최병환이 난쟁이 똥자루로 태어나서 푹푹 썩는고나 썩어."

맞장구를 치면 아줌마들은 깔깔거리며 좋아라 했다.

그렇게 해서 만나게 된 성수와 나는 동갑내기라는 이유만으로 쉽게 친해졌다. 형들 틈바구니에서 막둥이 취급을 받다가 만나게 된 동기라 반가움이 곱절 컸다.

우묵하니 눈이 깊은 성수는 겉으로 내색은 하지 않았지만
유난히 외로움을 잘 타는 성격이었다. 나도 외로움을 잘 타는
편이지만 성수의 외로움은 어딘가 모르게 위태로워 보였다.
　하루는 일을 마치고 가리봉 시장 복판에 있는 곱창집에서
단둘이 술을 먹게 되었다. 나이 어린 노동자들 사이에서 '이
모집'으로 통하는 곱창집은 손님의 태반이 소년들이었다. 우
리들이 이모로 부르는 주인 여자는 몸피가 좋고 성격이 괄괄
한 사십대 후반의 과부였다. 그이는 우리들만 보면 오래 전에
집을 나가 소식이 없는 아들 생각이 난다며 술값이 있건 없건
반가이 맞아 주었다. 성수와 나는 순대를 안주삼아 맥줏잔에
가득한 소주를 단숨에 들이켰다. 소주를 다섯 병쯤 비웠을까,
성수가 다 낡아 너덜거리는 비닐 지갑을 내 눈앞에 불쑥 내밀
었다. 주민등록증 따위를 넣게 되어 있는 지갑 안쪽에는 오래
된 흑백사진이 들어 있었다. 젊은 여자가 웃고 있는 사진이었
다.
　"우리 엄마야. 고아원에다 세 살 먹은 아기를 갖다 버
린……."
　영문을 몰라 사진 속의 여인과 성수의 얼굴을 번갈아보는
내게 그가 말했다. 고개를 떨구며 가늘게 어깨를 떠는 성수를
지켜보면서 나는 명치께가 꽉 막히는 느낌이었다. 소리 없이
눈물을 떨구는 성수의 슬픔이 고스란히 내게로 옮아온 듯 콧
잔등이 시큰거리고 목구멍이 훗훗하게 달아올랐다.
　"나도, 그래."
　그래 너도 나만큼 아픈 사연이 있었구나, 하는 뜻으로 입
속말로 중얼거린다는 것이 그만 나도 모르게 입 밖으로 새어
나왔다. 눈가를 훔치던 성수의 놀란 눈이 나를 바라보았고 나

는 술잔을 기울였다.

"너는 집을 나와서 자취를 한다며?"

나는 성수의 질문에 대답 대신 쓰게 웃으며 어머니의 일기장을 떠올렸다.

"집? 없어, 그런 거."

나는 고개를 갸웃하는 성수에게 집안 내력을 짤막하게 들려 주었다. 그러나 어머니가 창녀였다는 사실은 밝히지 않았다. 성수는 이제까지와는 사뭇 다르게 친밀한 눈길로 건배를 청했다.

그날 밤 우리는 엉망으로 취했다. 너무 취해서 가누지 못하는 몸을 서로 받쳐 주며 거리로 나온 우리는 시장 변두리 여인숙 건물 맞은편에 있는 내 자취방으로 향했고, 이 이튿날부터 동거를 했다. 동거는 별다른 의논 없이 자연스럽게 이루어졌다. 자취방도 없이 친구들 집을 전전하며 살아 왔던 성수는 옷보따리 하나 달랑 들고 내 방에 눌러앉았고 나도 외롭지 않아서 좋았다. 둘이서 살기에는 방이 턱없이 비좁은 탓에 이사를 갈까 망설이기도 했지만 사글세가 다른 곳의 절반이라 그냥 눌러 살았다. 거기에는 그만한 이유가 있었다.

내가 세를 든 닭장집은 이층짜리 건물로 여느 닭장집 건물과는 구조가 판이하게 달랐다. 철물점이며 구멍가게 같은 점포가 일층을 점유한 건물의 이층은 가풀막진 골목에 붙은 대문을 통해 계단 없이 드나들 수 있었다. 대문을 열고 안으로 들어서면 햇볕 한줌 들지 않아 사시사철 백열등이 켜져 있는 침침한 공간이 나타나고 한가운데 수돗가를 중심으로 쪽마루 딸린 방들이 벽면을 따라 죽 잇달아 붙어 있었다. 신문지나 세면종이 혹은 달력 따위로 도배가 된 여닫이 방문 앞

쪽마루에는 내남없이 석유곤로와 찬장이 놓여 있고, 마루 밑 연탄 아궁이에서는 쉬지 않고 가스가 세어 나왔다. 사정이 그만 하다 보니 자연 사글세가 쌀 수밖에 없었다.

성수와 동거를 하기 전까지 나는 퇴근을 하면 피곤할 때까지 가리봉 오거리 주변을 배회하다가 새벽녘에야 자취방에 들었었다. 발을 뻗으면 옴쭉달싹도 할 수 없게 좁아터진 방 안에 오도카니 앉아 있다 보면 꼭 감옥에 갇혀 있는 기분이었다. 나중에는 방문이며 창문 위로 쇠창살이 얼비쳐 보이기까지 했다. 그러나 성수가 들어온 뒤로는 관 속같이 좁은 방 안이 비로소 사람 사는 곳처럼 여겨졌다. 성수도 자취방이 생기니 마음이 안정되는 눈치였다. 나는 친구들의 집을 전전하며 살았던 성수에게 비록 닭장집일망정 도움을 줄 수 있다는 게 못내 기뻤다.

몇 번인가 술자리에서 만난 적이 있는 성수의 친구들은 태반이 건달이었다. 그 애들은 일정한 직업도 없이 빈둥거렸다. 딴에는 맘 잡고 살겠다고 작정을 하고 취직을 해도 작심삼일이었다. 한 달 이상 진득하니 붙어 있지를 못했다. 나는 자취를 하는 그 애들이 도대체 무슨 돈으로 먹고 사는지 궁금했으나 알고 보니 간단했다. 그 애들이 술집과 당구장과 오락실을 드나들며 쓰는 모든 돈은 동거를 하는 여자애들이 공장에 나가서 벌어온 돈이었다. 그 중에는 술집에 나가 몸을 파는 애들도 있었다. 하지만 성수의 친구들은 그걸 당연하게 받아들이고 하루하루를 즐겼다. 동거하던 여자애가 참다 못해 짐을 꾸려서 떠나면 그들은 일 주일도 안 되어서 다른 여자애를 데리고 살았다. 한번은 나도 취중에 성수를 좇아 그의 친구집에서 묵은 적이 있었다. 그러나 성수와 나는 밤새 한잠도 이루지 못하고 새벽 거리로 나오고 말았다. 불을 끄기가 무섭게 성수의 친구는 우리 따위는 안중에도 없다는 듯 여자애와 성교를 했다. 나는 도무지 낯이 화끈거려 견딜 수가 없었으나 성수는 만성이 된 듯 모른 체했다.

"너두 참 엔간하다."

새벽 거리를 걸으며 내가 한마디하자 성수는,

"할 수 없잖아."

힘 없이 대꾸하며 막 샛별이 스러지는 하늘에 대고 한숨을 쉬었다.

자취를 하며 곁에서 지켜본 성수는 묘한 구석이 있었다. 수돗가 위 빨랫줄에는 한집에 사는 여자애들의 속옷이 항상 널려 있었는데 어느 날부터인가 속옷이 없어졌다고 악다구니를 퍼붓는 여자애들의 고함 소리가 끊이질 않았다. 그렇잖아도 공동으로 사용하는 연탄창고에서 연탄 한 장만 없어져도 열 개나 되는 아궁이를 일일이 뒤져 가며 싸움이 벌어지는 터에 빈번히 속옷이 없어지자 한집에 사는 여자애들은 서로를 의심해 가며 신경전을 벌였다.

그 범인이 성수라는 사실을 나는 우연히 알게 되었다.

어머니를 뵈러 집에 다녀오던 날이었다. 성수와 술을 한잔 하려고 소주에 새우깡을 사들고 방문을 벌컥 열었는데 방 안에 앉아 있던 성수가 허둥지둥 등 뒤로 뭔가를 감췄다. 감춘 게 뭐냐고 재우쳐 묻는 내게 성수는 마지못한 듯 겸연쩍게 웃어 가며 분홍색 여자 팬티를 내보였다. 나는 한동안 벌린 입을 다물지 못했다.

"여자애를 사귀지 그래?"

내가 어이없어 하며 한마디하자 성수는 떨구었던 고개를

치켜들며,

"나, 좋아하는 사람 있어."

애잔한 눈길로 중얼거렸다.

나는 소영의 얼굴을 떠올렸다. 우리보다 한 살 어린 소영은 성수 친구의 여동생이었다.

소영의 오빠는 건들거리는 성수 친구들 가운데서도 유난히 차가운 녀석이었다. 면도칼로 긋거나 담뱃불로 지진 흉터 투성이의 팔뚝을 대단한 자랑인 양 내보이기 좋아하는 태호는 자해가 주특기였다. 언젠가 〈이모집〉에서 술을 마시다가 옆좌석의 아이들과 시비가 붙어 패싸움을 벌인 일이 있는데 태호는 싸움이 벌어지자마자 윗통을 벗어제끼고 병을 깨서 제 아랫배를 좍좍 그어댔다. 그 서슬에 기가 질린 상대편 아이들이 슬금슬금 뒷걸음질을 쳐서 내빼는 바람에 싸움은 싱겁게 끝나고 말았지만, 태호는 피를 닦아 주려는 친구들의 손길도 뿌리치고,

"새끼들이 어디서 엉까구 있어?"

탕탕거리며 득의만만한 표정으로 한동안 독장을 쳐댔다.

그런 태호를 영 못마땅하게 여기면서도 성수가 태호와 어울리는 것은 소영을 향한 감정 때문이었다. 고백을 하지 못하고 속으로만 삭혀 온 성수의 집착과도 같은 연정을 나는 소영을 보고서 이해할 수 있었다. 소영을 처음 봤을 때 나는 어딘가 낯이 익어 내가 아는 얼굴인가 머리를 굴려 봤지만 아무리 봐도 모르는 얼굴이었다. 고개를 갸웃거리는 내 귓가에 대고 성수가,

"어때, 우리 엄마와 많이 닮았지?"

하고 속삭였을 때에 가서야 나는 흑백사진 속에서 슬프게 미

소 짓던 성수의 엄마를 떠올리곤 나도 모르게 아, 하고 탄성을 질렀다.

성수의 말대로 소영은 사진 속의 여인과 놀랄 만큼 흡사했다. 소영을 바라보는 성수의 눈길은 손을 대면 데일 듯 뜨거우면서도 그뿐이었다. 그는 소영의 주위를 뱅뱅 맴돌면서도 한 발짝도 앞으로 나아가려 하질 않았다. 그런 성수가 보기에 안타까워,

"내가 중간에 나서서 심부름해 줄까?"

몇 번이나 말을 건네 보았으나 성수는 꿀 먹은 벙어리처럼 대꾸가 없었다.

"왜, 채일까 봐?"

"……."

"임마, 채일 땐 채이더라도 남자답게 덤벼 봐."

"……."

"혹시 알아? 소영이도 널 좋아하고 있을지."

"난, 그냥 이대로가 좋아."

나에게 만큼은 속내를 감추는 법이 없던 성수는 더 이상 말이 없었다.

내가 포장반의 회수를 눈여겨보기 시작한 건 입사한 지 한 달이 지나서였다. 눈여겨보기 전만 하더라도 나는 포장반에 그런 여자가 있는 줄도 몰랐다. 같은 작업 라인에 속하지 않고서는 어울리기가 쉽지 않은 탓도 있지만 그가 워낙에 있는 듯 없는 듯 눈에 띄지 않는 사람이었기 때문이다. 내가 회수를 알게 된 건 상차반 형들의 입을 통해서였다.

오전과 오후에 각각 십 분씩 주어지는 휴식시간만 되면 상차반 형들은 우르르 공장 옥상으로 몰려가서 잡담을 즐겼다.

남자들만 둘러앉은 자리다 보니 음담패설이 잡담의 대부분을 차지했다. 한두 마디씩 음담패설이 불거져 나오기 시작하면 나른하게 풀렸던 눈동자들이 또랑또랑 빛나면서 좌중에 아연 활기가 돌았다. 어린 축들은 감히 형들 사이에 낄 엄두를 내지 못하고 뒷전에서 귀만 기울였다. 희수의 이름이 툭, 불거져 나온 것은 질벅한 음담패설 몇 마디가 오고간 뒤끝이었다.

"희수 고것 말이야, 속살이 뽀얀 게 보면 볼수록 삼삼하단 말야. 얼굴도 공순이치고는 제법 예쁘장하고."

색을 밝히기로 소문난 상차반 유 대리가 음담패설 끝에 입맛을 다셔 가며 희수를 화제로 삼자 여기저기서 기다렸다는 듯이 한 마디씩 거들고 나섰다.

"어디 인물뿐인가. 미끈둥하게 빠진 몸매두 우리 공장에서 젤로 낫지."

"그럼 뭘 해? 반벙어리인 걸. 반벙어리만 아니었음사 누가 해치워도 진작에 해치웠지."

"아니, 형님. 반벙어리가 무슨 대수요? 그만큼 이쁘구 그만큼 빠졌으면 반벙어리가 아니라 벙어리 조상이래두 날로 회쳐 먹고 보겠수."

"이 친구 이거 영 쑥맥이구만. 이봐, 이 답답한 친구야. 그런 애들은 백이면 백 건드린 그 날로 죽자살자 물고 늘어진다 이 말씀이야. 아, 솔직히 톡 까놓고 얘기해서 어떤 미친 놈이 반벙어리를 마누라로 들어앉히고 싶겠어. 그러니 자네도 괜히 객고 한번 풀려다가 돈 뜯겨 가며 개망신당하지 말고 일찌감치 냉수 먹고 속 차려."

그들의 되지도 않은 막말에 나는 희수가 누군지도 모르면서 낯이 화끈거려 더 이상 듣고 있을 수가 없어 성수의 옆구

153
마을속의집한채

리를 찔렀다. 해괴한 취미를 지녔다고는 하나 여자들은 무조건 신성하게 대해야 한다고 믿는 성수는 내가 눈치를 주자 주저않고 자리를 털고 일어났다. 성수는 제가 모욕을 당하기라도 한 양 얼굴이 벌겋게 달아 있었다. 때마침 올라온 최 반장이 둘러앉아 허룽거리는 그들을 무지르고 나섰다.

"이 사람들, 애들 보기 부끄럽게 웬 흰소리들이야? 그렇게 할 얘기들이 없어? 시덥잖은 얘기 그만하고 작업시간 다 됐으니까 빨리들 내려가."

"아따, 형님. 고만 일에 웬 역정이우? 사내들끼리 힘 쓰는 일 하다 보면 조동아리 나불거려 가며 이 계집 저 계집 들먹이는 재미라도 있어야지. 그도 없으면 어디 싱거워서 일할 맛이나 나겠소? 어이, 그만들 내려가세."

능글능글 엉너리치며 돌아서는 유 대리를 바라보는 최 반장의 눈길이 곱지 못했다.

그날 이후로 나는 무심히 희수가 일하는 라인 쪽으로 고개를 돌려 버릇 했는데 이상하게도 희수의 얼굴이 눈길에 잡히기만 하면 마음이 바스댔다. 나보다 두 살 많은 희수는 화장한 모양새부터 옷차림에 이르기까지 어느 것 하나 세련되지 못하고 메떨어지긴 했으나 누가 보더라도 호감이 가게 얼굴이 환했다. 그의 얼굴을 일하는 아줌마들 속에서 찾아냈을 때, 나는 그처럼 예쁜 여자가 반벙어리라는 이유만으로 형들에게 조리돌림을 당하는 것이 화가 나고 안타까웠다.

하루는 아침부터 내리기 시작한 비가 저녁까지 이어져서 일감을 잃은 형들이 창고에 삼삼오오 모여서 하는 일 없이 빈둥거리게 되었다. 눈치 빠른 몇몇은 두 길은 좋게 높이 쌓아 올린 상자 더미 사이에 숨어서 술추렴을 했고, 드러내 놓고 빈둥거릴 수가 없는 나이 어린 축들은 일을 하는 척 빈 상자나 빗자루를 들고 형들 사이에 찔끔 아줌마들 사이에 찔끔 엉덩이를 붙여 가며 깜냥껏 몽그작거렸다. 점심시간을 넘기자 어정거리기에도 지친 사람들이 하나둘 자리를 떠서 재주껏 낮잠을 자기 시작했고 나와 성수는 군대 얘기로 한창 열이 오른 형들 뒤에 앉아서 하품을 해가며 귀를 기울였다. 군대 얘기도 시들해지자 화제는 음담패설로 이어졌고 그럴 듯하게 뻥튀기를 한 연애담이 꼬리에 꼬리를 물었다. 형들 뒤에서 귀를 기울이던 나는 그들의 밑천이 바닥날 즈음해서 마음이 조마조마해졌다. 아니나 다를까, 밑천이 드러난 그들은 희수를 놓고 요러쿵조러쿵 희롱하는 소리를 받고 차며 킬킬거렸다.

"그런 얘긴 그만해요."

나는 그만 절박한 심정이 되어 볼멘소리를 터뜨렸다. 찬물을 끼얹은 듯 주위가 조용해지면서 형들의 눈길이 일제히 내게로 쏠렸다. 어이없어하는 그들의 눈길을 보면서 아차, 싶었지만 이미 쏟은 물이었다.

"불쌍하잖아요."

나는 변명삼아 얼버무렸다.

"왜? 개가 니 깔치라도 돼냐?"

유 대리가 나를 내립떠보며 이기죽거렸고 뒤이어 누군가 내 멱살을 움켜쥐고 따귀를 올려붙이며 몰아세웠다.

"대갈빡에 피도 안 마른 게 형들에게 기어올라? 오냐오냐 해주니까 니 눈에는 형들이 호구로 보이냐, 엉?"

내게 포르노 잡지를 사오라고 심부름을 시키던 형이었다. 가리봉 오거리 주변에는 길거리에 좌판을 벌여 놓고 포르노 잡지나 소설을 파는 장사꾼이 곳곳에 있었다. 그는 월급날만 되면 돈을 줘서 나를 내몰았고 나는 울며 겨자먹기로 대여섯 권의 포르노 잡지를 사다 바쳐야만 했다. 나보다 꼭 열 살이 많은 그의 명령에 가까운 부탁을 달리 거절할 방법이 없었다 ─ 그는 심부름한 대가로 오래 전에 봐서 너덜거리는 잡지 한 권을 선심 쓰듯 내게 던져 주었다.

그는 내친 김에 군기를 잡겠다는 듯 험악한 표정으로 내 밑으로 다 집합, 하고 소리를 질렀다. 나와 성수를 비롯한 예 닐곱 명이 부동자세를 취하자 그는,

"똑바로 해, 이 새끼들아."

을러메며 우리들의 가슴팍을 차례차례 주먹으로 쥐어박았고 그래도 분이 풀리지 않는지 원산폭격을 시켰다.

때 아닌 소란에 허겁지겁 달려온 최 반장 덕분에 기합에서 풀려난 나는 가는 빗줄기가 지짐거리는 옥상에서 터진 입술을 닦았다. 나 때문에 곤욕을 치른 동료들에게 미안하면서도 분한 마음이 앞섰다.

나는 옥상 난간에 기대어 서서 터진 입술을 혓바닥으로 핥아 가며 분을 삭였다. 그러다 문득 목련꽃 흐드러진 공장 마당에서 뭔가를 줍는 여자를 보았다. 희수였다. 지짐거리는 빗줄기에 아랑곳하지 않고 봄비에 진 목련 꽃잎을 줍는 희수의 모습을 지켜보며 나는 터진 입술을 손끝으로 더듬었다. 좋은 일을 했다는 생각이 비로소 들면서 가슴이 뿌듯했다.

내가 희수를 두고 형들과 다퉜다는 과장된 소문이 공장에 퍼지면서 나는 내 뺨에 머무는 희수의 시선을 느꼈다. 내가 고개를 들면 희수는 재빨리 시선을 거둬들이며 시침을 똑 뗐 다. 그러다 내가 고개를 돌릴 만하면 아무도 모르게 입을 가 리고 웃었다. 희수의 볼에 살짝 볼우물이 팰 때마다 나는 공

연히 일손이 들떠 변소로 달려가 세수를 하곤 했다.

날이 갈수록 나는 멍하니 넋을 놓고 있다 군소리를 듣는 일이 많아졌다. 공부삼아 책을 보는 일도 고만 시들해지고 주말이면 성수들과 어울려 나이트장이다 뭐다 어울려 다니는 짓도 귀찮기만 했다. 어떻게 하면 희수에게 말을 붙일 수 있을지, 내 머릿속은 한 가지 생각으로 바빴다. 여자들에게 말붙이는 것을 누워서 코 푸는 것쯤으로 여기는 성수의 친구들이 새삼 대단해 보이고 그런 재주도 없이 그들을 못마땅하게만 여겨 왔던 내 자신이 한심스러웠다. 말만 붙이면 인연이 맺어질 듯한 예감에 몸을 떨면서도 나이가 어리다는 놀림을 받게 될까 두려웠다. 남 몰래 서점에 가서 사랑의 기술 어쩌고저쩌고 하는 책을 사다가 봤지만 머리만 복잡했다.

사월도 다 저물어가는 어느 날, 나는 무작정 희수의 뒤를 따라가기로 마음을 먹었다. 마침 그날은 포장부 전체 회식이 있었다. 가리봉 시장 안에 있는 곱창집에서 곱창볶음을 배불리 먹은 여자들은 일찍 가봐야 한다며 하나둘 자리를 떴고 희수 역시 자리를 털고 일어났다. 나는 형들 몰래 곱창집을 빠져 나와 버스 정류장으로 향하는 희수의 뒤를 좇아갔다.

횡단보도 앞에서 신호등 불이 바뀌길 기다리는 희수의 등 뒤에서 나는 숨을 골랐다.

"저어, 희수 씨……."

뒤를 돌아다본 희수의 눈동자가 내게로 향했다. 뜻밖이라는 듯 커지는 희수의 눈동자를 보며 나는 마른침을 삼켰다. 가슴이 도근거리면서 국어사전 한 권 분량의 말이 머릿속을 스치고 지나갔으나 입술이 떨어지지 않았다. 내가 말을 못하고 머리만 긁적이자 희수가 빙그레 미소를 지으며,

마음속의 집 한 채

"누나버고, 히수 씨가, 머어요?"

천천히 또박또박 말을 걸어왔다.

희수의 말을 알아듣기 위해 그의 입술이 움직이는 모양을 지켜보던 나는 누나라는 말에 고만 낯이 화끈거리면서 기가 죽고 말았다. 당황하는 내 모습을 지켜보는 것이 재밌던지 희수는 입을 가리고 킥, 킥, 소리내어 웃었다.

"그냥, ……바래다주고 싶었어요."

속이 상해서 그깟 나이가 뭐냐고 볼멘소리로 쏘아 주고 싶은 것을 나는 꾹 눌러 참아가며 간신히 말문을 떼어 놓았다. 신호등 불이 바뀌었으나 희수는 길을 건너는 대신 인도를 따라 걸었다.

나는 희수와 어깨를 나란히 하고 걸었다. 나는 걷는 내내 고개를 떨구고 마른침만 삼켜댔다. 가리봉 오거리에서 길을 건넌 우리는 공단으로 들어섰다. 한밤의 공단은 적막했다. 야근을 하느라고 환히 불을 밝힌 건물들 사이를 바삐 오가는 차량의 행렬이 왠지 쓸쓸하게 보였다. 허연 김을 무럭무럭 게워내는 높다란 공장 굴뚝에 걸린 보름달을 보며 우리는 철길을 가로지른 고가를 건넜다. 고가를 넘을 때, 통일호 열차가 고가 밑을 덜컹거리며 지나갔고 그 서슬에 놀란 바람이 옷깃 사이로 파고들었다. 희수가 움찔, 몸을 떨었다. 밤바람이 제법 서늘했다.

열차가 지나가기를 기다리는데 몇 명의 사내가 고가 밑에 모습을 드러냈다. 고가로 오르는 사내들을 보며 나는 희수와의 간격을 좁혔다. 양손을 바지 뒷주머니에 찌르고 건들건들 고가를 오르는 사내 중 하나가 희수 곁을 지나칠 때 불쑥, 가슴 쪽으로 손을 뻗어 왔다. 밤이면 공단 주변에서 흔히 있는 일이었다. 경계를 한 덕분에 나는 희수의 가슴으로 뻗쳐 오는 손을 탁, 쳐낼 수 있었다. 나는 희수의 어깨를 감싸고 발걸음을 재우쳐 사내들을 지나쳤다.

"새끼, 제법인데."

"야, 재미 많이 봐라."

"씨팔, 짚신도 짝이 있다는데 우리는 뭐냐?"

등 뒤에서 반죽거리는 사내들을 무시하고 고가를 내려온 나는 그제서야 거북하고 어색한 감정에 사로잡혔다. 당황하는 희수의 얼굴을 보면서도 나는 그의 어깨에 두른 팔을 무르고 싶지 않았다. 희수가 그런 내 팔을 슬며시 걷어내서 팔짱을 꼈다.

공단을 벗어나 안양천 둑방에 오르자 온통 달빛이었다. 플라타너스를 양쪽에 거느리고 끝간 데 없이 뻗은 둑길하며 천변에 메숲진 갈대와 대교 너머로 시원스레 펼쳐진 논에 이르기까지 부어내리는 달빛으로 환했다.

"다 와으니까 그마 가요."

대교를 건너자 희수가 팔짱을 풀며 말했다. 나는 둑 밑에 일자로 늘어선 판자촌을 내려다보았다. 돼지우리며 오리 방목장 따위가 흔하게 널린 판자촌은 분뇨 냄새로 숨을 쉴 수 없을 지경이었다. 뒤덮인 분뇨로 거무죽죽한 개골창이 둑방과 마을 사이를 흐르고 있었다. 집이 어디쯤이냐고 묻자 희수는 굴뚝 위로 불티가 솟는 기와 공장 뒤켠을 손으로 가리켰다.

"그럼 내일 봐요."

내가 인사를 하자 희수는 빙그레 미소 지으며 고개를 끄덕였다. 늘 어딘가 모자라게 멍해 보이던 그의 눈가에 반짝, 생기가 도는 것을 나는 보았다. 대교를 건너와 뒤를 돌아다보니 그때까지도 희수가 달빛을 받으며 둑방에 서 있었다.

성수가 도자기 공장을 그만둔 것은 초여름이 시작되고 얼마 지나지 않아서였다. 아무런 낌새도 채지 못했던 내가 내심 의논이 없던 것을 서운해 하며 이유를 묻자 성수는,

"그냥. 다니기 싫어서."

남 말하듯 대꾸하며 재떨이로 쓰는 양은 밥그릇에 수북한 담배 꽁초 하나를 주워 입에 물었다.

서로간에 비밀이라곤 없던 처지에 시큰둥한 대답을 듣고 나니 서운함이 목젖까지 차올랐지만 그간 퇴근하기가 무섭게 극장으로 공원으로 다방으로 희수와 어울려 돌아다니느라 성수에게 무심했던 탓에 나는 서운한 내색을 하지 못했다.

"가끔씩 사는 게 웃길 때가 있어."

하루는 희수를 바래다주고 밤늦게 돌아와 불을 끄고 누웠는데 자는 줄 알았던 성수가 돌아누우며 천장에 대고 중늙은이처럼 중얼거렸다. 나는 대꾸하지 않고 그의 말을 기다렸다. 성수는 좀처럼 말문을 열지 않고 한숨만 내쉬었다. 나는 엎드려 누워서 머리맡을 홈착거려 담배를 찾았다. 배운 지 얼마되지 않은 담배연기가 목에 걸려 캑캑거리는데,

"그게게 엄마를 때렸어. 엄마가 울면서 그러더라. 자기를 용서하지 않아도 좋으니까 가끔씩, 아주 가끔씩, 얼굴만 볼 수 있게 해달라고."

나는 언젠가 공장으로 성수를 찾아왔던 중년 여인의 얼굴을 떠올렸다. 꾀죄죄하고 초라한 행색의 여인을 외면하고 성큼성큼 걸어가던 성수가 울었는지 나는 모른다. 성수의 이름을 부르며 뒤쫓아가려던 내 팔목을 중년 여인이 붙들었다. 우

하
늘
에
뜬
집

리 성수 친군가 본데, 말끝을 흐리며 나를 다방으로 데려간 성수의 어머니는 다짜고짜 눈물부터 찍어냈다. 남의 시선이 껄끄럽고 난처했으나 이마에 고랑 깊은 늙은 여인의 서러운 기세에 눌려 차마 일어날 수가 없었다. 자식을 버린 에미가 무슨 할말이 있겠느냐고 운을 뗀 성수의 어머니는 한 시간여에 걸쳐서 눈물을 훔쳐가며 남의 눈을 피해 성수를 만날 수밖에 없는 자신의 처지를 털어놓았다. 처녀라고 속여 결혼을 한 지 십수 년이 지난 지금에 와서 단란한 가정의 평화를 깰 수 없다는 요지의 얘기를 끝으로 그이는 색깔 화사한 봄잠바를 성수에게 전해 달라며 얼빠진 사람처럼 다방을 나섰다.

"왜 그랬어?"

"나도 몰라. 그냥 막 화가 나면서 엄마를 패주고 싶더라."

"……."

나는 성수가 어머니를 피하기 위해서 공장을 그만뒀을지도 모른다고 생각했다.

"그런데 막상 엄마를 때려 보니까 더 화가 나고, 더 슬프고, 그래서 더 세게 때리고…… 나중에는 길거리에서 코피를 흘려가며 우는 엄마를 두고 도망쳐 버렸어."

"……."

"우리는, 어떻게 되는 걸까?"

어둠 속에서 성수가 말했다. 그의 말이 북소리처럼 가슴에 울렸다. 나는 등허리에 선득한 추위를 느끼며 이불을 머리 위까지 잡아당겨 뒤집어썼다. 가슴이 답답했다. 사는 게 막막하고 억울했다. 이 세상에서 우리의 울분을 아는 건 우리밖에 없는 듯 여겨지고 열여덟 내 나이가 너무도 많게 느껴졌다.

누가 야근을 마치고 들어왔는지 수돗가에서 씻는 소리가

났다. 술집과 여인숙이 자리잡은 창문 밖 골목은 여느 날과 다름없이 늦은 밤인데도 소란스러웠다. 와장창, 유리 깨지는 소리와 뒤엉킨 사내들의 고함 소리. 순찰차의 사이렌 소리. 억억 거리며 토하는 소리. 집에 가야 한다는 여자를 붙들고 사랑한다고, 책임지겠노라고, 아무 짓도 안할 테니 하룻밤만 같이 있자고 수작하는 사내의 목소리.

"나가서 술 마실까?"

자반을 뒤집어가며 뒤척이던 성수가 어둠 속에서 담뱃불을 비벼 끄며 말했다.

"술 마시고 싶어?"

오지 않는 잠을 억지로 청하느라 감았던 눈을 뜨며 내가 되물었다.

"술 보담두…… 혼자 술 마시는 여자애들 있으면 꼬셔 볼까 해서."

"……."

"술에 미원을 타서 먹이면 여자애들이 미친다 그러더라. 막 흥분해서는 덥다구 홀라당 옷을 벗고 아무 남자한테나 안기고 싶어 난리 블루스를 친대."

"누가 그래?"

"태호가 그러더라. 직접 해봤다면서."

"미친 새끼. 그 새끼 뻥을 믿냐? 헛소리 말고 잠이나 자."

"어디 책에서 보고 실험을 해봤다던데?"

나는 대꾸하지 않았다. 문득 성수가 생판 모르는 사람처럼 낯설면서도 친근하게 느껴졌다. 가슴이 답답해서 무슨 짓이라도 저지르고픈 충동을 느끼는 건 비단 성수만이 아니었다. 술 취해 길을 가다 불 켜진 간판에 돌을 던지고, 가리봉 극장에서 영화를 보다 말고 이유 없이 앞좌석 등받이를 발로 차서 시비를 걸고, 공중전화 부스를 부수고, 골목길에 주차된 차의 유리를 깨고, 우리는 그렇게 우리 나이와 싸웠다.

창 밖으로 소란하던 소리가 잦아들 무렵, 술 취한 사내 하나가 〈불 꺼진 창〉이란 노래를 악써 부르며 지나갔다. 취객의 노랫소리가 골목에서 멀어지자 골목은 쥐죽은 듯 조용해졌다.

성수가 공장을 그만둔 지 보름이 지나면서 나는 슬슬 짜증이 났다. 퇴근해 들어오면 세수는커녕 아침에 나갈 때 봤던 부스스한 그 모습 그대로 성수는 방구들을 베고 잡지를 뒤적이고 있었다. 하루종일 뒹굴고 있었던 모양으로 밥을 먹은 흔적도 없었다. 이해 못할 바도 아니었으나 생떼같이 젊은 놈이 허구한 날 방구석에 틀어박혀 곧 죽을 상으로 빌빌거리는 꼴이라니, 짜증이 절로 났다. 보다 못한 나는 월급날 반강제로 성수를 끌어내서 태호들을 불러냈다. 술을 먹여 가며 기분전환을 시켜 줄 작정이었다. 월급이라고 해봐야 몇 푼 되지도 않았지만 그래도 주머니가 두둑한 기분에 나는 고기집으로 가서 삼겹살을 시켰다. 간만에 목에 낀 때를 벗기게 생겼다며 모두들 좋아라 하는 바람에 술자리는 처음부터 활기가 돌았다. 오가는 잔에 속도가 붙고 기분 좋게 술이 오를 즈음 잠깐 나갔다 오겠다며 태호가 자리를 떴다.

"새끼, 또 회가 동하는 모양이지? 멀쩡한 년 하나 작살나 겠군."

누군가 식당을 빠져 나가는 태호의 뒷모습에 대고 중얼거리자

"좆만한 씹새가 밝히기는. 저 새끼는 너무 밝혀서 탈이

야."

다른 하나가 말을 받았다. 그 말에 갑자기 술이 목구멍에 걸렸다. 나는 마시던 술잔을 내려놓고 옆에 있던 성수를 쳐다보았다. 성수가 내 눈길을 피하며 고개를 떨구었다. 태호가 자리를 뜬 이유가 분명해지면서 술이 확, 깼다. 무슨 장기대회라도 되는 양 입술에 침을 튀겨 가며 이렇게 했네, 저렇게 했네, 무시로 떠들어대던 녀석들의 얘기가 귓가에 환청처럼 들려왔고, 길을 내는 데는 송곳처럼 생긴 자기 것이 왓다라고 텅텅거려 가며 사내 꼭다리로 태어나서 강간도 한번 안해 본 너는 뭐냐는 듯 나를 내립떠보던 태호의 눈동자가 눈앞에 어른거렸다.

나는 소변을 보러 가는 척, 밖으로 나와서 사위를 짯짯이 살폈다. 으슥한 뒷골목이 많은 1공단 쪽을 향해 저만치 걸어가는 태호의 뒷모습이 보였다. 나는 태호와의 거리를 유지하며 뒤를 밟았다.

1공단으로 넘어가는 고갯길에서 멈춰선 태호는 휘파람을 불며 제자리를 서성거렸다. 그런 그의 모습이 너무도 태연해서 혹 내가 착각을 한 것은 아닌지 의심스러웠다. 적어도 어떤 여자가 고갯길에 들어서기 전까지는. 태호는 주변에 사람이 있는지 없는지 두리번거려 살핀 뒤 여자의 뒤를 밟았다. 나는 태호가 여자의 목에 칼을 들이대고 골목 안으로 끌고 들어가는 것을 보며 발걸음을 재우쳤다. 그러나 꺾어 들어간 골목에 태호의 모습은 보이지 않았다. 이리저리 골목 안을 살피던 나는 공사가 끝나지 않아 뼈대만 앙상한 이층짜리 다세대 주택을 발견하고 멈춰 세웠던 발걸음에 속력을 냈다. 건물 입구에 서자 캄캄한 어둠 속에서 살려달라는 여자의 흐느낌이 희미하게 들려왔다.

"어떤 새끼야?"

건물 안에 들어서자마자 낯선 태호의 목소리가 앞을 가로막았다.

"나다!"

"엉? 난 또 누구라고. 놀랐잖아, 새꺄. 여긴 어떻게 알구왔어?"

나는 대답하지 않고 어둠에 눈이 익길 기다렸다. 일말의 기대감으로 내게 구원을 요청하는 여자의 뺨을 태호가 우왁스럽게 내갈겼다.

"새끼, 껴보고 싶어서 따라왔구나. 그치만 기다려. 내가 먼저니까."

차차 어둠에 눈이 익으면서 건물 구석에 여자의 멱살을 틀어쥐고 있는 태호의 모습이 보였다. 나는 태호를 향해 발걸음을 내디뎠다. 여자의 상의를 찢다시피 벗겨내다 말고 다가서는 기척에 뒤를 돌아보던 태호의 얼굴을 나는 있는 힘껏 후려쳤다. 태호가 나동그라지는 모습을 보면서 나는 걸치고 있던 잠바를 벗어서 바닥에 팽개쳤다.

"어서 가요, 어서!"

나는 도망갈 엄두를 내지 못하고 오돌오돌 떨고만 있는 여자를 향해 소리쳤다. 겁에 질려 발이 떨어지지 않는 모양으로 울먹이는 여자의 등을 떠밀며 나는 다시 한 번 도망가라고 소리를 질렀다. 그제서야 여자는 앞섶을 여미고 후다닥 달아났다.

"씹새끼, 니가 나를 쳤다 이거지. 그렇잖아도 한번 손 봐주려고 벼르고 있었는데 잘 걸렸다."

태호는 입에 고인 핏물을 퉤, 뱉어내며 칼을 곧추세웠다. 나는 물러서지 않았다. 나를 겨누고 있는 칼이 조금도 무섭지 않았다. 오히려 화가 머리끝까지 곤두서면서 숨이 막혀 왔다. 나는 두 눈을 부릅뜨고 태호를 노려보았다.

"어디를 그어 줄까?"

"폼만 잡지 말고 찔러 봐. 어서, 이 새끼야!"

나는 입고 있던 남방을 가슴 위로 걷어붙이며 소리쳤다. 어둠 속에서 당황하는 태호의 모습이 똑똑히 보였다.

"넌 싸움을 말로 하냐? 빨리 찔러. 찔러 보라구!"

내가 간격을 좁혀 가며 재촉하자 태호는 주춤주춤 뒤로 물러섰다. 등이 벽에 닿아 더 이상 물러설 곳이 없게 되자 태호는 손에 칼을 들고 어쩔 줄을 몰라했다. 내가 코앞까지 다가가자 태호는,

"혀, 현민아, 이, 이러지 마. 내, 내가 잘못했어."

말을 더듬어 가며 손에 들고 있던 칼을 떨어뜨렸다.

겁에 질려 떠는 태호의 모습에 나는 어이가 없었다. 친구들 사이에서 독종으로 소문난 태호였다. 단단히 맞붙을 각오를 하고 뒤를 쫓아왔던 나는 고만 맥이 탁, 풀리고 말았다. 맥이 풀리고 나자 슬픔 같기도 하고 서러움 같기도 한 격렬한 감정이 복받쳐 올라 나는 태호의 멱살을 나꿔챘다.

"이, 이러지 말래두. 마, 말루 해, 말루."

울먹이는 태호의 모습에 나는 익, 하고 치켜들었던 주먹을 스르르 내려놓았다. 가슴이 꽉 틀어막힌 것처럼 답답했다. 나는 왈칵, 쏟아지려는 눈물을 참으며 태호의 멱살을 놨다. 내가 멱살을 놔 주자 태호는 바닥에 털썩 주저앉았다.

"이 새끼야, 이 바보 같은 새끼야, 왜 이렇게 살아? 왜 이

렇게 사느냐구? 도대체 우리가 왜 이렇게 살아야 하냔 말야?
이 개 같은 새끼야!"

나는 태호를 등지고 서서 허공에 대고 부르짖었다.

"나도 몰라. 내가 그걸 어떻게 알아. 나는 뭐 좋아서 이렇
게 사는 줄 알아? 나도 내가 왜 이러는지 답답해. 미치겠다
구."

중얼거림이 점점 커져 고함으로 바뀌더니 태호는 끝내 훌
쩍거리기 시작했다. 막상 물꼬가 터지자 태호는 뒷머리를 벽
에 쿵, 쿵, 찧어가며 엉엉 목을 놓아 울었다. 나는 허공을 보
고 서 있다가 손등으로 눈가를 훔치며 건물 밖으로 뛰어나갔
다. 나는 고갯길을 뛰어내려 가며 소리 없이 울었다.

나중에 태호가 상습 강간범으로 구속이 되었을 때, 모두들
손가락질을 했지만 나는 그럴 수가 없었다. 남부지검에서 공
판이 열리던 날, 내 눈에 비친 태호의 모습은 겁 많은 소년에
지나지 않았다. 포승줄에 묶여 끌려나온 태호에게서 나는 겁
에 질려 울던, 어찌 보면 순진해 보이기까지 했던 모습을 떠
올릴 수 있었다. 독종으로 행세해야 했던 태호의 감춰진 일면
이 나는 안타깝고 슬펐다 — 다른 일 때문에 성수는 두고두고
태호를 증오하고 죽는 그 순간까지도 용서하지 않았지만 그
때도 나는 조금은 태호를 이해하는 심정이었다. 눈물이 쏟아
질 것만 같아서 재판 도중 밖으로 뛰어나온 내 눈에 비친 하
늘이 문득 부끄러워 보이던 까닭을 그 때는 알지 못했지만 사
람은 한하늘을 이고 살아갈 수밖에 없다는 뜻을 지금은 얼마
나 이해하고 있는지, 생을 마감하는 순간에 가서야 온전히 깨
우칠 수 있을까.

그날 밤, 태호와 헤어진 나는 고기집으로 되돌아갔다. 술

값이 없어 마음을 졸이던 친구들은 화색이 도는 낯빛으로 내 행적을 꼬치꼬치 캐물었지만 나는 묵묵히 술값만 치르고 그들과 헤어졌다.

친구들과 헤어진 나는 무작정 걸었다. 그저 걷기만 했다. 뺨에 와닿는 바람이 더울 정도로 푸근했으나 걷는 내내 등허리가 선득거렸고 현기증이 일었다. 자꾸만 발걸음이 헛갈리면서 의식이 가물거렸으나 나는 계속 걸었다. 세상 끝까지 걸어가고 싶었다. 나중에는 전봇대를 붙잡고 먹은 것을 죄 토해냈는데 미처 소화되지 못한 고깃덩어리들이 내 살점으로 보였다.

나는 기신거리는 몸을 이끌고 안양천변으로 갔다. 둑방에 앉아 하늘에 쏟아지는 별을 보노라니 정체를 알 수 없는 서러움이 목젖을 타고 올라왔고 허공을 긋는 유성처럼 한줄기 눈물이 뺨을 타고 흘러내렸다. 까닭 없이 누군가 그립고 아무라도 좋으니 위로받고 싶었다. 나는 꺽꺽거리며 울음이 멎기를 기다렸다가 대교를 건넜다.

저만치 기와공장 뒤편으로 희수의 자취방이 보였다. 마을의 불이 모두 꺼져 적막한데 희수의 방, 조그만 들창이 알전구 불빛으로 누렇게 밝았다. 그 불빛이 어서 오라고, 왜 그렇게 떨고 있냐고, 손짓해 부르는 것 같았다. 마치 희수가 나를 위해 불을 밝혀 두기라도 한 것처럼.

"웨일이야?"

길가에 붙은 부엌문 밖으로 빼꼼이 얼굴을 내밀던 희수의 눈이 동그랗게 커지면서 부엌문이 활짝 열렸다. 비틀거리는 나를 부축하면서 무슨 일이 있었느냐고 재우쳐 묻는 희수에게 나는 아무런 말도 할 수 없었다. 펼쳐 놓은 이불 밖으로 남은 공간이 없을 만큼 좁은 희수의 방, 내가 그토록 들어와 보고 싶어했던 희수의 방, 나는 그 방에 희수의 부축을 받아 가며 누웠다. 희수는 카시미론 이불로 내 몸을 덮어 준 뒤 머리맡에 앉아서 이마에 흐르는 식은땀을 닦아 주었다. 바람이 들창을 흔들었고 가까운 곳에서 개가 짖었다.

"미안해. 하지만 오지 않고는…… 견딜 수가 없었어."

눈물이 앞을 막으면서 수건으로 내 이마를 훔치는 희수의 얼굴이 뿌옇게 보였다. 뺨을 쓰다듬는 희수의 손길이 참으로 따스했다.

내가 잠든 줄 알았을까, 희수가 불을 껐다. 나는 가만히 눈을 떴다. 아무것도 보이지 않았다. 차차 어둠에 눈이 익으면서 윗목에 다리를 모으고 앉아 있는 희수의 모습이 보였고 이어서 옅은 한숨소리가 들렸다. 한숨 끝에 희수는 무언가를 집어들고 손을 놀렸다. 뜨개질을 하는 모양으로 양손이 규칙적으로 움직였다. 나는 가만히 손을 뻗었다. 움찔, 떠는 희수의 발이 만져졌다. 나는 누운 채로 희수에게 다가가 다리를 베고 엎드렸다. 희수는 움직이지 않았다. 귓가에 가쁜 희수의 숨소리가 들려왔다. 나는 팔을 둘러 희수의 허리를 깍지껴 안았다.

"이, 이러지 마. 이, 이러며 아대……."

희수가 당황하며 나를 가로막았다. 그러나 내가 상체를 일으켜 입을 맞추는 바람에 희수의 말은 더 이상 이어지지 못했다. 들까불며 지나가던 바람이 들창을 흔들었고 희수는 가볍게 몸을 떨었다. 입술을 떼자 희수는 무릎 위에 주먹을 모으고 움직이지 않았다. 나는 팽팽하게 당겨진 낚싯줄처럼 몸의 떨림을 고스란히 전해 주는 희수의 손을 가만히 당겼다. 두 눈을 꼭 감은 채 희수는 내게로 무너졌다.

　이튿날 아침, 나는 들끓는 고열로 정신을 차리지 못했다. 우두두두, 슬레이트 지붕을 때리는 빗소리가 꿈인 양 아른하게 들렸다. 의식이 혼미한 가운데서도 간밤의 일이 떠올라 부끄러웠다. 그러나 마음은 더할 나위 없이 편했다. 까무룩히 잦아드는 의식 속에서 누군가 나를 부르는 소리가 들렸다. 멀리서 들리던 목소리가 어느 결에 바로 곁에서 들려왔다.

　"혀미 씨, 혀미 씨, 이어나. 야 사와서. 누 조 떠바."

　희수가 내 어깨를 연신 흔들어댔으나 나는 좀처럼 정신을 차릴 수가 없었다. 문득 입 속으로 숟가락이 들어왔다. 나는 희미한 의식 속에서 물에 갠 약을 몇 모금인가 꼴깍꼴깍 받아 마시고는 다시금 정신을 잃었다. 내가 눈을 뜬 것은 한낮이 지나서였다. 열린 방문을 통해 빨래를 하는 희수의 뒷모습이 보였다. 나는 부엌창을 통해 쏟아져 들어온 햇살에 하얗게 빛나는 희수의 목을 보며 미소 지었다.

　타는 듯 목이 말랐지만 차마 부끄러워서 희수를 부르지 못했다. 나는 윗목에 개켜진 옷을 이불 속으로 끌어당겨 소리 나지 않게 입었다. 몸을 일으키자 어지럼증이 일었다.

　"어? 이어난네."

　허리를 펴고 돌아서던 희수가 밝게 웃으며 말했다. 따스한 그의 눈길이 전에 없이 빛나 보였고 나는 지붕 위에 떨어지는 빗소리를 들으며 가슴 벅찬 행복을 느꼈다. 뭔가 나에게 기적이 일어난 것 같은데 그 기적이 너무도 크고 갑작스러워서 얼떨떨한 기분이었다. 희수가 밥상을 들여올 때는 마치 이 순간을 위해서 그 동안의 삶이 존재했었던 것은 아닌지, 곱새겨보게 되고 간밤에 태호와 싸운 일도 어떤 영적인 존재가 나와

하
늘
에
뜬
집

회수를 맺어 주기 위해서 짜놓은 각본이라는 엉뚱한 상상까지 머리에 뱅뱅 맴돌았다. 회수가 끓여 준 계란 죽을 후후 불어 입에 넣으며 나는 막연하고 신비롭기만 했던 회수의 존재가 구체적 실감으로 내게 다가오는 것을 느꼈다.

회수와 내가 동거를 시작한 것은 그로부터 한주일 뒤였다. 십만 원을 보증금으로 걸어놓은 월셋방과 세간살이를 성수에게 주다시피 하고 나는 옷보따리만 꾸려서 회수에게로 갔다. 못내 서운해 하는 성수가 신경 쓰이긴 했지만 벌쭉벌쭉 벌어지는 입을 다물 수가 없었다.

회수와 살면서부터 나는 하루가 어떻게 지나가는지도 몰랐다. 우리가 동거한다는 사실을 눈치챈 공장 아줌마들은,

"에구, 애기들이 결혼을 했네."

놀려 가면서도 그네들의 경험담을 들려 주며 회수에게 조언을 아끼지 않는 눈치였고, 최 반장은 최 반장대로 내 등을 토닥이면서 독려를 해주었다. 주위 형들도 가능한 한 어린 내게 어른 대우를 해주려고 애쓰는 기색이 역력했다. 나는 그런 사람들의 배려가 어색하고 부담스러웠다. 그러나 한편으로는 스스로가 대견하고 미더웠다. 몸과 마음이 하루가 다르게 부쩍부쩍 자라나는 느낌에 그 어떤 어려움이 닥치더라도 거뜬히 이겨낼 수 있을 것만 같았다.

회수와 나는 일요일이면 김밥을 싸가지고 창경원으로, 경복궁으로, 남산으로, 관악산으로 소풍을 다니느라 바빴고 야근이 없는 날이면 영화를 보러 다녔다. 극장을 나와서 남자 배우가 멋있다느니 여자 배우가 예쁘다느니 입씨름을 하다가 그만 토라져서 다툴 때도 있었는데 그럴 때면 서로 볼이 부어서 집에 가서까지 말 한 마디 안했다. 그러나 그 이튿날이면

언제 그랬냐는 듯이 눈뜨기가 바쁘게 농담을 하고 장난을 쳤다.

나는 희수와 사는 재미에 성수도 잊고 지냈다. 가끔씩 성수가 마음에 걸리긴 했지만 그 때뿐이었다. 찾아가 봐야지 마음을 먹었다가도 희수하고 단둘이 붙어 있고 싶은 마음에 흐지부지 잊어버렸다. 오히려 성수보다는 태호의 얼굴이 더 자주 떠올랐다. 누구보다 겁이 많으면서도 부러 독종으로 행세하고 살아온 그가 그날 입은 마음의 상처를 어떻게 이겨내고 있을지 염려스러웠다. 그러면서도 그가 하려던 짓을 생각하면,

'그깟 녀석, 알게 뭐람.'

하고 절로 고개가 내둘러졌다.

내가 성수를 찾아간 건 장마가 막 시작될 무렵이었다. 연일 가는 빗날이 지짐거리는 통에 마음이 싱숭생숭했고 퇴근을 하면 절로 술 생각이 났다. 희수가 해주는 김치부침개에 소주를 마시고 싶어도 대작해 주는 상대가 없으니 싱거웠다. 소주를 곧잘 받아 마시던 희수는 언제부턴가 몸이 안 좋다며 술을 피했다. 그러던 차에 떠오른 얼굴이 성수였다. 꼭 술 상대가 없어서라기보다도 두어 달이 넘도록 연락도 안하고 지낸 무심함이 목에 걸린 생선가시처럼 마음에 걸렸기 때문이다. 나는 희수에게 돈푼이나 타내서 성수를 찾아갔다. 야근을 마친 시간이라 밤이 깊었으나 가리봉은 공단에서 쏟아져 나온 사람들로 북적댔다. 여인숙 골목으로 접어들면서 행인이 눈에 띄게 줄어들었다.

"왜 자꾸 따라오는 거예요? 그만 돌아가요. 가서 당신 가족들한테나 잘하라구요."

성수의 자취방으로 향하는 골목 모퉁이에서 들려오는 고함 소리에 나는 무춤하여 전봇대 뒤로 몸을 숨겼다. 틀림없는 성수의 목소리였다. 고개를 빼어드니 씩씩거리는 성수 앞에 웬 여인이 흐느끼고 있었다. 그의 어머니였다. 두 사람 다 우산을 쓰지 않아 흠뻑 젖어 있었다.

"이제 두 번 다시 찾아오지 말아요!"

성수가 사납게 쏘아붙이며 대문 안으로 사라지자 그의 어머니는 눈가를 훔치며 돌아서서 내 앞을 스쳐 지나갔다. 나는 잠시 제자리에 서서 고개를 갸웃거렸다. 자취방의 위치를 어머니에게 알리고 나서 다시는 찾아오지 말라고 어깃장을 부리는 성수의 태도가 내 눈에는 이제 내가 있는 곳을 알았으니 아무 때나 찾아오라는 뜻으로 비쳤다. 나는 어쩐지 아슬아슬한 외줄타기를 보는 것처럼 위태로운 느낌에 사로잡혔다.

성수는 불을 끄고 누워 있었다. 내가 불을 켜려 하자 그는,

"불 켜지 말고 그냥 둬."

하고 말렸는데 목소리에 물기가 묻어 있었다.

머쓱해진 나는 방문에 등을 기대고 앉아 담배를 피웠다. 어색한 침묵 속에 성수가 콧물을 훌쩍거렸다.

"우연히 니네 엄마 가시는 모습을 봤다."

담뱃재를 손바닥에 떨어 가며 한마디하자 묵직한 것이 나를 향해 날아왔다. 재떨이로 쓰는 양은 밥그릇이었다. 양은 밥그릇이 머리 위쪽 방문에 부딪치면서 나는 담뱃재를 뒤집어썼다.

"아는 척하지 마, 이 새끼야. 니가 뭘 알어?"

성수의 목소리는 시퍼렇게 날이 서 있었다. 나는 머리 꼭대기부터 뒤집어쓴 담뱃재를 털어내며 아무 말도 하지 않았

다. 당혹스럽기는 했지만 화는 나지 않았다. 오히려 마음이 아팠다.

"나가자. 내가 술 살게."

성수의 감정이 가라앉기를 기다렸다가 내가 말했다. 성수는 묵묵히 따라나섰다. 우리는 이모집으로 갔다.

"아까는 미안했어. 나도 모르게 너무 화가 나서……."

술이 몇 순배 돌고 나자 성수가 사과를 했다. 그러나 그의 얼굴은 술에 취할수록 어두워졌다.

"태호랑 애들은 잘 있지?"

궁금하기도 했지만 화제를 돌릴 요량으로 말머리를 돌리자 술기운으로 게슴츠레하게 풀려 가던 성수의 눈이 반짝 떠지면서,

"그때 너희들 무슨 일 있었지?"

내 눈을 뚫어지게 쳐다보았다.

"무슨 일이 있었는지 몰라도 그날 이후로 태호 걔 이상해졌어. 이 세상의 고민이란 고민은 다 떠짊어진 놈처럼 심각해가지구 말도 잘 안해. 아는 형이 힘써 줘서 영등포에 있는 무슨 고고장에 취직을 했다던데 그나마 때려치우고 집구석에 처박혀서 꼼짝도 않구 우리가 찾아가도 잘 만나 주질 않더라. 대체 무슨 일이 있었던 거야?"

"소영이 하곤 어때? 진척이 좀 있어?"

나는 대답을 피하며 말꼬리를 돌렸다. 성수가 흉허물 없이 친한 친구라 하더라도 태호와 나 사이에 있었던 일을 털어놓을 수는 없었다. 그건 태호와 나만이 아는 비밀로 덮어 둬야만 했다.

소영이 얘기를 꺼내자 성수는 단박에 풀이 죽었다.

"왜? 아직도 말을 못 붙여 봤어?"

"포기할까 봐."

"……."

"태호를 만나러 갔다가 태호는 없고 소영이만 있길래 말을 꺼내 봤어. 좋아한다고. 오래 전부터 좋아했었다고. 그런데 소영이가 그러더라. 자기도 그런 줄 알고 있었다는 거야. 하지만 나 같은 사람은 싫대. 아니 나뿐만 아니라 자기 주변에 있는 사람들은 죄다 싫고 징글징글하대."

성수는 쓰게 웃으며 술잔을 내려다봤다. 천장에 매달려 대롱거리는 알전구가 들어앉은 술잔을 나는 단숨에 비웠다. 휴가 나온 군인들 몇이 악써 노래 부르며 이모집 앞을 지나갔고 계산대에 앉아 꾸벅꾸벅 졸던 이모가 그 서슬에 깜짝 놀라 잠에서 깼다.

이모집 앞에서 성수와 헤어진 나는 버스 정류장을 향해 걸었다. 바람에 뒤집어진 우산을 바로 펴며 뒤를 돌아다보니 성수가 이모집 앞에 쪼그려앉아 토하고 있었다. 나는 발걸음을 돌리지 않았다. 우산으로 응등그러진 하늘 한쪽씩을 가리고 걸어가는 사람들 틈에 낀 나는 막차를 놓치지 않기 위해 뛰었다.

그로부터 보름이 지났을까, 성수가 기별도 없이 찾아왔다. 일요일이라 늘어지게 늦잠을 자고 막 눈을 떴을 때였다. 부르는 소리에 내다보니 성수였다. 비가 그치고 눈부시게 쏟아지는 햇살을 이고 서 있는 성수의 얼굴을 본 나는 하마터면 앗, 하고 소리칠 뻔했다. 푸석푸석 부어올라 핏기 없이 창백한 얼굴하며 새빨갛게 충혈된 눈, 볼성사납게 들고 일어나 헝클어진 머리카락과 갈아입지 않아 꾀죄죄한 입성이 죽도 못 얻어

먹고 다닌 거렁뱅이 꼴이었다. 게다가 운동화 속은 맨발이었다.

들어오라고 길을 터주었으나 성수는 고개를 가로저었다.

'심상찮다.'

급히 옷을 꿰어 입고 밖으로 나오자 성수는 시근거리며 둑방으로 올랐다. 개천은 미꾸라지를 잡으려고 손에 손에 족대를 들고 나온 아이들로 소란했다. 허벅지까지 차오르는 물가를 절벅절벅 밟아가며 미꾸라지를 몰다가 족대를 걷어 올리면 주루룩 물이 쏟아져 내리면서 아이들의 함성이 울려퍼졌다. 한 뼘은 좋이 퍼덕거리는 미꾸라지를 양동이에 가득 채우고 돌아가는 아이들은 집에 가서 칭찬받을 생각에 마음이 바빠 우우 뛰어갔다. 천변으로 내려간 성수는 풀밭에 털썩 주저앉았다. 곁에 앉으며 담배를 권했으나 그는 손사래를 쳐가며 먼산바라기를 했다. 솜털구름 사이로 쏟아지는 햇살이 퍽 따가웠으나 나는 그늘로 옮겨 앉자는 얘기를 꺼내지 못했다.

"태호 그 새끼. 잡혀 갔다."

관악산 꼭대기에 눈길을 붙들어 맨 채 성수가 나직이 중얼거렸다. 관악산 꼭대기에 걸린 솜털구름을 바라보는 성수의 두 눈이 활활 불타올랐다.

"언제?"

"일 주일 됐어."

"왜? 무슨 일로?"

성수는 대답을 하려다 말고 빠드득, 이를 갈았다. 충혈된 눈에 살기가 도니 짐승의 눈빛만 같아 쳐다만 봐도 오싹 소름이 끼쳤다.

'심상찮다.'

다시금 속으로 중얼거리는데 성수가 주먹으로 땅바닥을 내려치며,

"그 죽일 놈이, 소, 소영이를, 소영이를……."

말끝을 맺지 못하고 진저리를 치며 일어섰다.

나는 담배를 입에 물고 성냥불을 당겼다. 그러나 손끝이 떨려 몇 개비의 성냥을 부러뜨린 뒤에 가서야 간신히 불을 붙일 수 있었다. 뭔가 큰일이 터졌다는 불길한 예감에 가슴이 우둔우둔 뛰었다.

"그 새끼가 강간을 하다가 튀었는데, 그랬는데, 눈이 뒤집혀 가지고…… 어떻게 그럴 수가, 이건 말이 안 돼. 이건 꿈이야."

성수는 내 눈앞을 왔다갔다 하면서 조리가 맞지 않는 말을 되는 대로 씨우적거렸다.

"현민아, 어떻게 그럴 수가 있니? 어떻게 자기 동생을 그럴 수가 있느냔 말이야? 말 좀 해봐. 그래도 되는 거냐? 강간을 하다가 집으로 토껴서 자기 여동생을 그럴 수도 있는 거냐구."

성수는 내가 태호라도 되는 양눈에 핏발을 곤두세우고 부르짖었다. 안양천에 반사돼 눈으로 쏟아져 들어오는 햇살에 현기증이 일었다.

"그럼, 소영이는?"

가까스로 입술을 달싹여서 물었다. 내 질문에 성수가 우뚝 멈춰 섰고 그의 고개가 힘없이 떨구어졌다.

"몰라. 사라졌어. 일 주일 동안 죽어라고 찾아다녔는데…… 찾을 수가 없어."

성수가 맥없이 주저앉았다. 나는 비로소 그가 거지나 다름

없는 몰골로 내 앞에 나타난 까닭을 이해할 수 있었다. 성수의 두 눈에 맺히는 눈물을 보면서 관악산 꼭대기를 우러렀다. 산꼭대기에 걸린 솜털구름이 새하얀 빛으로 눈부셨다. 비에 씻긴 산은 목욕시켜 앉혀 놓은 아기처럼 윤이 났다. 나는 시선을 거둬들여 안양천 건너 즈즐편히 펼쳐진 공단을 바라보았다. 문득, 왜 우리만 이렇게 사나 서러웠다.

성수는 풀밭에 엎드려 누웠다. 지쳐서 잠이 들었는가, 움직이지 않았다. 나는 당겨세운 무릎 위에 턱을 고이고 풀을 뜯었다. 먹이를 물고 지나가는 개미를 눌러 죽이고 풀을 뜯고, 돌맹이를 주워 개천에 던져 놓고 풀을 뜯고, 손톱으로 흙을 파다 풀을 뜯고, 뒤로 벌렁 드러누웠다.

'왜 우리만 이렇게 사나?'

뜨거운 열기가 목구멍에 번졌다.

성수는 중천에 걸렸던 해가 서산으로 넘어가고 나서야 눈을 떴다.

"담배 있으면 줄래?"

한여름이라고는 하나 흙바닥에서 자고 일어난 성수는 으스스, 몸을 떨었다. 나는 담배에 불을 붙여서 건넸다. 옹송그리고 앉아 푸우, 푸우, 담배연기를 내뱉던 성수가 막 돋아난 샛별을 우러르며 품에서 뭔가를 꺼냈다. 젊은 여자가 웃고 있는 흑백사진이었다. 그는 무표정하게 사진을 잘게 찢어서 풀밭에 뿌렸다.

허영거리며 일어난 성수가 허공에 대고,

"가장 황홀하게 죽는 방법으로 뭐 없을까?"

혼잣말하듯 중얼거렸고 나는,

"책가방 끈에 목 매다는 게 젤 낫지."

무심히 대꾸했다.

　비행기 지나가는 소리에 고개를 드니 비행기가 만월을 가르며 지나가고 있었다. 나는 배낭을 짊어진 뒤 곤히 잠든 용호를 안고 일어섰다. 용호를 안고 그 먼길을 내려갈 생각을 하니 걷기도 전에 힘이 빠졌다. 나는 듯이 걸어도 두어 시간은 좋이 걸리는 먼 거리였다.

　"그만 가자."

　나는 곁에 있던 명호에게 말하며 성큼성큼 걸음을 떼어 놓았다. 코앞에 놓인 산모퉁이를 돌기도 전에 이마에 땀이 맺히고 숨이 가빠왔다.

　나는 달빛 환한 산자락을 눈으로 더듬으며 걸었다. 십수 년 전에 하룻밤을 묵고 갔던 암자가 멀지 않은 곳에 있었다. 나는 파근거리는 발걸음에 힘을 실었다. 기억대로 암자는 가까운 곳에 있었다. 숲이 깊어 달빛이 들지 않는 계곡에 불빛이 보였다. 나는 암자를 향해 난 오솔길을 밟았다. 낙락장송 우거진 곳에 터를 잡은 암자는 옛모습을 고스란히 간직하고 있었다.

　"계십니까?"

　나는 댓돌 앞에 서서 안에 대고 사람을 불렀다.

　"누구요?"

　문은 열리지 않고 우렁우렁한 목소리만 새어 나왔다.

　"좀 쉬어갈 수 있을까 해서요."

　"여기는 그런 데가 아니올시다."

　"저도 그런 줄은 압니다만 아이들이 아파봐서요."

　댓돌 위에 고무신과 나란히 놓인 하이힐을 눈여겨봐 가며 나는 거듭 청했다.

"글쎄 여기는 그런 곳이 아니니까 그만 가봐요."

짜증 섞인 목소리였다. 나는 정나미가 떨어져서라도 되돌아가고 싶었지만 식은땀을 흘리는 명호를 이끌고 산을 내려갈 엄두가 나지 않았다.

"요기만 좀 할 수 없을까요? 돈은 드리겠습니다. 아이들이 워낙에 배를 주려 놔서 그러는데 부탁 좀 드리겠습니다."

나는 치미는 부아를 지그시 누르며 간곡히 부탁을 했다. 그러자 왈칵, 방문이 열리면서 내 또래나 됐음직한 젊은 중이 얼굴을 내밀었다. 열린 문을 통해 이불 속에 누워서 이쪽을 힐끔 내다보는 여자의 얼굴이 보였다.

"이보슈, 조금만 내려가면 마을이 있으니까 더 이상 귀찮게 굴지 말고 그리로 가슈."

젊은 중은 멱살잡이라도 서슴잖을 기세로 으르딱딱거린 후 요란하게 방문을 닫아버렸다. 기가 차서 서 있는데 뭐라고 궁시렁거리는 여자의 목소리가 들려왔다. 나는 별 수 없이 명호를 이끌고 돌아섰다.

십수 년 전, 낯선 길손을 살붙이처럼 맞아 주시던 노스님의 얼굴이 눈에 선했다. 나이 어린 사람에게 곡차까지 내주면서 당신이 살아온 세월의 한 자락을 나눠 주던 노스님이 아니었던가. 희수와 영영 헤어지고 나서 떠났던 자살 여행. 그 여행길에 하룻밤일망정 노스님과 맺은 인연은 얼마나 큰 힘이 되어 주었던가.

나는 쓰디쓴 입맛을 다셔 가며 암자를 벗어났다. 노스님의 얼굴에 겹쳐 희수의 얼굴이 떠올랐다. 그리웠다. 아이를 지우고 떠났던 희수는 어느 하늘 아래서 살아가고 있을까.

오 년 전에 우연히 아이를 들쳐업고 당구장으로 김밥을 팔러다니는 아낙을 보았을 때, 나는 내 눈을 믿을 수가 없었다. 나를 알아보고 황망히 돌아서던 여인, 틀림없는 희수였다. 큐대를 내던지고 뒤쫓아가서 몇 번이고 그의 이름을 불렀으나 희수는 끝끝내 뒤를 돌아보지 않았다. 아기를 등에 업은 채 함지를 머리에 이고 총총히 달아나던 희수의 뒷모습이 왜 그리도 처연하고 서러워 보이던지 나는 차마 쫓아가서 붙들 수가 없었다.

암자를 빠져 나와 타박타박 맥빠진 걸음을 옮겨 놓고 있는데 트럭 한 대가 산을 내려왔다. 짐칸 가득히 돼지를 실은 트럭이었다. 손을 들어 보이자 트럭이 멈춰 섰다.

"타슈."

오십줄을 넘겼을까, 운전수는 행선지를 묻지도 않았다. 등 뒤에 숨어서 운전수의 얼굴을 살피던 명호는 마음을 놓고 트럭에 올랐다. 트럭은 삽시간에 산을 내려갔다. 강가 마을에 우리를 내려준 트럭은 쏜살같이 앞으로 달려나갔다.

주인을 깨워 여인숙에 든 나는 짐을 풀자마자 아이들과 함께 곯아떨어졌다. 이튿날 눈을 떴을 때는 해가 머리맡에 떠 있었다. 한숨 더 자고 싶어도 용호가 명호를 붙들고 배가 고프다고 칭얼대는 바람에 더 이상 누워 있을 수가 없었다. 아이들을 씻겨서 거리로 나오니 때마침 장날이라 밥집마다 발 디딜 틈이 없었다.

"이제 어디로 갈래? 갈 곳은 있니?"

국밥을 한 그릇씩 먹고 밥집을 나와 명호에게 묻자 녀석은 고개를 떨구고 대답이 없다. 나는 지갑에서 만 원짜리를 꺼내 명호 손에 쥐어 주었다.

"어디에서 도망쳤는가는 모르겠다만 동생을 생각해서라도 그만 돌아가거라. 알겠지? 나하고 약속하는 거다?"

명호는 마지못한 표정으로 내가 내민 손에 새끼손가락을 걸었다.

아이들과 헤어진 나는 할아버지 댁을 향해 걸었다. 강을 따라 삼십 분 가량만 걸으면 닿는 거리였다. 가뭄으로 군데군데 바닥을 드러낸 강을 끼고 걸으며 나는 자꾸만 뒤꼭지가 켕겼다. 명호와 용호가 마음에 걸렸다.

'지서에 맡길 걸 그랬나?'

그러나 때늦은 후회였다.

바가지를 엎어놓은 형국의 동산이 가까워지면서 나는 발걸음을 재게 놀렸다. 밭을 갈고 계실 할아버지의 모습이 눈앞에 어른거렸다. 동산 앞에서 반원을 그리며 휘어지는 강을 지나자 산비탈을 개간한 밭이 눈앞에 펼쳐졌다. 숨가쁘게 달려온 나는 밭귀에서 고만 딱 멈춰 서고 말았다. 무나 배추 등속이 실하게 자라나 있어야 할 밭에 잡초만 우묵했다. 황무지로 변해 버린 밭을 보자 가슴이 철렁 내려앉았다.

'할아버지가 돌아가셨나?'

나는 산 중턱에 자리한 초가집을 향해 달렸다. 할아버지 연세 팔십이었다. 삽짝문 앞까지 삽시간에 달려간 나는 댓돌 위에 가지런히 놓인 고무신을 보고서야 비로소 마음을 놓았다.

"할아버지!"

나는 댓돌 앞에서 할아버지를 불렀다.

"뉘시오?"

나지막한 소리와 함께 방문이 열리면서 백발의 노인이 얼굴을 내밀었다.

나는 대청마루에 앉아서 강 건너 텅 빈 들을 바라보았다. 이십여 채 남짓한 농가들이 옹기종기 모여 있는 산 밑 마을로 이어지는 논둑길을 따라 저만치 걸어가는 할아버지 머리 위로 노을이 지고 있었다. 지팡이를 짚고 걸어가는 할아버지의 뒤를 점박이가 어슬렁어슬렁 따라갔다. 불덩어리 같은 홍시를 가지마다 주렁주렁 매단 감나무들이 지천으로 널려 있어도 마을은 쇠락한 기색을 감추지 못했다. 허물어진 돌담 사이를 허리 굽은 노인들만이 지나다니는 마을은 땅바닥에 떨어져서 터져버린 감처럼 처연해 보였다. 까르르 웃고 까부는 아이도, 술에 취해 쌈박질을 하는 젊은 축들도 없이 할아버지 말씀대로 '다 산 목숨들'만이 덩그마니 남은 마을은 사람이 모여 살면서 빚어내는 생기나 온기를 눈곱만큼도 느낄 수 없었다. 그래서일까, 껑충껑충 키가 큰 낙엽송으로 뒤덮여 온통 황금빛으로 눈이 부신 마을 뒷산이 스산해 보이고 빈 들, 노을빛 받는 볏가리가 허허로워 보이는 것은.

한잔 커피라도 마실 요량으로 마루에서 내려서자 집 뒤꼍 대숲이 건듯 부는 바람에 우수수 몸을 떨었다. 고무신을 꿰어 신는 결에 들을 가로질러 대숲으로 깃드는 새들을 보노라니 문득 내 자신이 가여워지고 기꺼운 날갯짓으로 날아들 '집'을 지닌 새들이 새삼 대단해 보였다.

딸깍, 문기둥에 붙은 알전구 스위치를 올리자 먹거리를 찾던 쥐가 화들짝 놀라 아궁이 속으로 달아났다. 나는 문가에 서서 부엌을 둘러보았다. 가마솥 올려진 아궁이하며 깨끗이 쓸어낸 부엌 바닥, 삼 단짜리 살강과 잘 정돈된 그릇들과 다 낡아 녹이 슬었으나 잦은 행주질로 윤이 나는 가스렌지…….
외롭고 고단했을 할아버지의 삶 앞에서 나는 눈자위가 시큰
해졌다. 내가 발걸음을 하지 않은 지난 칠 년 동안 할아버지
는 잔등 긁어 주는 할머니도 없이 그 기나긴 외로움의 세월을
무슨 힘으로 버텨냈을까. 나는 가스렌지 위에 물주전자를 올
려놓으며 점심참에 다녀간 이웃마을 친구분과 주고받던 할아
버지의 인사말을 떠올렸다.

"죽기 전에 좋은 세월 오것제. 그럼 잘 있어."

읍내에 마나님 약을 지으러 나왔다가 들렀다는 할아버지
친구분이 바둑 한 판 두고 마당으로 나서며 인사를 했고,

"그려도 세월은 보내야제. 조심히서 가여. 일 생기믄 기별
허구."

할아버지가 화답을 하며 삽짝문 밖까지 배웅을 했다.

할아버지는 친구분이 들을 가로질러 버스 정류장에 닿기
까지 문 밖을 지키고 섰다가 친구분을 태운 버스가 휘뚤휘뚤
굽이도는 산모롱이 저쪽으로 사라지고 나서야 집 안에 드셨
다. 댓돌 위에 신발을 벗어 놓자마자 고단하니 눈 좀 붙여야
겠다며 안방에 드는 할아버지의 뒷모습에서 나는 비로소 팔
순을 넘긴 할아버지의 연세를 실감할 수 있었고, 나 하나만을
생각하며 살아가는 스스로가 부끄러웠다.

지난 칠 년 간, 나는 수시로 할아버지를 떠올렸다. 동네 골
목길에서, 시장통에서, 공원에서, 버스나 전철 안에서…… 할
아버지 연세의 노인들과 맞닥뜨리게 될 때마다 홀로 계신 할
아버지를 생각했다. 주름진 할아버지의 얼굴이 눈앞에 어른
거릴 때마다 당장에라도 할아버지에게로 달려가고 싶었지만
그럴 수가 없었다. 아버지를 진정한 나의 '아버지'로 인정하

지 않고서는 할아버지를 마주 대할 용기가 나지 않았다. 이 세상 그 누구보다도 나를 끔찍이 귀여워해 주셨던 할아버지. 손 귀한 집안의 장손이라며 명절 쇠기 한 달 전부터 나를 기다리고, 노환으로 앓아 누우셨다가도 나만 보면 기력을 회복하던 할아버지. 학교를 자퇴한 사춘기 시절, 세상의 모든 어른들을 부정하고 원망했던 나는 할아버지마저도 거부했었다. 스스로가 불쌍하고 가여워서 견딜 수가 없었던 당시의 내게 할아버지는 더 이상 나와는 아무런 연관이 없는 사람으로 치부되었다. 버려진 아이로 태어난 이상 혼자서 살아가야만 한다는 자의식으로 똘똘 무장한 내게 할아버지를 향한 그리움은 사치로 여겨졌고 할아버지와 관련한 모든 기억은 애써 부정되었다.

물이 자글자글 끓는 사이 대숲에서 들려오는 새소리가 지둥치게 요란했다. 들에 나갔다 남김없이 돌아온 새들이 동시에 울어대는 소리는 귀가 다 먹먹할 지경이었다. 나는 마루에서 커피를 마시며 이웃집 소가 새끼 낳는 것을 구경하러 간 할아버지를 기다렸다. 노을이 어둠에 묻혀 지워지면서 대숲의 새소리도 차차 잦아들었다. 나는 빠르게 물밀려 들어오는 어둠 속에서 집 앞에 펼쳐진 밭을 바라보았다. 황무지로 변해버린 밭을 보며 나는 마음이 아팠다. 멀쩡한 사지육신을 빈둥거려 가며 놀리는 것보다 한 뼘 땅이라도 돌보지 않고 버려두는 짓거리를 더 큰 죄악으로 여기던 할아버지였다. 곡괭이를 손에 잡을 근력이 없어 생때 같은 땅이 황무지로 변해 가는 것을 속절 없이 지켜봐야 했을 할아버지의 마음은 얼마나 애달팠을까. 커피를 마시다 말고 나는 눈물이 나올 것만 같아 밭으로 향한 눈길을 거둬들이며 담배를 입에 물었다.

"소작이라도 맡기지 그러셨어요?"

"몰르는 소리 작작 혀라. 소작이랙두 맽기고 잽은 맴이사 굴뚝 같어도 어디 손이 있어야 말이지. 너무 돌아보면 알 것 지만 여그 노는 땅이 한둘이 아녀. 조금만 걸어두 숨이 차서 쉬었다 걷구 쉬었다 걷구 허는 늙은이들이 뭔 심이 있어 땅을 붙이것냐. 대처의 경노당이라는 데 가 보면 술 먹고 껑충거리 고들 노는데 그런 것들 이리 데리고 오면 다 일할 나이의 것 들이야."

무심코 한마디한 말에 할아버지는 괜한 역정을 내가며 한 숨을 쉬었다. 그러면서도 할아버지는 당신의 못다 일군 땅을 장손인 내가 남아서 일궈 주길 바라는 손톱만큼의 눈치도 보 이지 않으셨다. 그저 내 손을 당신의 갈퀴 같은 손으로 꼭 감 싸 쥐고서 허는 일은 잘되쟈? 몸은 아픈 데 없이 성쿠? 그럼 되얏다, 하고 같은 말만 되풀이할 따름이었다. 천금같이 아껴 둔 말을 가슴속에 꼭꼭 쟁여 두고 풀어놓지 않는 할아버지의 깊은 눈길 속에는 연민과 회한이 엇갈렸다. 특히,

"만나는 샥시는 있고?"

은근한 눈길로 물어왔을 때는 사람의 도리를 져버린 것만 같 아 괴로웠다.

석양처럼 쇠잔해가는 할아버지의 목숨, 그런 당신의 품에 재롱둥이를 안겨 드리고 싶은 간절한 욕구가 봇물처럼 밀려 오면서 작은 행복을 일구며 살아가는 사람들이 그렇게 부러 울 수가 없었다. 누구에게랄 것도 없이 세상 사람 모두를 향 한 질투심이 가슴 깊은 곳에서 스물거렸다.

나는 하마터면 사귀는 여자가 있노라고 고할 뻔했다. 여자 뿐만 아니라 애도 있노라고 털어놓으려는 걸 가까스로 참았

다. 왜 늘 정순의 얼굴만 떠올리면 주저하게 되는지 알다가도 모를 일이었다.

자살 여행을 떠났던 내가 수면제를 강물에 버리고 서울로 올라갔던 것도 따지고 보면 할아버지 때문이었다. 밤새 여우재를 넘어 할아버지 댁에 다다랐을 때, 할아버지는 쇠스랑으로 밭을 일구고 계셨다. 아침 햇살을 받아 가며 밭을 일구는 할아버지의 모습을 대했을 때의 가슴 벅차게 차오르던 감동을 어떻게 설명할 수 있을까. 구슬땀을 쏟으며 노동을 하는 할아버지의 모습이 그렇게 아름다울 수가 없었다. 일하는 모습이 아름답다는 것을 나는 그때 처음으로 알았다. 쇠스랑을 움켜쥐고 땅을 일구는 할아버지의 두 손에 사람이 살아가는 근원적인 힘이 실려 있음을 깨닫는 순간 내 자신이, 스스로를 비루하게 여긴 내 자신이 부끄럽기 짝이 없었다.

나는 달빛 환한 들판을 바라보며 할아버지를 기다렸다. 송아지를 낳았다고 막걸리를 돌리는가, 천지사방 달빛이 쏟아지는데 빈 논둑길 위로 볏짚이 날린다. 나는 산책 삼아 강을 건넜다. 강을 건너 논둑길에 오르는데 맞은편 길 끝, 할아버지의 모습이 보였다. 나는 널찍널찍 보폭을 떼어 가며 할아버지를 불렀다. 달빛에 빛나는 미루나무 앞에서 할아버지가 손을 들어 보였다. 점박이가 꼬리를 흔들며 내게로 달려왔다.

"약주 하셨어요?"

"오냐. 탁배기 한 사발 힛다."

"업히세요, 할아버지."

"니가 나럴 업것다고? 아서라. 다릿심 짱짱헌디 뭣 땀새 니 심을 폴라고?"

그러나 정작 등을 내어 드리자 할아버지는 내게 업혔다.

업혀서는,

"동네 사람덜, 우리 손주가 나럴 업구 가네. 우리 손주가 나럴 업구 가여."

노래하듯 목청을 돋우더니 안 하시던 노래자락을 뽑았다.

정월 솔솔 부는 바람 이월 매주는 매주 놓고
삼월 사쿠라 산란하야 사월 흑싸리 흩어지고
오월 난초 나비는 쌍쌍 유월 목단에 흩어지고
칠월 홍싸리 홀로 누워 팔월 공산에 달 떠오르고
구월 국진 굳은 마음 시월 단풍에 흩어지고
오동동 추야 달이 밝어 아니 노지는 못하리라

달이 밝은 탓일까, 부는 바람에 티가 날아서일까, 눈물이 났다. 점박이가 달 밝은 길을 저만치 앞질러갔다 되돌아오며 껑충껑충 뛴다.

"낼 아칙에 올라간다구 혔자?"

"예."

"그려, 한창 일헐 나잉께. 싸게 올라가야지. 암만, 싸게 올라가야 쓰고 말고."

가슴이 찌르르 울렸다. 달빛 아래 누운 논둑길이 너무도 짧아 보였다.

"현민아, 저 산 니 앞이루다 혀봤다."

할아버지는 그 말을 끝으로 잠이 드셨다. 징검다리를 밟아 가며 강을 건너는데 눈물이 앞을 가려 자꾸만 걸음이 헛갈렸다. 할아버지를 안방에 뉘어드리고 나는 대청마루에 걸터앉았다. 풀여치의 울음 소리가 집 안팎에 가득했고, 이따금씩 울어대는 휘파람새의 울음 소리는 비 오는 날 술에 취해 듣는 대금 소리마냥 구슬펐다.

이튿날, 할아버지는 삽짝문 밖에서 나를 배웅했다. 동산을 내려와서 얼마나 걷다가 뒤를 돌아다보니 동산 꼭대기 불거진 바위 위에 할아버지가 지팡이를 짚고 서 계셨다. 읍내 차부에서 버스를 타고 여우재를 넘기까지 나는 동산에서 눈을 떼지 못했다.

버스 터미널에서 하차를 한 나는 정류장에 서서 내가 넘어온 산을 바라보았다. 그때 갑자기 터미널과 이웃한 파출소 앞에서 소란이 일었다. 고개를 돌리니 머리를 요란하게 볶고 울긋불긋 치장을 한 젊은 여자가 파출소 안에서 어린 두 소년을 끌고 나오며 째지는 목소리로 장을 치고 있었다.

"하이고, 나가 요놈으 새끼덜 땀새 못 살아. 아 나가 너그덜 밥을 굶겠냐, 아니 헐 말로 뚜드러 패기를 혔냐? 뭔 염병이 났다고 걸핏허면 집을 나간다, 집을 나가긴?"

여자는 바락바락 악을 써가며 두 소년의 머리통이고 등짝이고 사정 없이 쥐어박았다. 행인들이 길을 가다 말고 멈춰서서 구경을 하거나 말거나 여자는 애들 볼마저 내갈겼다.

"왜 때려, 씨? 아줌씨가 뭔디 우덜을 때려?"

작은애가 으왕, 울음을 터뜨리자 큰애가 작은애를 감싸안으며 젊은 여자에게 대들었다. 그 소리에 당황했는지 젊은 여자가 주위를 두리번거려 가며,

"요놈으 새끼, 니 아부지 앞이 가서 아줌씨 소리 혀봐라. 오냐, 잘혔다 해감서 집 나간 다리 몽둥이 똥강 그 자리서 부러지게."

큰애 머리를 탕탕 쥐어박고는 멱살을 야살스레 쥐어 끌고갔다.

나는 더 이상 지켜보지 못하고 돌아섰다. 터미널로 향하는 발걸음이 무거웠다. 나는 갑자기 길 가는 아무라도 붙잡고 소리치고 싶은 충동을 느꼈다. 희망이 무어냐고. 대저 희망이 무엇이냐고.

터미널 건물로 들어서기 직전 뒤를 돌아다보니 거기 산이 있었다.

눈길을 걸으며 낙엽을 줍다

경찰서 정문을 나서며 올려다본 하늘은 시커먼 구름장으로 덮여 있었다. 눈이 올 모양으로 바람결이 맵지 않고 구름장에 눌린 하늘은 훈김이 서린 듯하다. 버스를 탈까 했으나 머릿속이 옥생각으로 가득 차서 두 발이 제멋대로 몸을 이끌어 간다. 나는 버스정류장을 지나친 줄도 모르고 벌거벗은 가로수가 늘어선 길을 마냥 걸었다. 어려서 집을 잃고 객지를 떠돌다가 홀쩍 어른이 되어버린 사내의 쓸쓸한 뒷모습 같은 아파트 건물들을 비껴 지나며 나는 아버지를 생각했다.

'죽었을까?'

나는 고개를 가로저으며 누렇게 뜬 채로 가로수에 힘겹게 매달려 있는 마지막 잎새를 쳐다보았다. 저 잎새는 어떤 염원이 있어 저토록 처연히 목숨줄을 부여잡고 있는가 생각하니 세상의 모든 사물이 다 숙연해 보인다. 습기를 머금은 바람에 흙먼지는 높게 일지 못하고 데바삐 오가는 길손들 발걸음만 바쁘다. 나는 멈춰 서서 허리를 굽혔다. 보도블록 틈바구니에 끼여 퇴색한 잡초를 바라보니 사람의 한생도 이러한 것인가 하여 허망한데 아파트 맞은편 야산을 차지한 산동네가 분주하고 하늘은 구름에 눌린 채 말이 없다.

나는 경찰서 실종신고계에서 마주쳤던 할머니의 얼굴을 떠올렸다.

눈길을 걸으며 낙엽을 줍다

팔십을 넘겼을까, 주름살로 늙어버린 할머니는 담당 형사에게 매달려 집 나간 손주를 꼭 좀 찾아달라고, 아들 내외를 사고로 잃고 손주 하나만 바라보고 살아온 내력을 토로해 가며 비손을 했었다. 그러나 담당 형사는 집에 가서 기다리라고 짜증스레 무지르며 할머니의 등을 떠밀었다. 절망스러운 낯빛으로 다리를 절룩이며 돌아서는 할머니의 모습에 나는 한달째 집을 나가 소식이 없는 아버지의 실종신고를 할 엄도 내지 못하고 경찰서를 나와버렸다.

부질없는 노릇이었다. 실종신고를 내도 집에 가서 기다리라는 말이 끝나자마자 기록으로만 남게 될 것이다. 살인, 강간, 강도, 사기, 폭력을 비롯해서 하룻밤 사이에 수천 건씩 발생하는 사건 사고에 떠밀려, 이름도 없이 얼굴도 없이 집을 나간 사람은 그 누구도 거들떠보지 않으리. 머리도 없이 팔다리도 없이 풍만한 젖가슴과 탱탱한 엉덩이와 거대한 남근만 활개치고 돌아다니는 거리의 뒤안길에서 가족들의 뇌리에서마저 잊혀진 채로 죽어가는 영혼은 얼마나 될까, 한 아이가 태어나서 늙어 죽기까지 그 짧은 세월에.

여행에서 돌아와 방문을 여는 그 순간, 나는 깨달았었다. 아버지가 영영 집을 나간 것을.

보름 간격으로 사나흘은 좋이 집을 떠나 거리를 배회하고 다니던 아버지가 집을 나가면서 당신이 누워 있던 이부자리를 개킨 적은 단 한번도 없었다. 그런데 내가 여행에서 돌아와 방문을 열었을 때, 방 안은 말끔히 치워져 있었다. 뿐만 아니라 부엌 구석에 놓인 세숫대야 안에는 더러운 속옷이 담겨져 있었고 면도용 거울이 걸려 있는 부엌 창틀에는 일회용 면도기가 놓여 있었다. 목욕에 면도까지 말끔히 하고 속옷을 갈아입은 모양이었다. 나는 안다. 사람이 죽음을 생각할 때 가장 먼저 하고 싶은 게 목욕이라는 것을.

나는 산동네를 등지고 아파트 단지를 가로질러 상가 앞에서 횡단보도를 건넜다. 늘 다니는 길이었다. 나는 경계석에서 내려 서서 차도 쪽으로 두어 걸음 내디뎠다. 그러다 문득 신호등에 생각이 미쳤다. 아차, 싶은 생각에 고개를 들어 건너편 신호등을 쳐다보니 빨간불이었다.

빨간불이라고 느끼는 순간 끼이이익, 급브레이크 밟는 소리와 함께 내 몸이 허공으로 붕 솟구쳤다. 몸이 허공을 날아서 땅바닥에 곤두박질치기까지 극히 짧은 순간이었으나 그 시간이 퍽 길게 느껴졌다. 허공에 떠 있는 동안 나는 줄곧 하늘을 보았다. 먹구름에 뒤덮인 하늘이 아름다웠다.

땅바닥에 떨어진 나는 데굴데굴 굴렀다. 구르는 게 멈춰졌을 때, 나는 벌떡 일어서며 옷에 묻은 흙을 탈탈 털어냈다. 흙을 털며 주위를 두리번거려 살피니 여남은 걸음 떨어진 곳에 버스가 서 있었고 길을 가던 많은 사람들이 웅성거리며 내 주위로 몰려들고 있었다. 버스 운전수는 사색이 되어 운전석에서 꼼짝도 하지 못했다.

나는 내 주위로 몰려드는 사람들을 보며 수치심을 느꼈다. 영문을 알 수 없는 부끄러움이 삽시간에 전신을 휘어감았다. 나는 사람들을 헤치고 뛰기 시작했다. 가능한 한 빠른 시간 안에 사람들로부터 멀어지고 싶었다. 나는 정신없이 달아났다. 아파트 모퉁이를 몇 개나 돌고 나서야 발걸음을 멈춰 세웠다. 가쁜 숨을 고른 나는 비로소 더듬더듬 몸을 더듬어 가며 다친 곳은 없는지 살펴보았다. 무르팍이 조금 긁혔달 뿐 요행히 다친 곳은 없었다. 그제서야 죽을 고비를 넘겼다는 안

눈길을 걸으며 낙엽을 줍다

도의 한숨이 새어나왔다. 죽을 고비를 넘겼음을 확인하고 나자 영문을 알 수 없었던 수치심이 확연히 되살아나면서 낯이 화끈거렸다.

'죽음보다 수치심이 앞서는구나.'

나는 쓰디쓴 웃음을 입꼬리에 달다가 빈터 같은 마음으로 하늘을 우러렀다.

양철대문을 밀고 마당 안으로 들어서는데 희끗, 눈발이 비쳤다. 고개를 드니 민들레 홀씨 같은 눈꽃이 바람에 날리고 있었다. 첫눈이었다. 나는 우두커니 서서 훈김 서린 하늘을 우러렀다. 성기던 눈송이가 만개하면서 허공을 빼곡히 메워가도록 나는 대문가에서 움직이지 않았다. 몇 송이의 눈꽃이 나폴나폴 콧잔등에 내려앉는 순간 나는 흠칫, 몸을 떨며 까닭 모를 전율에 사로잡혔다. 하늘을 향해 치떴던 눈을 담장가의 대추나무로 내립뜨고 나서야 나는 내 몸을 휘감았던 전율의 정체를 깨달았다.

'아, 겨울이구나.'

눈 내리는 마당가에 벌거벗고 서 있는 나무 한 그루. 나는 허공을 긋는 눈발 속에서 더욱 외로운 대추나무를 보고서야 비로소 겨울을 느꼈다. 벌거벗은 가로수를 지나치면서도 느끼지 못했던 겨울. 무엇보다 내 자신 두툼한 잠바를 걸치고 있으면서도 까마득히 몰랐던 겨울이었다.

무방비상태에서 갑작스럽게 맞아버린 겨울, 나는 대추나무의 잔가지를 흔드는 바람과도 같이 내 곁을 스쳐 지나가는 시간을 속절없이 지켜보았다.

내가 양철대문을 밀고 마당으로 들어선 일도 이미 과거가 되어버렸고 마당에 쌓이는 눈도 현재가 아닌 과거였다. 느끼지도 못하는 사이에 손가락 틈으로 빠져 나가는 물처럼 흘러 가버린 시간과 여전히 흘러가고 있는 시간을 나는 대문가에 서서 무기력하게 바라보았다. 손에 잡힐 듯 가까우면서도 까마득히 먼 하늘, 미래의 눈이 어느새 현재의 땅으로 내려와 찰나간에 과거가 되어버리는 시간의 흐름이 두렵게 느껴졌다.

나는 선뜻 앞으로 나설 용기가 나지 않았다. 한 발짝만 앞으로 내디뎌도 혹독한 겨울에 갇혀 영원히 헤어나지 못할 것만 같았다. 어둑시근한 어둠에 잠겨드는 마당과 여러 개의 부엌문이 달린 단층 블록 건물 그 어디에도 희망은 보이지 않았다.

점차 굵어지는 눈발 속에 나는 무력하게 서 있었다. 그때 등 뒤에서 불어온 바람이 양철대문을 닫아버렸고 그 서슬에 나는 마당 안으로 떠밀리고 말았다. 바람에 등을 떠밀리면서 나는 진한 서글픔을 느꼈다.

'시간은 이렇게 흘러가는데 나는 무얼 하고 있었나.'

나는 부엌문 앞에서 우뚝 멈춰 섰다. 상단에 책가방 크기의 유리가 붙박힌 낡은 합판문이 도시 낯설기만 했다.

멀리 떨어져 있을 때면 여인의 자궁처럼 절절히 그립기만 하던 집이 막상 품에 들면 이토록 낯설고 쓸쓸해지는 연유는 어디에 있을까. 뿌리 뽑힌 삶을 살아가는 이는 집마저도 뿌리가 뽑혀버리기 때문일까. 형태도 없이 막연하게 거의 본능에 가까운 느낌만으로 마음속에 지어 놓은 집을 동경하며, 그 이상향의 집을 찾아 천지사방을 떠돌 수밖에 없는 것일까. 문득 연민이 일었고 육신이 한줌 흙으로 묻히는 무덤이야말로 진정한 집일지도 모른다는 생각이 뇌리를 스쳤다.

문을 열고 부엌 안으로 들어선 나는 구석에 놓인 석유통을 겨눠 보았다. 나는 성큼성큼 다가가서 석유통을 들어냈다. 석유통을 들어내자 시퍼렇게 날이 선 식칼이 나를 노려보았다. 나는 연장통에서 망치를 꺼내들고 식칼을 벽에 비스듬히 세워놓았다. 식칼을 망치로 있는 힘껏 내려치자 챙강, 불꽃이 튀었다. 나는 망치를 연신 휘둘렀다. 그러나 식칼은 좀체 부러지지 않았다. 나는 망치의 손잡이를 두 손으로 바투쥐고 어금니를 앙당 물었다. 이마에 힘줄이 돋는 것을 느끼며 나는 망치를 힘껏, 아주 힘껏 휘둘렀다.

"아얏!"

식칼이 동강 부러지면서 허공으로 튀어 목을 스치는 바람에 나는 비명과 함께 목덜미를 감싸 쥐었다. 깊이 베이지는 않았지만 피가 적잖이 흘러내렸다. 나는 담뱃가루를 베인 곳에 두르고 손바닥으로 감쌌다.

찝찔한 피 비릿내를 맡으며 나는 두 동강난 칼을 노려보았다.

아버지를 찌르기 위해 리어카 장사꾼에게 이천 원을 주고 구입한 칼이었다. 아버지를 찌르고 나서 나를 찌르기 위해 장만한 칼이었다.

나는 목덜미를 움켜쥔 채 부러진 칼을 보며 그 동안 내 스스로 나를 망치고 있었음을 깨달았다. 아버지를 비롯하여 세상의 모순이 자신을 질곡의 늪으로 밀어넣었다는 원망에 눈이 멀어 스스로를 절벽으로 몰아세운 어리석음을 칼을 버린 순간에야 비로소 뉘우친 것이다.

나는 그만 떡심이 풀려 방문 앞에 털썩 주저앉았다.

활짝 열린 부엌문 밖, 눈이 탐스러웠다. 눈 내리는 마당을 지키고 서 있는 헐벗은 대추나무를 쳐다보며 피가 멎은 목덜미에서 손을 뗐다. 묵묵히 겨울을 견디는 대추나무가 한없이 강해 보였다.

나는 눈길을 거둬들여 신고 있는 운동화를 내려다보았다. 오래 신지도 않았는데 낡아버린 운동화를 바라보며 나는 지나간 날보다 남은 날이 많은 나의 삶에 대해서 생각했다. 결실을 맺기도 전에 장마에 쓸려버린 벼포기를 일으켜 세우며 생명에 대한 믿음을 포기하지 않는 농부의 마음으로 스스로를 지켜낼 수 있을까. 나는 내 자신을 믿고 싶었다. 이 세상 어딘가에 미약하나마 나만의 삶의 몫이 있다고 믿고 싶었다.

나는 무릎을 짚고 일어서서 석유통을 들었다. 석유통을 채 마밭가에 내다놓고 집으로 들어온 나는 다락방으로 올라가 어머니의 일기장을 챙겼다. 일기장을 품에 안고 마당으로 나서며 동강난 칼을 쓰레기통에 버렸다. 세 권의 일기장을 땅바닥에 내려놓고 석유통 옆 널찍한 돌에 걸터앉아 담배를 태웠다.

눈은 쉬임없이 내리고 마당은 눈으로 덮여 갔다. 어둠이 깔리기 시작하자 지척에서 컹컹, 개가 짖었다.

나는 석유통의 마개를 열고 일기장 위에 석유를 부었다. 이상하게도 마음이 대추나무 가지 위에 쌓여가는 눈처럼 평온했다. 불을 당기자 일기장 위로 불길이 치솟았다. 내리던 눈송이들이 불길을 피해 흩어지고 오랜 세월 간직해 온 어머니의 삶이 한장 한장 불티로 승화되어 날아 올랐다. 나는 제사를 지내듯 경건한 마음으로 타오르는 불길을 지켜 보았다. 불길이 사그라들 만하면 대접에 석유를 부어 일기장 위에 끼얹었다. 위에서 아래로, 가장자리에서 복판으로 불길이 옮아가는 일기장을 뚫어져라 지켜보며 나는 가슴 저 밑바닥으로 터 올라오는 뜨거운 열기를 느꼈다.

나는 방 안으로 달려가 앨범과 내 일기장을 들고 나와 불길 속에 던져 넣었다. 재가 사방으로 퍼지면서 치솟는 열기를 좇아 하늘로 날아 올랐다. 그도 한순간, 던져진 앨범과 일기장에 눌려 기세 좋던 불길이 누꿈해졌다. 나는 대접에 석유를 가득 따라 사그라드는 불길에 대고 끼얹었다. 확, 불길이 기세 좋게 허공으로 치솟았다.

저녁밥을 지으러 나왔던 정순이 양푼을 수돗가에 내려놓고 내게로 다가왔다. 호기심으로 눈을 빛내면서도 그는 사뭇 조심스럽게 내 안색을 살폈다.

"태우는 게 뭐예요?"

내가 대꾸를 안하자 정순은 더 이상 캐묻지 않았다. 나는 다시금 대접에 석유를 부어 날름거리는 불길에 대고 끼얹었다. 불길이 삽시간에 몸뚱이를 부풀리자 정순이 에구머니나, 껑충 뒤로 물러섰다가 내 옆으로 다가와 쪼그리고 앉았다.

"어머나, 이 상처가 다 뭐예요?"

정순은 피떡이 진 내 목덜미를 살피며 자못 걱정스런 모습이었다.

"정순 씨."

대답 대신 정순을 불러 놓고 나는 불쏘시개로 제 홀로 장을 넘겨 가며 불길을 맞아들이는 노트 더미를 쑤석거렸다. 불티가 열째게 날아 올랐다.

"어린 여자가 강간을 당하면 무슨 생각을 하는 줄 알아?"

뚱금없는 질문에 정순이 두 눈을 동그랗게 치켜뜨고 내 얼굴을 쳐다봤다. 나는 정순을 거들떠도 안 보고 불 속을 쑤석

거려 가며,

"자기를 범한 남자를 향해 이를 갈까? 아니면 신세 한탄? 그도저도 아니면 그냥 넋 놓고 울기만 할까?"

말꼬리를 이었다.

"사람은 참 엉뚱한 데가 있어. 내가 아는 어떤 여자는 말이야 강간을 당하고 나서 한동안 사람 입이 참 크다는 생각을 했다대. 그런데, 그런데 말이지, 강간을 당한 것보다 그 얘기가 더 비극적으로 들리는 거야. 눈물이 나도록 슬프게 들리더라니까."

"……."

"사람은 그런 식으로라도 불행을 이겨내는 모양이야."

나는 노트 더미를 쑤석거리는 손길을 멈추지 않았다. 불티가 쉬지 않고 날아 올랐다. 나는 이글거리는 불길 속에 어머니의 얼굴을 그려 보았다. 재가 되어 불티로 날아 오른 어머니의 일기장이 하얗게 식어서 내 머리 위에 내려앉았다.

……나는 이제 어떻게 되는 걸까. 엄마가 보고 싶다. 몸을 망쳐 놓고도 죽지 못하는 내가 싫다. 죽도록 싫다. 나를 범한 아저씨가 밖으로 나갔을 때 나는 순결을 잃은 아픔보다 비명 소리를 삼키려고 입에 물었던 이불보를 보며 내 입이 큰 것에 놀랐다. 책 크기만한 이불귀가 정말로 내 입 속에 다 들어갔던 걸까. 믿기지가 않는다. 그런데 자꾸만 눈물이 난다. 엄마, 미안해요……

돈을 벌기 위해 가출을 했다가 인신매매단에 끌려가 죽음보다 더한 치욕을 당해야 했던 어머니의 삶이 눈앞에 어른거렸다.

나는 입술을 감쳐물었다.

군부대가 밀집해 있는 의정부 산속 허름한 작부집으로 팔려 가서 일 년 남짓 몸을 팔아야 했던 어머니의 삶이 어떠했을지 차마 상상을 할 수가 없다. 팔려 간 첫날부터 열 명이 넘는 군인을 상대하면서 손님이 없으면 식모처럼 설거지를 하고, 가게를 치우고, 주인집 아이의 똥기저귀를 꽁꽁 언 개울물에 빨아 가면서 눈물을 삼켜야 했던 삶을 견디기 위해 어머니는 얼마나 독하게 이를 악물었을까. 옷값이다 밥값이다 화장품값이다 해가며 월급은커녕 빚만 눈덩이처럼 불어 가는 울분을 어머니는 그 여린 가슴 어디에다 삭혀 두고 살았을까.

야반 도주에 성공해서 몸을 실은 서울행 버스 안에서 만신창이가 된 신세가 서러워 펑펑 울어야만 했던 심경이며, 식구들 몰래 매독을 치료하기 위해 보건소를 들락거리다 가까스로 완치가 되어 안도의 한숨을 내쉬기도 전에 누구의 씨인지도 모를 아기를 뱄다는 무서움에 진저리를 쳐야 했던 삶이라니, 나는 불쏘시개를 부러뜨려 불 속에 던져 넣으며 눈가를 훔쳤다.

"낼 아침까지 눈이 오려나……."

정순이 물끄러미 내 안색을 살피다 말고 딴전을 피웠다.

대문 밖 가로등에 불이 들어왔다. 바람에 전깃줄이 울고 눈은 쉬지 않았다. 처마 위에도, 수돗가에도, 채마밭에도, 가녀린 빨랫줄에도 눈은 내려서 쌓였다. 눈은 내리고, 저렇게 눈은 내리는데…….

다 타고 불씨만 남아 가물거리는 잿더미에 쌓인 눈을 그러모아 끼얹고 일어서자 현기증이 일었다. 부축해 주려는 정순

의 손길을 뿌리치고 돌아서는데,

"저어……."

그가 말꼬리를 흐리며 나를 불러 세웠다.

그러나 막상 내가 돌아서자 그는 머뭇거리기만 할 뿐 좀처럼 말을 잇지 못했다. 얼핏 보기에도 가슴에 꼭꼭 여미어 둔 사연을 털어놓을, 이때만을 단단히 별러 온 눈치였다. 나는 채근하지 않고 묵묵히 기다렸다. 그 사이에도 눈은 내려서 쌓였다. 두어 걸음 떨어져서 마주보고 서 있는 우리 두 사람 사이, 그 여백을 눈송이가 수많은 사연으로 채웠다.

"아무것도 아니에요……."

끝내 정순은 말문을 열지 못하고 눈길을 떨구었다. 한숨이었을까, 눈에 덮여 하얗게 세어버린 그의 머리카락이 언뜻 무거운 짐처럼 가슴에 얹혔다. 내가 다가서려고 하자 그는,

"아이가 깼나 봐요, 그만 주무세요."

들리지도 않는 아이의 울음 소리를 변명삼아 황망히 마당을 가로질렀다.

정순이 자리를 뜬 텅 빈 마당에서 나는 무수한 생각의 갈피를 좇다가 선득한 추위에 쫓겨 집 안으로 들어갔다. 칠흑 같은 어둠이 편안해서 불을 켜지 않고 방 복판에 망부석처럼 우두커니 앉아 있자니 수많은 환영이 휙휙, 스쳐 지나가면서 슬플 것도 서러울 것도 없다는 생각이 물안개처럼 가슴에 스며들었다.

나는 소리도 없이, 형체도 없이, 다락방에 올랐다. 다락방 문을 열자마자 우르르르, 바닥을 울리며 사방으로 흩어지는 소리가 어둠 속에 요란했다. 딸깍, 불을 켜자 천지사방 쥐똥이 널려 있고 지린내가 코를 찔렀다. 나는 무덤덤히 쥐똥을

빗자루로 쓸어냈다. 쓰레받기에 담긴 쥐똥이 한주먹은 실했다. 쥐똥을 치우고 뙤창을 열어젖뜨리자 신선한 바람이 물밀듯 밀려 들어왔다. 그러나 역하게 코를 찔러 오는 지린내는 조금도 가시지 않았다. 나는 개의치 않았다. 너무도 익숙해서 어머니의 체취처럼 맡으면 맡을수록 마음이 놓이고, 내 방에 왔구나 하는 실감을 뼛속 깊숙이 느끼게 만드는 냄새였다.

나는 개다리밥상 옆 구석자리에 놓인 삼 단짜리 책꽂이를 뒤져 낡은 서류봉투를 찾아냈다. 서류봉투 겉면을 손바닥으로 훑으며 눈을 감으니 가슴이 저려 왔다.

"자랑스런 나의 어머니 수기 공모 응모작, K신문사 편집국 앞."

나는 서류봉투의 겉면에 또박또박 정성들여 쓴 글씨를 입속말로 읽어 나갔다. 오래 전에 잃어버렸던 아끼던 물건을 이사 가는 날, 들어낸 장롱 밑에서 찾아냈을 때와 같은 감회가 화선지에 먹물 번지듯 가슴에 넘실거렸다. 서류봉투에서 삼백 매 분량의 원고지 묶음을 꺼내자 퀴퀴한 곰팡내와 함께 십여 년 전의 기억이 바로 어제처럼 생생하게 되살아났다.

내 나이 스무 살 때였으니까 팔십오년 봄이었다. 그때 나는 가리봉동에서 자취를 하며 낮에는 공장에 다녔고 밤에는 노동조합을 결성하기 위한 소모임에 참여했었다. 십여 명이 어둑시근한 골방에 모여 인류의 역사와 사회주의 국가의 혁명사를 비롯해서 우리나라의 근현대사를 변증법과 더불어 공부했던 그 시절만큼 내 자신을 자랑스러워했던 때가 다시 있었을까.

당시 우리의 소모임을 이끌었던 이는 작달막한 키에 이마가 넓고 들창코를 한 못생긴 이십대 중반의 여자였는데, 소모임 초기에 나는 그렇게 못생긴 여자에게 뭘 배운다는 게 퍽 자존심이 상해서 수시로 모임에 빠지곤 했다. 그 무렵의 나는 내 나이의 다른 또래들처럼 여자는 예쁘고 날씬하기만 하면 장땡이라고 생각했었다. 그 생각은 퍽 강하게 뇌리에 박혀 있어서 나는 잔업 핑계를 대가며 한 달에 두 번꼴로 모임에 빠졌고 모임에 참가해서도 뚱한 태도로 시간을 보내기 일쑤였다. 그러던 내 태도에 변화가 생긴 것은 모임을 시작하고 나서 서너 달이 지났을 무렵이었다. 문득 바라본 그의 얼굴이 이제까지와는 사뭇 다르게 보였다. 어찌 저렇게 생겼을까 내내 비웃으며 무시해 왔던 얼굴이 누에가 고치를 벗고 나방이 되듯 매력적으로 보이는 것이었다. 시간이 지나면 지날수록 그의 얼굴은 점점 더 아름다워 보였다.

진정한 인간의 아름다움을 느끼게 되면서 나는 어머니의 삶도 다른 시각으로 바라보게 되었다. 어머니뿐만 아니라 공장의 동료들이나 길거리의 껄렁패들, 행상을 하는 아낙네들, 시장의 상인들, 공원의 노인네들까지 새로운 눈으로 바라보았다. 그러나 어머니를 중심으로 한 우리 가족의 비밀은 그 누구에게도 털어놓을 수가 없었다. 부끄럽지 않다고, 우리 가족의 아픔은 곧 이 땅에 살고 있는 민중의 아픔이라고 믿으면서도 차마 입 밖에 내지 못했다. 그러던 차에 수기를 공모하는 신문 광고를 보게 되었고 광고를 보는 순간 가슴이 뛰었다.

나는 아득한 기억을 더듬으며 원고지 뭉치를 내려다보았다. 어머니의 일기를 축약하면서 지새운, 가슴 아팠던 밤들이 새로운데, 좌절을 모르시는 오뚝이 인생이란 제목 아래 김병환이란 이름이 박힌 원고지 첫 장을 펼치며 나는 며칠 밤을 고민하다가 결국 원고지 빈 칸에 가명을 써 넣었던 지난날의 내 모습이 떠올라 미소를 지었다. 나는 원고지를 죽죽 넘기다가 중간 부분부터 찬찬히 읽어 내려갔다.

……시일이 지나면서 성병은 완치가 됐지만 아기를 낳는 것이 커다란 문제로 다가왔다. 어머니는 식구들이 자신을 죽일 것만 같아 집안 식구 누구에게도 자신의 뱃속에 아기가 자라고 있다는 사실을 밝히지 못했다. 혼자서 끙끙 가슴앓이를 할 따름이었다. 그러다가 아기를 낳았다. 조산이었다.

그날 어머니는 당신보다 세 살 어린 둘째외삼촌과 심하게 다퉜다. 외삼촌이 어머니를 구타하고 방을 나간 후 어머니는 곧바로 진통을 시작했다. 아무도 없는 방에서 어머니는 이를 악물고 혼자 아기를 낳았다. 딸이었다. 탯줄을 이빨로 물어 자르고 처치도 혼자서 했다. 아픔을 느낄 겨를도 없이 어머니는 아기를 숨겨야만 했다. 어머니는 아기를 부엌 구석진 곳에 숨겼다. 때마침 할머니가 들어오지 않았다면 모르긴 몰라도 아기는 더 이상 숨을 쉴 수 없었을 것이다.

기가 막힌 듯 망연히 서 있던 할머니는 한차례 통곡을 토해낸 후 어머니와 아기를 데리고 길을 나섰다. 모녀가 찾아든 곳은 동대문 근처에 있는 여인숙 방이었다. 할머니는 "어떻게든 살 길을 찾아보자"고 말은 했지만 대책이 있을 리 없었다.

어머니는 하루하루를 아기에게 퉁퉁 불은 젖을 물리며 여인숙 방에서 보냈다. 자신도 모르게 아기에 대한 정은 깊어만 갔고 그럴수록 어떠한 시련이 와도 아이를 키우고 싶다는 간절한 모정이 싹텄다. 그러나 할머니는 어머니의 이러한 심정을 외면하고 열흘이 지날 무렵 아기를 데리고 나가서 빈손으로 돌아왔다. 모르는 남에게 양딸로 주고 왔다는 것이었다. 어머니는 눈물만 흘렸을 뿐 아무 말도 할 수 없었다.

어머니는 다시 집으로 돌아갔다. 얼마 안 있어 어머니는 막내 여동생 담임 선생님 집으로 식모살이를 갔다. 거기서 다섯 달 있으면서 뼈 빠지게 일했는데 월급은 받지 못했다. 애당초 많은 월급을 바란 것은 아니었다. 그저 동생들에게 용돈을 주고 학용품을 사줄 수 있을 정도의 대가를 요구했을 뿐이었다. 그런데 주인은,

"나이도 어린 게 밥이나 먹고 있으면 됐지 월급은 무슨 월급이야."

하면서 어머니에게 대놓고 면박을 주는 것이었다.

어머니는 미련 없이 식모살이를 그만뒀다. 이웃집 아주머니의 소개로 어머니가 다시 취직한 곳은 옷을 만드는 제품공장이었다. 거기서 한 달여 동안 실밥을 뜯는 시다로 일했다. 그런데 하루종일 앉아서 일하다 보니 신발을 못 신을 정도로 다리가 퉁퉁 붓고 온몸이 쑤시고 아파서 이번에는 자의로 제품공장을 그만둬야만 했다.

집에서 쉬면서 어머니가 괜찮은 직장으로 꼽은 것은 버스 차장이었다. 어머니는 일단 마음의 결정이 서자 부지런히 버스회사를 찾아다녔다. 그러나 예상과는 달리 쉽게 직장을 구하지 못했다.

그즈음 어느 날의 일이었다. 어머니는 그날도 버스회사를 찾아갔다가 취직이 안 돼 크게 낙담을 했다.

공원의자에 앉아 고민에 빠져 있는데 대학생 가방을 든 웬 남자가 다가와 어머니 곁에 앉았다. 어머니는 그 남자에게 별다른 관심을 주지 않고 잠시 후 자리를 털고 일어나 집으로

눈길을 걸으며 낙엽을 줍다

향했다. 그런데 그 남자가 집요하게 뒤쫓아오는 것이었다. 어머니는 만사가 귀찮아서 그 남자를 상대하고 싶지 않았다. 그래서 추격을 피해 볼 요량으로 낯선 길로 접어들었는데 어느새 그 남자가 길을 앞질러 어머니의 앞에 버티고 서 있는 것이었다.

그런 그 남자 모습이 어찌나 우스워 보였던지 어머니는 터져나오는 웃음을 참지 못하고 소리를 내어 웃었다. 어머니를 다방으로 데려간 그 남자는 자신을 대학생이라고 소개했다. 그 남자는 무슨 말끝엔가 어머니 동생들에게 책가방을 사 주겠다고 했고 또 재미있는 장편소설을 빌려 주겠다고 했다.

어머니는 별 생각 없이 그 남자를 따라갔다. 미아리 고개 부근에 있는 자취방에서 어머니는 그 남자와 몸을 섞으며 하룻밤을 보냈다.

다음날 그 남자는 애초의 약속은 지킬 생각도 않고 어머니더러 집으로 돌아가라고 했다. 어머니는 단호하게 싫다고 거절했다. 어차피 버린 몸, 갈 곳도 마땅치 않은데 이 남자한테 매달려 봐야지, 하는 생각으로 어머니는 꿈쩍도 하지 않았다.

어머니가 쉽사리 떨어질 기미를 보이지 않자 그 남자는 그렇다면 집이라도 알아두자며 어머니를 앞세웠다. 두 사람은 자취방을 나와 창신동에 있는 집으로 향했다. 지하실 계단을 내려서려 하자 할아버지가 맨발로 쫓아나왔다. 할아버지는 화냥년이 어딜 들어오려고 하느냐고 대뜸 욕설을 퍼부어댔다. 결국 어머니는 집에 한 발짝도 들여 놓지 못하고 쫓기듯 남자의 자취방으로 돌아와야 했다.

그날 밤부터 어머니는 그 남자에게 매를 맞았다. 구타가 심해 기절까지 할 지경에 처하면서도 어머니는 그 남자 곁을 떠나지 않았다.

그렇게 오 개월이 흘렀고 어머니는 마침내 시골 사람인 남자의 부모를 대면할 수 있었다. 남자 부모는 어디서 이렇게 탐스런 색시를 얻었냐며 매우 흐뭇해 했다. 남자의 부모가 서둘러 어머니는 그 남자와 동거 육 개월 만에 결혼식을 올렸다. 어머니의 나이 열아홉 살이었고 아버지의 나이 스물여덟이 되던 해 겨울의 일이었다.

아버지는 대학생도 아니었고 직업도 없었다. 결혼과 함께 살림은 어머니가 떠맡아야만 했다. 다행히 시부모가 돈 백만 원을 융통해 줘서 어머니는 그 돈으로 자취방 부근에 분식집을 열고 신혼 생활을 시작했다. 어머니는 이른 아침부터 늦은 저녁까지 열심히 음식을 만들어 팔았다. 어머니의 이런 노력이 헛되지 않아 분식집은 몰려드는 손님들로 북새통을 이뤘다.

그런데 아버지가 문제였다. 아버지는 술도 술이지만 매사에 낭비가 심했다. 오토바이를 산다고 돈을 내놓으라고 했고, 비싼 옷을 사 입고 싶다고 어머니를 다그쳤다. 어머니가 돈이 없다고 하면 살림을 집어 던지며 무지막지하게 주먹을 휘둘렀다. 언제나 요구는 친정에 가서 돈을 가져오라는 것이었다.

어머니는 할 수 없이 결혼식 때 받은 닷 돈짜리 금목걸이를 팔았다. 액세서리 가게에서 비슷한 가짜 목걸이를 구입해 차고 아버지에게 돈을 갖다줬다. 아버지는 그제서야 만족했다. 돈이 수중에 있으면 잠잠한 아버지였다. 그러나 돈이 떨어지면 또다시 돈을 내놓으라며 욕설을 퍼붓고 주먹을 휘둘러댔다.

어머니는 눈물을 머금고 반지를 팔고 시부모가 몰래 쥐어 준 돈도 내놓고 심지어는 머리카락을 잘라 팔아 돈을 마련해 건네 주었다. 그렇지만 아버지의 심한 낭비벽을 충족시키기에는 역부족이었다.

마지막 수단으로 어머니는 결국 분식집을 내놓고 말았다. 분식집을 처분한 어머니는 김밥, 찐 계란을 파는 행상으로 나섰다. 어머니가 밖으로 나돌게 되자 아버지는 사사건건 남자 관계를 의심하기 시작했다. 의처증이 생긴 것이다.

아버지는 어머니가 행상을 나가기 위해 이른 아침 방 밖에서 머리를 빗으면 "야, 이년아. 누굴 꼬실려고 아침부터 머리를 빗어?" 욕을 해가며 살림을 집어던졌고 행상에서 돌아오면 "누굴 만나 무슨 짓을 했는지 대라."며 어머니를 다그쳐댔다. 그리고 그럴 때마다 주먹으로 때리는 것도 모자라 쇠파이프까지 휘둘렀다.

아버지의 구타가 어찌나 심했는지 어머니는 삼 개월 된 뱃속의 아기를 유산시켜야만 했다. 입원비가 없어 병원에 가지 못하고 하혈로 아기를 쏟아내던 날, 어머니는 거의 제정신이 아니었다. 이런 충격적인 일이 있고 난 뒤에도 아버지의 구타는 그치지 않았다.

생계가 막연해진 어머니는 궁여지책으로 셋방을 줄여 봉천동 꼭대기 동네로 이사를 하고 손수레를 마련해 튀김 장사를 시작했다. 코흘리개 어린아이들을 상대로 떡볶기도 팔고 호떡도 팔며 어머니는 고통스런 나날을 이어갔다.

결혼한 지 이 년이 지나자 어머니의 타는 속도 모르고 시댁에서 아기를 독촉했다. 임신에 특효가 있다는 한약을 사서 보내주고 베개에 넣으라며 부적도 보냈다. 아버지는 한술 더 떴다.

"결혼 전에 몹쓸 병을 앓았던 것이 아니냐?"며 의심의 눈초리를 보냈고 아기가 안 생기는 것이 이상하다며 구박을 해댔다.

어머니는 아버지에게 시달리면서 아이라도 하나 있으면 정신을 차리겠지 하는 막연한 기대를 가지게 됐다. 그래서 아버지와 시부모에게 임신을 했다고 속이고 거짓으로 입덧까지 해 가며 배가 불러올 시기에 맞춰 몸조리를 핑계로 친정집으로 가서 갖은 구박을 다 받아 가며 몇 달을 버텼다. 그러면서 시내 산부인과 병원을 찾아다녔다. 어머니는 진작부터 아기를 낳고 도망치는 미혼모들이 많다는 사실을 알고 있었다. 그러나 예상과는 달리 개월수가 맞고 혈액형이 비슷한 아기는 쉽게 구해지지가 않았다. 어머니는 초조했다. 급기야 구로공단 부근의 병원까지 뒤져 겨우 한 미혼모를 찾아낼 수 있었다.

미혼모는 어머니에게 태어날 아기가 에이형의 혈액형을 가졌을 것이라고 일러 주었다. 그리고 나서 미혼모에게 약간의 입양비를 주고 아기를 건네 받았다. 사내아이였다. 아기를 받은 어머니는 실제로 아기를 낳은 것처럼 할머니 집 대문에 고추를 엮은 새끼줄을 내걸었다.

아무것도 모르는 아버지는 그 아기를 기대 이상으로 귀여워했다. 작명가에게 밝을 현(炫), 하늘 민(旻), 현민이란 이름을 받아오고 아이가 땅에 떨어질세라 품에 안고 다니며 이웃에 아들 자랑을 하고 다녔다……

나는 원고지에서 눈을 뗐다. 덤덤했다. 자신의 치부 앞에서 그토록 덤덤할 수 있는 내 자신이 놀랍고도 낯설었다. 마치 내 속에 생판 낯선 사람이 들어앉은 기분이었다. 나는 머리카락을 쓸어 넘기며 뙤창 밖을 바라보았다. 기세가 누꿈하니 죽긴 했어도 하염없이 눈이 내리는 창 밖 풍경에 그만 한숨이 새어나왔다.

"아, 잘못 살아왔구나."

나도 모르게 읊조린 탄식이었다.

"아아, 참으로 잘못 살아왔다!"

나는 연달아 중얼거렸다. 뭔가 거대한 해일 같은 감정의 덩어리가 뱃속에서 소용돌이 치고 있었다. 나는 눈을 감았다. 크고 작은 수많은 환영들이 별똥별처럼 열쩨게 날아다니는 것이 보였다. 내가 살아온 모든 순간을 한눈에 보면서 나는 내 자신이 죽지 않고 살아 있다는 것을 새삼 깨달았다. 이제까지 모르고 지나쳤던 살아 있다는 그 단 하나의 자존심만으로도 지나온 삶이 그다지 억울하지 않았다. 나는 감았던 눈을 천천히 떴다. 시야에 잡힌 방 안 풍경, 나는 그 속에서 생의 고비를 용케도 헤쳐 온 내 자신을 발견했다. 가슴을 뒤덮었던 열기가 차차 수그러들자 비로소 편안한 마음으로 내 삶을 진정한 내 것으로 인정할 수 있었다.

나는 담배에 불을 붙인 뒤 개다리밥상 위에 걸려 있는 액자를 물끄러미 올려다봤다. 오래 전에 내가 손수 만들어서 걸어놓은 액자였다. 액자에는 가는 붓에 잉크를 묻혀 정성들여 쓴 솔제니친의 시가 들어 있다. 나는 개미와 불이란 제목의 시를 더듬듯이 읽어 보았다.

아무 생각 없이 나는 작은 나무쪽을 불 속에 던져 넣었는데, 그것은 개미들이 오밀조밀 집을 짓고 있는 통나무쪽이었다.

통나무껍질이 딱딱 소리를 내면서 타기 시작할 때 개미들은 절망 속을 기어 허위적거렸다. 껍질로 기어 나와 날름대는 불꽃 속에서 타 죽어가고 있었다. 얼른 통나무의 한쪽을 들어 올려 부벼대었다. 많은 개미들이 도망쳐 모래밭을 횡단, 낮은 솔잎으로 기어 들어갔다.

그러나 이상하게도 불기운을 피해 아주 달아나버리지 않았다. 일단 절박한 위험을 극복하자마자 개미들은 다시 타고 있는 통나무 주위로 기어들었다. 마치 어떤 힘이, 개미들을 그들이 포기해 버린 고향으로 다시 되돌려 보낸 듯이 많은 개미 떼가 불타는 통나무로 다시 기어오르기까지 했다. 기어코 타 죽을 때까지 개미들은 그 불붙는 집을 방황하는 것이었다.

나는 불타는 집을 향해 기어가는 개미들이 부러웠다. 목숨을 바쳐 불타는 집으로 돌아가는 개미들이 거룩하고 숭고하게 여겨지기도 했다. 단 하루라도 좋으니 나도 그러한 집을 소유해 보고 싶다는 욕망이 울끈불끈 용솟음쳤다. 칡넝쿨보다도 질기고 강한 생명력을 지닌 욕망이었다. 그 욕망의 끝에 정순이 있었다.

이상한 일이었다. 정순의 얼굴을 떠올릴 때마다 가슴 밑바닥 저 깊은 곳에서부터 정체를 알 수 없는 활기가 돌았다. 특히 그와 살을 섞을 때면 그 활기가 온몸에 번져서 열심히 살아보고 싶다는 의욕이 용솟음치는 것이었다.

정순과 몸을 섞을 때마다 나는 전신의 힘을 빼고 물 위에 떠 있는 편안함을 느꼈다. 애정도 없이 그저 욕망을 풀기 위해 만났던 여자들, 그들과 밤을 지새우고 나면 이루 말할 수 없이 비참한 지경에 빠지고 말았었다.

한없이 깊은 나락으로 떨어져내리는 느낌, 황량한 벌판 한 가운데 혼자 서 있는 쓸쓸함, 타락의 늪에서 허우적거리며 스스로를 망치고 있다는 자괴감 따위가 동시에 가슴을 짓누르면서 그만 참담해져서 세상 살기가 싫고 하늘 보기가 부끄러웠다. 자기자신에 대한 일체의 믿음과 희망을 잃어버린 상태에서 하는 섹스란 그 자체가 이미 절망이며 자기 학대였다.

돈이 생기는 족족 창녀촌으로 달려갔던 이십대 중반, 나는 칼이나 가위 따위를 보기만 하면 내 성기를 절단해 버리고 싶은 유혹을 이기기 어려웠다. 내 감정과 상관 없이 제멋대로 불쑥불쑥 발기하는 성기를 대할 때마다 그게 마치 내 치부의 상징처럼 여겨져 하루에도 수십 번씩 그 '더러운 오물 덩어리'를 싹둑 잘라서 내던져버리고 싶었다. 어떤 때는 성기를 잘라서 그것을 입 안에 넣고 잘근잘근 씹어 삼켜서 똥으로 눠버리고 싶기도 했다. 차마 그러한 욕구를 실행에 옮기지 못한 나는 여인숙으로 달려가서 밤새도록 포르노를 봐 가며 적게는 서너 번, 많게는 대여섯 번에 걸쳐서 용두질을 치기도 했다. 내 몸에 들어 있는 정액을 깡그리 뽑아내고 싶었기 때문이다. 정액을 깡그리 뽑아낼 때만이 스스로가 순결해질 수 있다는 터무니없는 상상에 내 자신을 내맡기다 보면 그 감정이 너무도 절박해진 나머지 축 늘어질 대로 늘어진 성기를 부여잡고 발기를 시키기 위해 모질음을 쓰다 그만 울음을 터뜨릴 때도 있었다.

그런 심리상태에서 하는 섹스는 자연 파괴적일 수밖에 없었다. 창녀의 몸 위에서 나는 매번 전쟁터의 병사처럼 과격하게 내달렸다. 더 이상 어떻게 해볼 수 없게 거칠고 사나운 몸짓, 그것은 내 자신을 짓밟고 싶은 욕망인 동시에 날아보고 싶은, 하늘 높이 훨훨 날아보고 싶은 몸부림이었다. 하지만 정작 사정을 하고 나면 더욱 비천하고 무능하고 추악하게 전락해버린 자신이 불쌍하고 가여워서 온몸으로 울 따름이었다.

몇 해 전인가, 나는 반 년 가까이 창녀와 동거를 한 일이 있었다. 함께 노동운동을 했던 사람들과의 일체의 인연을 끊어버리고 넋빠진 허깨비처럼 공장과 집만 오갈 때였다. 나는 수중에 돈만 있으면 집 근처에 있는 여인숙으로 가서 여자를 샀다. 그때 만난 여자가 성미였다. 스물셋이던가, 오갈 곳 없이 여인숙에서 먹고 자며 몸을 팔던 성미는 서너 번 관계를 갖고 나서 함께 살자고, 아무것도 바라는 것 없이 그냥 함께 살기만 하자고 내게 졸라댔다.

될 대로 되라는 자포자기에 빠져 있던 나는 선선히 응했다. 성미가 내 자취방으로 들어와 살기 시작한 그날부터 나는 직장을 때려치우고 방 안에 틀어박혔다. 네 평짜리 자취방이 세상의 전부인 양 방 안에 틀어박혀 꿈쩍도 하지 않았다. 그저 성미가 벌어다 주는 돈으로 먹고 자고 싸면서 하다 못해 신문을 보거나 라디오를 듣는 따위의 소일도 하지 않았다. 그렇게 육 개월인가 지났을 때, 내 몸에서 고약한 악취가 나기 시작했다. 다름아닌 살 썩는 냄새였다. 머릿속은 공허하게 텅 비고 몸은 시시각각 썩어 들어갔다. 나는 죽어가고 있었던 것이다. 내가 죽어가고 있다는 자각을 하는 순간 거대한 공포가, 해일 같은 공포가 엄습해 왔다. 그 길로 나는 작별인사도 없이 성미의 곁을 떠났다.

그러나 정순은 달랐다. 그와 몸을 섞고 나면 뱃속 저 깊은 곳에서부터 무한한 생명력이 지표면을 뚫고 솟구치는 지하수처럼 공허한 가슴을 충만히 채워 주었다. 그 만족감은 비록 막연하고 대단치 않은 것일지라도 내 생의 유일한 기쁨이었다. 정순의 몸 속 가장 깊은 곳에 내 생명의 씨앗들을 뿌렸을 때, 나는 거의 매번 미약하게나마 건강하게 살아가고픈 욕망을 느꼈다.

나는 펼쳐 놓았던 원고 묶음을 덮으며 그것을 정순에게 보여 주어야겠다고 생각했다. 그 누구에게도 보여 준 적 없는 내 속의 또 다른 나를 낱낱이 까발긴다는 것이 일견 두려우면서도 사정을 할 때처럼 온몸을 관통하는 쾌감을 안겨 주었다.

나는 원고 묶음을 들고 다락방을 내려왔다. 그런 뒤, 불을 켜지 않아 한 치 앞도 더듬을 수 없게 캄캄한 방 안에 오래도록 서 있었다. 문득 실종된 아버지가 그리웠다. 차마 상상도 하지 못한 그리움이었다. 그러나 태어나서 처음으로 맞닥뜨린 아버지를 향한 그리움이 도시 낯설지 않았다.

마당에 나서니 선득한 바람 한줄기, 가슴에 시렸다. 세상은 여전히 추웠다. 그러나 이제까지 살아오면서 느꼈던 추위와 하등 다를 바 없는 추위를 타면서도 이상하리만치 마음이 편했다.

나는 정순의 문을 노크했다.

"받아요, 내가 당신에게 줄 수 있는 유일한 선물이오."

문 밖으로 고개를 내민 정순에게 원고 뭉치를 건넨 나는 열린 마당을 향해 돌아서서 잠깐 하늘을 우러렀다. 정순에게 원고 뭉치를 건넨 그 순간, 나는 무거운 짐을 여러 사람과 나눠 짊어진 듯한 가벼움을 느꼈다.

"이게 뭔데요?"

원고 뭉치를 받아든 정순이 돌아서는 내 등 뒤에 대고 물

하
늘
에
뜬
집

었다. 나는 돌아보지 않았다. 뭐라 대답할 수가 없었다. 정순에게 건넨 원고 뭉치가 내 삶의 무엇인지 나는 알지 못했다. 근 이십 년 가까이 그것은 내 삶의 치욕이었고 굴레였고 한(恨)이었다. 동시에 내 스스로 나를 가둬버린 마음의 감옥이었다. 그러나 눈을 맞으며 마당을 가로지르는 지금의 나는 마당을 가로지르는 것이 아니라 굳게 닫혔던 철창을 열고 마음의 감옥에서 벗어나는 중이었다.

"현민 씨!"

마악 대문을 나서려고 할 때, 정순이 다급하게 나를 불러세웠다. 멈춰서서 뒤를 돌아보니 신발을 꿰어 신은 정순이 원고 뭉치를 품에 안은 채 내게로 다가오고 있었다. 나는 가만히 기다렸다.

"실은 진작부터 하고 싶은 얘기가 있었어요."

나는 눅진한 습기와도 같은 슬픔이 그득먹한 정순의 두 눈을 무심히 들여다보았는데 마치 거울에 비친 내 눈을 보는 것만 같았다.

"저, 당신 아이를 가졌어요."

혀에 천 근 쇳덩어리가 달리기라도 한 양 어렵사리 토해 놓은 정순의 단 한 마디 고백이었다. 나는 놀라지 않았다. 전혀 짐작치 못한 일이면서도 마음의 동요가 일지 않았다. 그러나 그런 나와 달리 정순은 두려움에 떨고 있었다. 나는 정순을 향해 빙그레 미소 지어 가며 고개를 끄덕여 주었다. 모든게 괜찮다는 듯이, 그렇게 고개를 끄덕여 주었다. 문득 정순이 두 손으로 얼굴을 감싸 쥐며 흑, 느껴 울었다. 나는 다가가서 그를 안아 주었다. 내 품에 안겨 우는 여자. 나는 삼십을 앞둔 여자의 잔등을 쓰다듬으며 이 여자하고 함께라면 무

엇이 되었든 새롭게 시작할 수 있을지도 모른다는 생각을 했
다.

"괜찮아요. 다 잘 될거요."

나는 정순의 울음이 멎기를 기다렸다가 속삭이듯이 말했
다.

"현민 씨……."

"……."

"고마워요."

정순이 눈물을 훔치며 말했다. 나는 다시금 고개를 끄덕여
준 뒤 돌아서서 대문을 나섰다. 허공을 긋는 눈송이들로 세상
이 가득했다. 나는 골목을 빠져 나와 인적이 끊긴 큰길을 따
라 걸었다. 뽀드득 뽀드득, 눈 밟히는 소리가 듣기 좋았다.
얼마나 걸었을까, 뒤를 돌아다보니 아파트 단지가 저만치 등
뒤에 놓여 있었다.

나는 안양천을 가로지르며 아파트 단지와 공단을 이어 주
는 대교를 반나마 건너다 멈춰 서서 개천을 내려다보았다. 죽
어서 시커멓게 흐르는 개천물이 공단과 아파트 단지에서 쏟
아지는 불빛으로 온통 반짝였다. 불빛으로 수를 놓은 개천,
그 양쪽 천변이 내려쌓인 눈으로 새하얀데 시커멓게 썩어버
린 개천은 죽어서도 제 길을 따라 흘러갔다. 문득 경적을 울
리며 지나가는 트럭을 좇아 눈길을 돌리니 거기, 다리를 건너
온 내 발자국이 또렷이 찍혀 있었다. 눈 위에 찍힌 발자국을
발견한 그 순간 나는 헉, 하고 숨을 삼켰다.

눈 내리는 밤길, 그 길에 찍힌 내 발자국을 돌아다보며 나
는 내가 무엇을 잘못 생각하며 살아왔는지 확연히 깨달았다.
지나온 세월 동안 나는 모든 사람살이에 길이 있다고 믿어 왔

다. 비탈길이든 가시밭길이든 그 길을 따라 걸을 수밖에 없는 것이 인생이라고 믿어 왔다. 암흑 속에서 나는 그 길을 찾아 헤매다녔고 그 길을 찾는 것만이 내가 살 수 있는 유일한 방편이라고 믿어 왔다. 그러나 그게 아니었다.

눈 위에 찍힌 발자국, 나는 너무도 선연한 그 발자국을 보며 내 자신이 지금껏 어떠한 길이 있어 그 길을 따라온 것이 아니라 내 스스로 길을 예까지 끌고 왔음을 깨달았다. 길은 따라가는 것이 아니라 끌고 간다는 깨달음 앞에서 왈칵, 눈물이 솟구쳤다. 눈이 내렸고 바람이 불었다. 그러나 나는 움직이지 않았다. 이미 하나의 길이 되어버린 내 자신이 벅차서 차마 움직일 수가 없었다.

자정이 가깝도록 발길 닿는 대로 거리를 떠돌다가 집으로 돌아오니 정순이 대문가에서 추위에 언 발을 동동거려 가며 나를 기다리고 있었다. 골목을 꺾어 돌아 대문가에 닿기도 전에,

"춥죠? 어서 들어가요. 얼큰한 찌개에 술상 봐 놨어요."
살가운 목소리로 나를 맞는데, 팔짱을 껴 오는 그 눈길이 전에 없이 농익어 보였다.

나는 정순의 이윽한 눈길을 받으며 추운 겨울밤 설설 끓는 온돌방에 누운 듯한 안도감을 느꼈다. 가장 낮은 곳에 있는 나를 부정하지 않고 받아들였기 때문일까, 곁에 나를 닮은 사람 한 명 있다는 사실이 새삼 가슴에 겨워서 그를 끌어안고 한바탕 울고 싶은 충동이 일었다. 한 점 온기로 남아 있는 불빛만으로도 겨울 벌판을 가로지를 수 있다는 희망이 가슴에 저몄고, 사람의 체온만큼 따뜻한 것이 다시 없을 성싶었다.

정순이 들통 가득 데워 놓은 물에 세수를 하는 동안 그는

차려 놨던 술상을 내 방으로 옮겨왔다. 다락으로 올라온 그는 낮은 천장에 머리를 찧지 않도록 조심해 가며 개다리밥상 위에 쟁반을 내려놨다. 돼지고기를 듬뿍 넣고 끓인 김치찌개에 총각 김치 따위를 곁들인 쟁반에서 상보를 벗겨내자 입 안에 절로 신침이 고였다.

나는 정순이 따라 준 술잔을 단숨에 비워내고 그에게 잔을 돌렸다.

"전, 됐어요."

정순이 고개를 가로저으며 사양을 했다.

"한 잔만 받아요. 임신했어도 한 잔쯤 괜찮을거요."

정순은 마지못한 듯 머뭇거리며 술잔을 받았다. 그에게 술을 치며 나는,

'나 같은 놈이 무어라고.'

가슴속으로 중얼거렸다.

땅 밑 개구리 봄을 기다리듯 간절하고 깊은 정순의 눈길이 부담스러우면서도 고마웠다. 천천히 음미하듯 술잔을 비워내는 정순의 태도에는 애정과 불안과 기대가 복잡하게 뒤엉켜 있었다.

'나 같은 놈이 무어라고.'

나는 정순의 팔을 잡아당겼다.

그는 순순히 안겨 왔다. 익숙하고 편안한 살내음을 느끼며 나는 입을 맞추었다. 정순의 몸을 관통하던 미세한 떨림이 먼 곳에서 밀려오는 태풍을 느끼고 차츰 크게 울리면서 그의 두 팔이 내 목을 휘어감았다.

나는 정순을 옆으로 눕히며 윗도리를 걷어올렸다. 윗도리와 함께 브래지어가 말려 올라가면서 젖가슴이 환히 드러났

다. 애를 키우면서 길게 늘어난 젖꼭지에 혀를 대고 굴리자 정순이 허리를 꼬면서 내 머리카락을 가볍게 쥐어 뜯었다. 나는 그대로 손을 뻗어 그가 입고 있는 바지의 호크단추를 벗겨내고 팬티 속으로 손을 밀어넣었다. 헉, 정순이 가쁜 숨을 몰아쉬었고 그 숨결이 땡볕에 달구어진 모래알처럼 뜨거웠다. 팬티와 바지를 동시에 벗겨낸 나는 지열이 들끓는 그곳에 얼굴을 묻었다. 뒷물을 하지 않아 시큼한 냄새가 혹, 끼쳐 왔지만 나는 물러서지 않았다. 이를 악무는가 싶더니 정순의 두 다리가 내 목을 휘어감았고 나는 그의 엉덩이를 양손으로 단단히 움켜쥐고서 쉼 없이 혀를 굴렸다. 어느 결에 시큼하던 냄새는 사라지고 햇볕에 잘 널어 말린 곶감에서나 느낄 수 있는 단맛이 혀에 묻어났다. 뿌리 뽑힌 거웃이 혀에 감겨들도록 나는 집요하게 매달렸다.

정순은 세차게 도리질을 쳐가며 나를 끌어올리려고 몸부림을 쳤다. 내게서 풀려난 그는 내 옷을 서둘러 벗겨내었다. 둘 다 알몸이 되자 정순은 내 남근을 뿌리째 제 몸에 심고서 누운 내 어깨를 양손으로 짚어 상체를 받치고 먹이를 향해 돌진하는 암사자같이 달리기 시작했다. 차가운 바람이 뙤창으로 짓쳐 들어왔으나 정순의 뺨을 타고 흘러내린 구슬땀이 젖가슴 끝에서 후둑후둑 떨어져 내렸다. 나는 지칠 줄 모르고 내달리는 정순을 끌어내려 바닥에 눕혔다. 그 서슬에 개다리 밥상 위에 놓여 있던 쟁반이 바닥으로 떨어지면서 냄비가 뒤집어졌고 찌개 국물이 사방으로 튀었다. 그러나 우리는 그깟 것쯤 안중에도 없었다. 찌개 국물이 묻은 정순의 젖가슴을 움켜쥐고 절정을 향해 치달아가는 나나 상체를 뒤틀며 이를 악무는 정순이나 본능에 몸을 내맡긴 야수나 다름없었다.

"현민 씨······."

담배에 불을 붙이는데 이제껏 말없이 누워 있던 정순이 내 머리카락을 쓰다듬으며,

"당신이 주신 것 다 읽어 봤어요."

귓가에 대고 소근거렸다.

나는 한 손으로 정순의 젖가슴을 더듬어 가며 묵묵히 담배를 태웠다. 한동안 침묵이 흘렀다. 무슨 말을 하고 싶은 것일까, 정순은 한숨만 내쉬며 말문을 잇지 못했다.

"당신이 그 걸 왜 제게 넘겨 주었는지, 내내 궁금했어요."

"······."

나는 담뱃불을 끄고 눈을 감았다. 정순에게 들려 주고 싶은 얘기가 산더미 같으면서도 차마 말문이 열리지 않았다. 나는 사랑하는 법을 배우지 못했기에 그걸 표현하지 못했다. 정순은 그런 나를 채근하지 않았다. 나는 눈을 뜨고 일어나 앉으며 개다리밥상 위 책꽂이에서 시집 한 권을 끄집어냈다. 고재종 시인의 시집이었다. 나는 시집을 펼쳐서 과수댁에게 건네 주었다.

갈참나무 등걸 같은 서당골 장연이
사십줄 다 되도록 장가도 못 들고
병풍산 이골저골 나무 하느라 바빴네
중풍으로 들어앉은 홀어머니 모시느라
전답 한 평 없는 땅 떠나지도 못하고
호구방편 나뭇짐에 허리만 다 휘었네

소작농군 남편 잃은 동촌골 순창댁

서른넷 끓는 몸 개가도 못하고
병풍산 이골저골 약초 캐느라 바빴네
토끼 같은 다섯 새끼 맑은 눈이 불쌍해서
꿈 많은 서울길 보따리도 못 싸고
목숨뿌리 찾느라 손발만 다 부르텄네

서당골 장연이와 동촌골 순창댁
해 밝은 한겨울날 이골저골 헤매던 중
소변 자리 보다가 솔숲에서 눈이 마주쳤네
새소리도 청아한데 서로들 낯 붉히다
뚝심좋은 장연이 에라, 한세상 덮치고
끓는 몸 순창댁 아아, 온 산골 뒤챘네
……

　펼쳐들었던 시집을 내려놓은 정순은 눈을 감고 생각에 잠겼다. 나는 그가 생각에 잠긴 동안 낮은 다락방 천장을 올려다보았다.
　양철대문 열리는 소리에 뙤창으로 내다보니 곽씨가 들어서고 있었다. 전동휠체어에 몸을 실은 곽씨의 얼굴은 몹시 초췌해 보였다. 보름 전에 집을 나간 재길네를 찾아 떠돌다 포기하고 돌아오는 모양이었다. 곽씨가 마당을 가로질러 집안으로 사라지자 정순은 주섬주섬 옷을 입었다. 그는 쏟아진 김치찌개 따위를 말끔히 치워 놓고 쟁반을 챙겨들었다.
　"정말 다행이에요. 현민 씨를 만나서, 정말 다행이에요."
　다락방을 내려가며 정순이 중얼거렸다. 눈물 글썽한 그의 두 눈에 우련한 빛, 그것은 희망이었다.

나는 말없이 고개를 끄덕여 주었다.

정순이 그의 방으로 건너가고 난 뒤 나는 참으로 오래간만에 깊이 잠들었다.

얼마나 잠이 들었을까, 잠결에 부엌문을 두드리는 소리가 들려왔다. 아주 조심스러운 노크 소리였다. 어렵사리 든 잠을 깨우는 노크 소리에 짜증이 난 나는 방문을 벌컥 열어젖뜨리며,

"누구요!"

목소리에 날을 세웠다.

그러나 노크 소리만 들려올 뿐 아무런 대꾸가 없다. 나는 눈을 비비며 부엌으로 나섰다. 잠금쇠를 풀고 부엌문을 열던 나는 헉, 숨을 들이마시며 그 자리에 얼어붙고 말았다. 부엌문 밖에 아버지가 있었다. 팔도 없고 다리도 없고 몸통도 없는 아버지가 문 밖에 있었다. 나는 내 두 눈을 믿을 수가 없었다. 머리밖에 없는 아버지라니, 머리카락이 쭈뼛 곤두서고 등허리에 식은땀이 비오듯 흘러내렸다. 아버지의 머리는 부엌문으로부터 한 걸음 떨어진 곳에서 두 눈을 치켜뜨고 나를 쳐다보았다. 주춤주춤 뒤로 물러서던 나는 아버지의 눈길과 정면으로 눈이 마주치면서 우뚝 멈춰 섰다. 살려달라고 애원하는 눈, 안아달라고 호소하는 눈, 아버지의 눈은 나를 향해 끊임없이 외치고 있었다. 그 눈을 마주 대하자 머리밖에 없는 아버지가 한쪽 다리 혹은 팔이 없는 정도의 불구자로 여겨지면서 왈칵, 슬픔이 복받쳤다. 서럽게 목이 메이는 슬픔 속에는 아버지를 안아야겠다는, 뜨겁게 안아야겠다는 열망이 발끝에서부터 머리끝까지 솟아났으나 어찌된 일인지 손가락 하

나 까딱할 수가 없었다. 움직이려고 버둥거리면 버둥거릴수록 나를 바라보는 아버지의 눈길은 간절해지고 내 가슴을 짓누르는 서러움은 커져만 갔다.

"으아악!"

나는 비명을 지르며 벌떡 일어났다.

'꿈이었구나.'

안도의 한숨을 내쉬었으나 꿈이 너무도 생생해서 조금만 몸을 움직여도 아버지의 머리가 눈앞에 나타날 것만 같았다. 두근거리는 가슴을 진정시키려고 애를 썼으나 그럴수록 두려움만 커졌다. 이마에 연신 땀방울이 맺혀 흘러내렸다. 나를 바라보던 아버지의 두 눈이 벽마다 박혀서 나를 쳐다보는 것만 같았다. 뙤창이라도 열어 보고 싶었으나 아버지의 머리가 부엌문 앞에 놓여 있을지도 모른다는 상상에 몸을 움직일 수가 없었다.

두려움에 짓눌려 꼼짝도 못하고 앉아 있던 나는 비질하는 소리에 용기를 내어 뙤창을 열어 보았다. 용기를 낸다고 냈는데도 뙤창을 여는 손끝이 후들거렸다. 뙤창을 열자 환한 빛이 다락으로 쏟아져 들어왔다. 눈에 뒤덮인 마당이 아침 햇살을 받아 빛나고 있었다.

"이제 일어났어요?"

싸리비로 마당의 눈을 쓸어내고 있던 정순이 뙤창을 올려다보며 미소를 지었다. 나는 손바닥으로 이마에 맺힌 땀방울을 쓸어내며 비로소 마음을 놓았다.

방으로 내려와 시계를 보니 열 시가 막 지나고 있었다. 나는 땀으로 흠뻑 젖은 옷을 갈아입고 마당으로 나갔다. 정순은 싱긋 웃어 보이며 비질을 계속했다.

구름 한 점 없이 쾌청한 날씨였다.

나는 수돗물을 틀어 세수를 했다. 뼛속까지 얼어붙도록 시린 물로 세수를 하자 묵지근했던 머릿속이 맑아지면서 정신이 번뜩 났다. 나는 수도꼭지를 잠그며 옷소매로 얼굴을 닦았다. 그때 양철대문이 열리면서 우체부가 마당으로 들어섰다.

"김현민 씨라고 계십니까?"

우체부가 눈을 치우는 정순에게 물었다.

"전데요."

"전봅니다. 도장 가지고 나오세요."

나는 아뜩한 현기증을 느꼈다. 전보라는 말에 가슴이 덜컥, 내려앉으면서 꿈속에서 보았던 아버지의 머리가, 아버지의 눈길이 생생하게 되살아났다. 나는 우체부에게로 달려가 그의 손에 들려 있는 전보를 빼앗듯이 나꿔챘다. 영문을 몰라 어리둥절해 하는 우체부와 정순을 뒤로 하고 나는 전보를 펼쳐 보았다.

— 부친 위독. 급 귀향 요망. 할애비가.

나는 전보를 떨어뜨리며 털썩 무릎을 꿇었다. 하늘을 쳐다보니 커다란 두 눈이 나를 내려다보고 있었다.

윤회(輪廻)

그 일이 일어난 것은 아버지의 장례를 치르고 집으로 돌아온 날로부터 꼭 한 달째 되는 날이었다.

바람이 지둥치게 부는 달밤이었다. 머리 위에서 구름 한 점 없이 쏟아대는 달빛이 시리도록 맑아서 되려 적막하고, 허공을 베는 바람은 한생을 인내로 버티며 살아오다 결국은 터져버린 사내의 눈물처럼 서럽던 밤이었다. 산 너머 먼 하늘가에 복병처럼 숨어 있던 띠구름의 험악한 기세가 아니더라도 그 밤은 여느 날과 달랐다. 초저녁이면 으레껏 동네를 뒤덮기 마련인 아이들의 웃음 소리며 두부장사가 흔들어 대는 종 소리 따위가 그날따라 들리지 않았고, 흙먼지를 일으키며 골목을 쓸고 다니는 된바람도 도시 겨울바람답지 않았다. 초저녁이면 여간해서는 잘 짖지 않는 개들도 어쩐 일인지 쉬지 않고 짖어댔는데 커어엉 커어엉, 하늘에 대고 목울음을 길게 빼무는 꼴이 괴기스럽기 짝이 없었다.

아버지의 장례를 치르고 집으로 돌아온 한 달 동안 나는 방 안에 틀어박혀 꼼짝 않고 지냈다. 똥을 누러 변소에 가서도 볼일을 보기가 무섭게 집 안으로 들어와버렸다. 이따금씩 다락방 뙤창을 통해 마당을 내다볼 때도 창문을 오랫동안 열어 두지 않았다. 오늘이라는 하루가 여느 날처럼 해가 떴는지 혹은 바람이 부는지 확인만 하면 그로써 족했다. 겨울비가 추적거리는 날이면 창문을 열어보지도 않았다. 열어볼 필요가 없었다. 빗소리를 듣는 것만으로도 집 밖의 세상이 끊임없이 변화하는 속에서 흘러가고 있다는 걸 피부로 느낄 수 있었다. 그렇다고 내가 참을 수 없이 괴로워서 집 안에 갇혀 지냈던 것은 아니다. 되려 나는 집 안에 갇혀 지내면서 더러워질 대로 더러워진 상태에 가서야 얻을 수 있는 평온을 얻기까지 했다. 내가 바깥출입을 하지 않은 것은 일종의 은둔이었다.

나는 하루종일 이부자리 위에 누워서 죽은 아버지 생각을 했다. 아니, 아버지가 죽어가는 순간에 내 손을 움켜쥐고 남긴 유언과 그 유언이 남긴 한 인간의 생의 의미에 대해서 생각했다. 눈만 감으면 아버지가 숨을 거두고 선산에 묻히기까지의 일들이 낱낱이 되살아났다. 생시인지 꿈인지 분간이 되지 않는 장례식이 눈앞에 어른거릴 때마다 아버지가 남긴 유언은 확성기에서 흘러나오는 소리처럼 귓가에 울렸다.

할아버지의 전보를 받은 그날 허겁지겁 손에 잡히는 대로 옷을 걸쳐 입고 집을 나선 나는 무작정 택시를 대절했다. 기차역으로 가서 표를 끊고 말고 할 만한 정신이 없었다. 눈만 뜨면 아버지의 죽음을 기원했던 아니, 살인할 계획까지 세웠었던 내가 막상 아버지가 죽을지도 모른다는 현실과 부닥치자 그토록 당황해야만 했던 이유를 나는 모른다. 전보를 받았던 그 순간부터 아버지가 죽기 전에 도착해서 임종을 지켜봐야 한다는 한 가지 생각만이 나를 사로잡았고, 택시가 출발하기도 전에 내 마음은 벌써 고향집 마당에 들어서고 있었다.

"아무래도 좋으니 빨리 가기나 합시다."

요금 문제로 흥정을 하려 드는 기사를 무지르며 차창 밖으로 고개를 돌린 내 눈에 비친 하늘이 문득 서러웠고, 죽음을 앞둔 중늙은 사내의 얼굴이 자꾸만 두 눈이 아닌 온 마음에 어른거렸다.

다섯 시간은 좋이 걸리는 먼 거리를 택시가 질주하는 내내 나는 아득한 절망감에 몸을 떨었다. 나의 아버지가 아니면서 동시에 나의 아버지였던 사내와 그의 아들이 아니면서 또한 그의 아들이었던 내가 끝내 그 무엇도 아닌 인연으로 끝나야 만 하는 업의 두려움이 막연한 가운데서도 명료하게 손아귀 에 잡혀 왔다. 택시는 고속도로를 달리는 내내 딱 한 번 휴게 소에 들렀을 뿐 고향땅까지 내처 달렸다. 나는 달리는 택시 안에서 연신 줄담배를 피워댔다.

고속도로에서 빠져 나와 삼십 분 가량 국도를 달렸을까, 들판 가운데 봉긋 솟은 동산이 시야에 들어오고 그 너머로 험 준한 여우재의 능선이 펼쳐졌다. 고단한 해가 서산에 걸터앉 아 바라보는 들판은 황량했고 가뭄으로 바닥을 드러낸 강물 은 곳곳에 물 웅덩이를 이루며 흐름이 끊겼다.

동산 앞에서 택시를 돌려보낸 나는 반원을 그리며 휘어지 는 강줄기를 따라 걸었다. 이내 산비탈을 개간한 밭이 나타났 고 그 위로 돌담을 두른 초가집이 보였다. 나는 밭귀에 멈춰 서서 귀를 기울였다. 곡소리는 들리지 않았다. 나는 적이 안 심하며 비탈진 밭길을 걸어 올랐다. 발걸음을 내디딜 때마다 서걱서걱 눈이 밟혔다. 초가집 마당에 들어서자 여남은 벌의 신발이 댓돌 위에 어지러이 널려 있고 안방 안이 웅성거렸다. 지난 밤 내린 눈이 고스란히 쌓여 있는 마당을 보자 가슴 한 켠이 서늘해졌다. 하기사 사람의 목숨이 경각에 달린 마당에 뉘라서 눈을 치울까. 나는 마음을 다잡으며 마루 위로 올라서서 여닫이 방문 앞에 섰다. 마룻바닥이 얼음장처럼 차가웠다. 나는 방문을 열기 전에 숨을 골랐다.

　방문을 열자 아랫목에 누운 아버지를 에워싸고 앉아 있던 눈동자들이 일시에 뒤를 돌아보았다. 모두가 칠십을 넘긴 노인들이었다. 방 안을 빼곡이 메우고 앉아 있던 노인들은 내가 방문턱을 넘자 약속이나 한 듯이 우르르 일어서며 길을 터주었다. 아버지의 손을 잡고 앉아 있던 할아버지는 그저 멍하니 다가서는 나를 지켜볼 뿐 미동도 하지 않았다.

　"아따 금메 명호가 아들 얼굴 보구 갈라구 그렸는개벼."

　"그러시. 칠십 평생에 이런 일은 첨이네 그려. 죽은 사람이 어치게 살아난당가."

　"죽어서도 한이 맺힌거. 아무리 저승길이랙두 아들 얼굴 못 보구 발걸음이 어치게 떨어지것어. 핏줄이 달리 무섭간디?"

　길을 터 준 노인들이 등 뒤에서 웅얼거리는 말을 들으며 나는 아버지 앞에 앉았다. 눈자위가 움푹 꺼지고 광대뼈가 불거진 아버지의 얼굴은 산송장이나 다름없었다. 흡사 해골에 얇은 가죽을 씌워 놓은 것 같았다. 그러나 온몸의 힘을 쥐어짜 나를 올려다보는 아버지의 두 눈은 무섭도록 형형했다. 섣달 그믐밤의 샛별같이 맑고 투명하게 빛나는 아버지의 눈길에 나는 가볍게 진저리를 쳤다. 말없이 내 얼굴을 올려다보는 아버지의 두 눈엔 원망도 회한도 욕망도 없었다. 그저 한순간을 통해 한생을 바라다볼 따름이었다. 내게서 눈길을 뗀 아버지는 웅성거리며 서 있는 노인들을 향해 힘없이 손을 내저었다. 노인들이 하나둘 마루로 나가고 방 안에는 나와 할아버지만 남았다. 그러나 아버지는 할아버지에게도 손을 내저어 보였다. 할아버지는 말없이 일어서서 마루로 향했다. 그런 할아버지의 모습이 내게는 기괴해 보였다. 할아버지는 아버지를 이미 죽은 혼백으로 여기고 있음이 분명했다. 할아버지는 마루로 나서며 방문을 닫아 주었다. 방문이 닫히자 웅성거림이 거짓말처럼 뚝 멎었다.

"현민아……."

아버지는 고요 속에서 손을 뻗으며 내 이름을 불렀다. 꺼지기 직전의 숯불처럼 나지막한 음성이었다. 나는 대답 대신 아버지의 두 눈을 똑바로 응시하며 내게로 향한 손을 마주 잡았다. 아버지는 반대쪽 팔을 가까스로 들어올려 내 어깨를 잡아당겼다. 지푸라기 한 잎 끌어당길 힘도 느껴지지 않는 손길이었다.

"이… 이리…… 가까이……."

나는 맥없이 달싹이는 아버지의 입술에 귀를 바짝 갖다댔다. 아버지는 내 귀에 대고 한 마디 한 마디 피를 쥐어짜듯 토해 놓았다. 아버지의 입술 가까이 귀를 갖다댄 나는 석고상처럼 움직이지 않았다. 깊이를 알 수 없는 동굴 같은 입을 통해 흘러나오는 아버지의 말은 애써 듣지 않아도 정으로 바위를 쪼듯 가슴에 아로새겨졌다. 말이 끝나감에 따라 아버지의 목소리는 저녁 문턱에 걸린 햇살처럼 잦아들었다.

할말을 다 끝낸 아버지는 내 얼굴을 눈여겨보았다. 나는 아버지의 눈길을 피하지 않고 마주 잡은 손에 힘을 주었다. 그로써 나는 내 할말을 다한 셈이었다. 보일락말락 고개를 끄덕이던 아버지의 눈에서 차차 정기가 가신다고 느끼는 순간 숨을 크게 들이마신 아버지는 길디긴 날숨을 내쉬는 것을 끝으로 눈을 감았다. 내가 잡고 있던 아버지의 팔이 밑으로 축 처지면서 나는 비로소 아버지의 죽음을 실감했다.

내가 방문을 열자 마루에 웅성거리며 모여 있던 노인들이 우우 문가로 몰려들었다. 그러나 할아버지는 마루 끝에 서서 하늘을 우러르며 미동도 하지 않았다. 나는 천천히 할아버지에게로 다가갔다. 나는 할아버지 곁에 서서 하늘을 올려다보았다. 할아버지의 눈길이 가닿은 머리 위, 커다란 소리개 한 마리가 허공을 선회하고 있었다. 부채 같은 날개를 활짝 펴고 동산 주변을 두어 바퀴 돌고 난 소리개는 여우재를 향해 곧장 날아갔다. 부어내리는 달빛에 점점이 멀어지는 소리개의 모습이 똑똑히 보였다.

"드디어 갔고나."

여우재 산그늘에 가려 소리개가 보이지 않게 되었을 때 이제껏 미동도 않고 꼿꼿이 서 있던 할아버지가 털썩 주저앉으며 탄식을 했다. 그뿐이었다. 할아버지는 넋두리는커녕 눈물도 보이지 않으셨다. 그러나 나는 건듯 부는 바람에 흔들리는 잔가지처럼 떨고 있는 할아버지의 어깨를 보며 자식을 앞세워 떠나 보낸 노인의 슬픔을 짐작할 수 있었다. 나는 마루에 서서 소리개가 깃든 여우재를 망연히 바라보았다. 눈으로 뒤덮여 달빛을 받은 여우재가 서럽도록 아름다웠다. 언뜻 한줄기 눈물이 뺨을 타고 흘러내렸다. 나는 손등으로 눈물을 훔쳤다.

"슬퍼할 것 읎다. 갈 사램은 가야 허느니."

나에게 한 말인 줄 알았으나 그게 아니었다. 할아버지는 나를 쳐다보고 있지 않았다. 여전히 어깨를 떨어대는 할아버지의 눈길은 먼 허공에 닿아 있었다.

아버지의 장례식은 참으로 쓸쓸했다. 이미 몰락해 버린 집

안의 초상이고 보니 찾아오는 문상객이 드물었다. 하기사 마땅히 연락을 취할 이도 없었다. 동네 노인들과 가까운 몇몇 친척만이 마당에 장작불을 지펴 놓고 상가집을 지키는 가운데 이따금씩 밤새가 울었다.

맞아야 할 문상객도 없는 터라 나는 벽에 등을 기대고 앉아 깜빡깜빡 졸았다. 아버지의 임종을 지키느라 몇 날 밤을 지새우다시피했던 할아버지는 진작에 건넌방에 쓰러져 누우셨다.

얼마나 졸았을까, 마루에서 권커니 잣커니 술잔을 주고받던 노인들이 나를 깨워서 마루로 불러냈다. 얼근히 술기운이 올라 얘기에 열중해 있던 노인들이 한켠에 자리를 내주었다. 노인들은 내게 술을 따르며 하던 얘기를 이어나갔다.

"긍께 명호 갸가 저 죽을 중을 알고 여글 왔다니께. 아 보드라고, 다덜 봤으니께 알것지만서도 갸가 여그에 왔을 때 어디 산 사람 얼굴이덩가? 몸뚱가리가 수수깡맨치로 말라비틀어진 것은 거시기 혀드라도 넋이 홀라당 빠진 거이 어디 산 사램 모습이더라고?"

"건 그려. 거 왜 있잖여, 명호가 쩌그 김가네 헛간에 불을 지른 날 말여. 우리 할망구가 그러더랑께. 정 떼니라고 저런다고. 명호 갸가 원체 성미가 거시기 혀놔서 정 떼기가 그만침 심이 들어서 저 난리를 피우는 거라고 혀를 차는디 나가 듣기에도 그럴 듯하더랑께."

"신고를 받고 달려온 최 순경도 그냥 갔잖여. 산 사람이 아니니께 우덜찌리 알아서 고만 덮어 두라고 함서."

"건 그렇구 난 말여 아까칙에 죽었던 명호가 되살아나서 말여 눈을 번쩍 떴을 때 말여 어치게나 놀랬능가 안즉도 가심이 벌렁벌렁 한당께."

"참말로 말이시. 자네덜이사 구갱만 했으니께 덜 거시기 헐 거여. 나넌 명호가 죽은 것을 확인한 사램 아녀. 나가 한의원으로 숱허게 불려 댕기문서도 이런 일은 첨 겪는당께. 진맥도 짚어 보고 콧가에 손도 대보고 해감서 틀림없이 죽은 걸 확인혔는디, 그런 사램이 눈을 번쩍 뜨니 나가 얼매나 놀랬것어."

"그거이 다 아들이 오는 중을 알고 저승길 가다 돌아온 거이 아니고 뭐것어?"

얘기가 여기에 이르자 노인들의 대화가 갑자기 뚝 끊기면서 모든 눈길이 내게로 쏠렸다. 호기심으로 빛나는 노인들의 눈길은 단순하면서도 간절했다. 나는 그들의 호기심을 애써 외면하며 자리를 털고 일어섰다. 아버지가 죽어가면서 내게 남긴 얘기는 죽는 날까지 가슴속에 묻어 둬야 할, 그 누구에게도 털어놔서는 안 되는 비밀이었다.

노인들의 곁을 벗어나 강가로 내려간 나는 담배를 입에 물었다. 너부죽한 돌멩이에 쌓인 눈을 털어내고 그 위에 걸터앉아 담배를 태우노라니 묵지근한 슬픔이 목젖에 걸렸다.

나는 울고 싶었다. 숨 죽이지 않고 목을 놓아 울고 싶었다. 통곡으로 목을 놓아 설음일랑 씻고 저 달처럼 환하게 마음을 비우고 싶었다. 그러나 슬픔은 끝내 울음이 되지 못했다. 흐르지 못하는 강처럼 내 마음도 가물었는가. 언뜻 그리웠다. 누구 하나가 아닌 모두가 가슴 저미도록 그리웠다. 눈 위에 담배꽁초를 버리자 치이익, 하나의 생명이 울음으로 꺼졌다. 눈길을 늘여 달을 보노라니 거기 정순의 얼굴이 있었다. 내가 누군가를 그리워하듯 달 또한 애잔한 눈길로 나를 내려다보

있다.

내가 나 하나만을 생각하며 살아온 나날에 저 달은 온 산천을 비추었으리. 인간은 저 하나만을 생각하며 살아가는 존재인가. 그리하여 끝끝내 외롭고 그리운 걸까. 죽기 전에는 아니, 죽어가는 바로 그 순간에야 저를 온전히 버려서 비우고 빈 바람이 되어 떠날 수 있다면 살아가는 동안 무엇을 꿈꾸어야 할까.

강가를 벗어나 밭길을 오를 때 여우재에서 밤새가 울었다. 삽짝을 지나 마당에 드니 마루 위가 휑하니 비어 있었다. 댓돌 위에 신발은 즐비한데 술잔을 돌리던 노인들이 보이지 않았다. 마루에 올라 건넌방 문을 열어 보니 모두 그곳에 잠들어 있었다. 지척에 집을 두고도 빈 상가집을 지키고자 이불도 없이 쓰러져 누운 노인들의 살가운 마음씨가 가슴에 얹혔다. 노인들의 고단한 잠을 물끄러미 지켜보던 나는 무춤하여 뒤로 물러섰다. 자식을 앞세운 할아버지를 비롯하여 모든 노인들이 잠든 방, 그 방이 하나의 거대한 관으로 다가왔다.

'나는 너무도 젊구나.'

두 어깨에 얹히는 젊음의 무게를 새감 실감하며 나는 신발을 꿰어 신고 집 뒤꼍으로 향했다. 건넌방 창 밑에 난 아궁이를 들여다보니 강가에 내려갈 때만 해도 괄던 군불이 불씨 하나 남기지 않고 꺼져 재만 날리고 있었다. 이불이 없는 탓에 새벽이 닿기도 전에 구들장이 식어 몹시 추울 터였다. 나는 부엌 옆 처마에 잘 갈무리 된 콩깍지를 날라다 아궁이에 밑불을 살렸다. 팔뚝만한 장작 서너 개를 밑불 위에 올려놓은 나는 마루 위에 어질러진 술상을 치웠다. 안방에 든 나는 전화기 앞에 앉았다.

건넌방에서 이따금씩 코 고는 소리만 들려올 뿐 집 안은 괴괴했다. 나는 전화통을 내려다보며 망설였다. 전화 한 통이면 정순은 기꺼이 첫차를 잡아 타고 내려와서 옷소매를 걷어 붙이고 나서며 수고를 아끼지 않을 것이다. 젊은 아낙이 진일 마른일 가리지 않고 집 안팎으로 뛰어다녀 준다면 노인들만 옹송거리고 앉은 상가집에 그만한 부주도 없을 터이다. 그러나 나는 망설였다.

할아버지에게 정순을 뭐라고 소개할 것인가. 아니 그에 앞서 나에게 있어 정순의 존재는 무엇이란 말인가. 살과 살이 닿으면서 맺어진 인연이 마음을 주고받는 사이로까지 이어졌다고는 하지만 단지 그것만으로 할아버지 앞에 정순을 내세워도 되는지 판단이 서질 않았다.

'내가 그 사람을 사랑하나?'

나는 고개를 가로저었다. 부정의 뜻이 아니었다. 두려웠다. 삶이 두려운 것이 아니라 그 무엇도 온전히 사랑해 보지 못한 채 여기까지 흘러와 버린 내 자신이 두려웠다. 나는 윗목에 둘러쳐진 병풍으로 시선을 돌렸다. 끝끝내 내 자신을 이겨내지 못하고 병풍 뒤에 누워 있는 아버지와 같은 죽음을 맞이할지도 모른다는 막막한 미래에 대한 불안이 가슴 깊은 곳에 스멀거렸다. 이래도 한생 저래도 한생이라지만 무력한 삶을 살고 싶지는 않았다. 부끄러운 삶을 살 수도 있고 일가를 이루지 못한 채 고비늙어버릴 수도 있지만 내 뜻과는 무관하게 흘러가 버릴지도 모를 삶, 그 삶을 무기력하게 바라봐야 한다는 것은 얼마나 큰 고통이며 회한인가.

그러나 나는 수화기를 집어들고 말았다. 나는 전화번호를 차근차근 눌러 나갔다. 무엇보다 보고 싶었다. 내가 힘들면

힘든 만큼 보고 싶었다. 그로써 족했다.

"여보세요."

"……."

나는 망설였다. 수화기를 통해 듣는 정순의 목소리가 귀에 설었다. 곰곰 따져 보니 정순과는 단 한 번도 전화통화를 해본 적이 없었다. 나는 마른침을 삼켰다.

"여보세요, 여보세요, 말씀하세요."

"나야……."

나는 몇 번이고 마른침을 삼킨 뒤에야 겨우 응답할 수 있었다.

"아버님은 어떠세요?"

"돌아가셨어."

나는 무덤덤히 말했다. 수화기 저쪽에서 침묵이 흘렀다. 그 침묵 속에서 나는 정순의 슬픔을 감지할 수 있었다. 나를 향한 감정 때문이었다고는 하지만 한동안 아버지를 음으로 양으로 보살펴 온 정순이고 보면 아버지의 갑작스런 죽음 앞에서 충격을 받는 것은 당연했다. 정순은 좀처럼 말문을 잇지 못했다. 수화기를 통해 희미하게 들려오는 한숨과도 같은 숨소리를 통해 나는 실타래처럼 뒤엉켰을 정순의 복잡한 심정을 헤아렸다. 내가 청하기 전까지는 그저 위로의 말이나 해주는 것을 끝으로 무기력하게 있어야만 하는 자신의 처지도 처지거니와 무엇보다 그런 처지를 곱씹으며 맛봐야 할 자기연민의 상처가 적지 않을 터였다.

"와줄 수 있어?"

나는 간절한 어조로 말했다. 정순을 위해서가 아니었다. 기대고 싶었다. 다른 누구도 아닌 이 세상의 단 한 사람, 정순의 품에 기대고 싶었다.

"윤희는⋯⋯."

정순이 말끝을 흐렸다. 나는 나를 아빠처럼 여기고 따르는 여섯 살바기 여자애의 얼굴을 떠올렸다. 영악한 여섯 살이라고 했던가. 내 곁에 와서 입속말로 안 들리게 소근거리거나 혹은 무심결에 튀어나온 듯 실수로 가장해 가며 나를 아빠라고 부르던 윤희의 천진한 눈동자는 늘 내 마음을 아프게 했다. 정순은 아이를 맡길 곳이 없다는 뜻으로 윤희의 이름을 들먹였을는지 몰라도 내 마음은 편치 않았다. 공교롭게도 정순이 윤희의 이름을 들먹인 순간 아버지의 유언이 떠올랐다. 더불어 꺼져들어 가던 아버지의 눈길이 눈앞에 어른거렸다.

"데리고 와."

"⋯⋯."

나는 정순의 다음 말을 기다리지 않고 짤막하게 오는 길을 일러준 뒤 수화기를 내려놓았다. 이상하게 마음이 홀가분하면서도 무거웠다.

나는 광목으로 덮어 놓은 아버지 앞에 앉았다. 새하얀 광목을 가슴께까지 끌어내리자 주름살 투성이인 거죽으로 덮인 얼굴이 드러났다. 죽은 자는 말이 없다지만 죽은 아버지의 얼굴은 참으로 많은 사연을 담고 있었다. 그것은 또한 나의 사연이기도 했다. 내가 당도하기 삼십 분 전에 죽었다가 되살아났다는 아버지의 화석처럼 감긴 눈. 그 눈이 금방이라도 스르르 눈꺼풀을 밀어내며 나를 바라볼 것만 같았다. 나는 광목천 밖으로 비어져 나와 있는 아버지의 손을 살며시 잡았다. 서늘한 감촉이 손끝을 통해 등줄기를 타고 거슬러올랐다. 사람은 누구나 타인으로 인해 상처받겠지만, 제아무리 극악한 이라

할지라도 그를 둘러싸고 있는 모든 이로부터 사랑과 미움에 관계없이 상처를 주고받겠지만, 아버지는 정작 자기자신으로부터 가장 많은 상처를 받았을지도 모른다.

"스스로를 포기하지 말거라."

유언을 마치고 나서 내게 당부하던 아버지의 눈길은 그래서 그토록 간절했던 것일까. 나는 싸늘하게 굳어버린 아버지의 손을 잡고 놓을 줄을 몰랐다. 길게 자라나서 시커멓게 때가 낀 아버지의 손톱이 죽음보다 서러웠고, 아버지를 죽이려 했었던 일보다 그토록 좋아했던 술 한잔 따라 드리지 못했다는 자괴감이 훨씬 후회스러웠다.

방문을 열자 마루 위에 푸르스름한 여명이 깔리고 있었다. 나는 마루 끝에 걸터앉아 샛별이 스러지는 하늘을 지켜보았다. 여우재 꼭대기가 야광주처럼 빛을 발하면서 먼 하늘이 차차 번해 왔다. 나는 헛간 옆 빈 개집을 바라보았다. 자식처럼 할아버지의 곁을 지켰던 점박이. 그 점박이를 아버지가 잡아먹었다던가. 나는 삭풍이 몰아치는 허공에 대고 담배연기를 길게 내뿜었다.

날이 채 밝기도 전에 잠에서 깨어난 노인들은 마루로 몰려 나왔다. 노인들은 삼삼오오 패를 이뤄 세수를 하거나 해장술을 들이켰다. 할아버지는 그런 노인들을 뒤로 하고 삽짝 밖 베어낸 나무 등치에 걸터앉아 오래도록 담배를 태웠다. 나는 그런 할아버지를 부러 못 본 척했다.

"가족 중에 혹시라도 또 올 사램이 있능가?"

"없습니다만."

"그리여? 그럼 인자 염을 혀도 되것구먼."

나는 말없이 고개를 주억거렸다.

"그럼 염은 우덜끼리 알아서 할라니께 자네넌 가서 자네 할아버지나 뫼시게."

정순에게서 전화가 온 것은 해가 머리꼭대기에 걸리고 나서였다. 전화를 바꿔 주면서 여잔디, 하고 말꼬리를 늘이던 할아버지의 두 눈이 햇살을 받은 장독처럼 빛이 났다. 읍내에 도착했다는 기별을 받은 나는 마당 한쪽에 방치된 경운기에 올라탔다. 일 년이 넘도록 방치돼 온 탓에 시동이 쉬 걸리지 않았다. 몇 차례의 시도 끝에 털털거리며 시동이 걸렸다. 나는 경운기를 몰고 삽짝을 나섰다. 경운기로 읍내까지 삼십 분이면 족했다. 나는 한껏 속력을 높여 가며 경운기를 몰았다. 되알진 들바람이 사정없이 달려들어 얼굴을 할퀴어댔다.

읍내는 늘 그렇듯이 한산했다. 장날이나 돼야 늘 보던 얼굴이나마 마주칠 수 있는 소읍의 거리는 쓸쓸했다. 저만치 지서 앞에 추위에 떨며 종종거리고 서 있는 젊은 모녀를 발견한 나는 큰소리로 아이의 이름을 불렀다. 그러나 내가 소리쳐 이름을 부르기도 전에 두 모녀는 동시에 내 쪽으로 고개를 돌렸다. 쥐 죽은 듯 조용하던 읍내에 등장한 경운기의 엔진 소리는 대포 소리만큼이나 요란하게 거리를 뒤흔들어댔다. 내가 손을 번쩍 쳐들어 보이자 윤희가 환히 웃으며 내게로 달려왔다. 나는 천천히 경운기를 세워 가며 아이의 뒤쪽에서 옷가방을 들고 타박타박 걸어오는 여인을 지켜보았다. 나는 경운기에서 내려 달려오는 아이를 번쩍 치켜들어 안아 준 뒤 정순에게 다가가 옷가방을 받아들었다.

"오느라고 고생 많았지?"

"뭘요. 차 타고 편히 왔는데요. 그보다 하룻새에 얼굴이 몰라보게 상하셨어요."

뜻밖의 존칭에 내가 어리둥절해 하자 정순은 어색하게 눈길을 피했다. 나는 모녀를 운전석 옆자리에 앉힌 뒤 오던 길을 되밟았다. 동산에 닿기까지 정순은 조심스럽게 침묵을 지켰으나 윤희는 태어나서 처음 대하는 시골풍경에 마음이 달떴는지 잠시도 쉬지 않고 재잘거렸다.

우리가 삽짝 안으로 들어서자 상가집을 지키고 있던 노인들의 눈이 하나같이 휘둥그레졌다. 웅성거리는 소란에 빈소를 지키고 있던 할아버지가 마루로 나서다 말고 우뚝 멈춰 섰다.

"인사 드려. 할아버지셔."

먼저 마루에 오른 나는 정순이 신발을 벗고 마루에 올라오기를 기다렸다가 말했다. 정순이 내 곁에 서서 할아버지를 향해 깊숙이 허리를 숙였다. 놀라움으로 가득 찬 할아버지의 두 눈이 차차 노기를 띠어 갔다. 할아버지는 망자에게 예부터 올리라는 뜻으로 말없이 길을 터 주었다.

나는 호랑이 소굴에라도 들어온 듯 얼어 있는 정순의 등을 가볍게 떠밀었다. 나는 윤희를 마루에 남겨 두고 정순과 함께 빈소에 들었다. 정순은 병풍이 둘러쳐진 제단 앞에 공손히 두 손을 모으고 서서 제단 위 초상에 물끄러미 눈길을 주었다.

정순이 삼 배를 마치고 돌아서자 할아버지는 맥없이 벽에 등을 기대고 주저앉았다. 그러나 나와 정순을 번갈아 바라보는 눈빛만은 꼿꼿했다. 정순은 내가 시키지도 않았는데 할아버지에게 큰절을 올렸다. 그러나 할아버지의 눈길은 큰절을 올리는 정순이 아닌 허공에 머물러 있었다. 나는 정순을 내보낸 뒤 할아버지 앞에 무릎을 꿇었다. 여남은 명의 노인들이 마루 주변에 몰려서서 방안을 기웃거려 가며 자기들끼리 귓속말을 주고받았다. 그러나 정작 할아버지는 아무런 말씀도 하지 않았다. 허공을 응시하던 할아버지의 눈가에서 차차 노기가 가시는가 싶더니 그 눈길이 곧장 내게로 왔다. 나는 보일 듯 말 듯 고개를 숙이고 꼼짝도 하지 않았다. 그 어떤 불호령이 내려지더라도 이미 각오가 되어 있었다.

"저 아이는 누구냐?"

할아버지의 음성은 뜻밖에도 차분했다. 대답을 하기 위해 고개를 드니 할아버지의 눈길은 문 밖에 서서 빠끔히 이쪽을 들여다보는 윤희에게 머물러 있었다. 나는 마른침을 삼켰다. 꿇은 무릎 위에 올려놓은 주먹에 땀이 괴었고 가슴이 두근거렸다.

"제 아이입니다."

나는 짧게 끊어 대답한 뒤 가만히 기다렸다. 그러나 할아버지는 굳게 입을 다물고 윤희만 바라볼 뿐 가타부타 말씀이 없었다. 이윽고 몸을 일으킨 할아버지는 빈소를 벗어나 마루로 나갔다. 윤희의 머리통을 한 차례 쓰다듬은 후 댓돌 위로 내려서서 신발을 꿰어 신은 할아버지는 지팡이를 짚고 마당을 가로질렀다. 삽짝을 나선 할아버지는 집 옆 송림숲의 오솔길로 향했다. 나는 정순에게 소복으로 갈아입으라고 이른 뒤 할아버지의 뒤를 좇았다.

눈으로 덮인 오솔길은 미끄러웠다. 나는 저만치 앞선 할아버지와의 간격을 유지하며 걸었다. 정상이랄 것도 없이 나부죽한 동산 꼭대기를 향해 휘뚤휘뚤 휘어지며 완만한 경사를 이룬 오솔길은 오르는 이가 없어 가으내 자라났다 말라 죽은 억새로 뒤덮여 있었다. 할아버지는 지팡이로 억새를 헤쳐 가며 걸었다. 산비탈을 타고 올라온 삭풍에 누렇게 말라 죽은 억새들이 우수수 소리를 질러댔다. 풀숲을 뒤지는 장끼에 시선을 뺏겼다가 앞을 보니 할아버지의 모습이 오솔길에서 사라졌다. 그새 정상에 닿았을 리가 없어 의아해 하던 나는 얼추 짐작되는 바가 있어 발소리를 죽였다. 공처럼 둥근 큰 바위 앞에서 샛길로 빠지니 아니나다를까, 송림숲을 등진 할머니 묘소 앞에 지팡이를 짚고 서 계신 할아버지의 모습이 나무 사이로 보였다. 할아버지는 할머니의 묘소를 등지고 서서 들판을 굽어보고 계셨다.

푸진 햇살 아래 장승처럼 서서 들판을 굽어보는 할아버지의 모습을 보자니 언뜻, 할아버지가 한 그루의 나무나 길게 솟은 바위 혹은 당집 옆 돌탑처럼 여겨졌다. 오랜 세월 그 자리에서 모진 풍상을 겪은 자연물로 비쳐 보이는 할아버지의 모습에서 나는 서늘한 감동을 맛보았다.

"업보를 짊어지고 가는 줄만 알았는디 인제 봉께 치루고 가는 거여."

막 돌아서는데 등 뒤에서 할아버지의 목소리가 들려왔다. 나는 우뚝 멈춰 섰다.

"할멈, 사램이 어디 내 한 몸의 업만 짊어지고 살아지등가. 내 업인가 허면 넘의 업이기도 허구 생판 남의 업이 내 어깨에 언치기두 허는디 하물며 자식의 업이사 두 말할 필요두 읍제."

나는 뒤를 돌아다보았다. 거기 팔십 성상을 넘긴 노인의 뺨에 한줄기 눈물이 흐르고 있었다. 나는 소리 없이 샛길을 벗어나 산마루를 향해 달렸다. 가슴이 우둔우둔 뛰면서 걸음이 헛밟혔다. 나는 몇 번이고 눈밭에 나동그라진 끝에 가서야 산마루에 다다를 수 있었다. 나무도 풀도 없이 휑하니 비어

있는 산마루에 올라서자 사방에서 달려든 된바람이 내 가슴
팍을 떠다박질렀다.

'아아, 할아버지도 알고 계셨구나.'

나는 서너 길 높이의 벼랑 끝에 주저앉으며 머리카락을 싸
쥐었다.

벼랑을 타고 솟구친 바람이 허공에서 흩어지며 또 다른 바
람과 섞여 들판으로 치달려 갔다. 그 속에 되새떼가 있었다.
수백 마리의 무리를 이룬 되새떼는 바람에 쓸리는 낙엽처럼
흩어졌다가 모여들기를 쉼 없이 되풀이해 가며 허공에 너울
거렸다. 춤을 추는가, 삼각파도에 실린 돛단배처럼 가라앉는
가 하면 치솟고 치솟는가 하면 빠르고 매끄럽게 활강해서 산
자락을 스치고 지나가는 되새떼의 모습이 냇물에 떠내려 가
는 나뭇잎처럼 무상해 보이면서도 수백의 무리가 간결하면서
도 완벽한 조화 속에서 군무를 출 수 있다는 게 경이로웠다.

'아버지가 얘기를 했을까? 그럴 리 없다. 그럼 할아버지가
어찌 아셨을까. 내가 당신의 혈육이 아닌 것을 어찌 아셨을
까. 아버지가 술에 취하거나 넋이 나가서 고만 자기도 모르게
털어놓지 않고서야……'

나는 고개를 가로저었다. 되새떼가 들판으로 몰려가고 난
빈 허공, 눈길을 붙들어 맬 곳이 없었다. 축 늘어뜨린 두 손
에 바람이 스치고 한 점 구름이 흘러가는가 하늘이 움직이는
가, 허공에 못박힌 소리개 한 마리 한동안 움직이지 않는데
어제와 다른 들판이 어제처럼 펼쳐져 있었다.

나는 자리를 털고 일어섰다.

가물어도 강은 저리 흐르고 들판을 밟고 우뚝 솟은 여우재
도 하늘 아래 의연한데 달라질 게 무언가. 바람이 불면 바람

을 맞고 비가 오면 비를 맞고 눈이 오면 오는 대로 고스란히 맞아가면서도 살아지고 살아가는 풀과 나무와 곡식처럼 나 또한 그러하리.

빈소로 돌아오니 할아버지는 아무런 일도 없었다는 듯 자리를 지키고 계셨다. 그러나 나는 차마 고개를 들어 할아버지의 눈길을 마주 대할 수가 없었다. 상복을 입은 정순은 부엌에서 해가 저물도록 분주했고 준비된 상복이 없어 나들이옷 차림인 윤희는 풀방구리에 쥐 드나들 듯 집 안팎을 쏘다니며 노는 데 여념이 없었다.

이튿날 아침, 요란한 소리에 밖을 내다보니 소형 포클레인이 밭둑에 올라서고 있었다. 밭둑에 포클레인을 세워 놓고 마당 안으로 들어선 젊은 기사가 노인들에게 허리를 숙여 인사를 하자 때마침 식사를 하고 있던 노인 중 하나가 그에게 자리를 내주며 식사를 권했다. 기사는 아침을 먹었다며 사양을 하다가 노인들이 재차 권하자,

"그럼 술이나 한 잔 주세요."

하고 마루 끝에 걸터앉아 넙죽넙죽 소주잔을 비워냈다.

"큰 일 앞둔 사람이 재장 바르게 무신 짓이여."

마루로 나선 할아버지의 꾸지람에 무안을 당한 기사는 뒷머리를 긁적이며 섰다가 할아버지의 뒤를 좇아 삽짝을 나섰다. 젊어서 상가집 일꾼으로 불려다녔다던 노인 두 분이 연장을 챙겨서 그 뒤를 따라 나섰다.

"허어, 자식의 묏구녕을 파러 가는 늙은이의 팔자라니."

"그러게 말이시. 긍게 팔자 기구허면 오래 사는 것두 죄로 가능겨."

"저 늙은이 맴이사 나가 잘 알제. 자네덜은 모를겨. 자석

앞세운 맴이 얼매나 원통허고 절통헌지 겪어 보지 않구서는 그리여, 알 수가 읍능겨. 하모, 백 분 죽었다 깨나도 모르제."

삽짝 밖으로 멀어지는 할아버지의 등 뒤에 대고 수근거리는 노인들이 대화를 엿들으며 나는 어쩐지 눈물이 왈칵 쏟아질 것만 같아서 부엌으로 자리를 피해 버렸다. 얼핏 돌아다본, 바람에 휘날리는 할아버지의 성긴 백발이 대못에 발을 찔렸을 때처럼 가슴에 박혔다. 묵직한 통증이 명치에 얹히건만 눈물은 나지 않았다.

관이 나온 것은 해가 여우재와 집 앞 감나무 사이에 걸렸을 때였다. 이틀 밤낮을 꼬박 상가집을 지켜왔던 노인들이 마당으로 관을 내왔다. 젊은 사람이라곤 포클레인 기사 혼자였다. 열 명의 노인이 달려들어 빈소에서 마당으로 관을 내오기까지 집 안 그 어디에서도 곡소리는 들려오지 않았다. 시늉으로라도 곡을 해줄 여자들이 없었다. 잡일을 거들어 주러 아침 일찍 들을 가로질러 왔던 동네 할머니들 서넛이 있었으나 남의 초상에 와서 곡을 할 수도 없는 노릇이었다. 곡을 할 사람이라곤 정순이 유일했으나 엉겁결에 상가집에 와서 며느리가 된 그로서도 곡을 해야겠다는 마음과는 달리 눈물이 나올 듯 말 듯 배끗거리기만 할 뿐 울음보가 터져 주지 않는 이상 주변 사람들의 눈총이 따갑다 해도 어쩔 도리가 없었다.

마당에 관을 내려놓은 노인들은 영 근력이 부치는지 쉭쉭, 가쁜 숨을 몰아쉬며 주먹으로 허리를 콩콩 두드려댔다. 그 사이에 나는 아버지의 영정을 들고 관 앞에 섰고 지팡이를 짚은 할아버지는 곁에서 먼산바라기를 하며 한숨을 내쉬었다. 할머니들은 제를 올릴 음식과 술 등속을 나눠 들고서 관이 나가기만을 기다렸다.

하
늘
에
뜬
집

이윽고 자세를 가다듬은 노인들이 관을 묶은 광목을 부여잡은 팔에 불끈 힘을 주었다. 관을 들어올리기 위해 힘을 주는 순간 여기저기서 끙, 하고 앓는 소리가 들려왔다. 그러나 어찌된 영문인지 관이 꿈쩍도 하지 않았다. 노인들이 서로 의아해 하는 눈길을 나누며 다시금 관을 들어올리기 위해 모질음을 썼으나 관은 땅에 들러붙은 듯 끄떡도 하지 않았다. 곁에서 관이 나가기를 지켜보던 노인들이 모조리 달려들어 힘을 보태 봤으나 천 근 바위덩어리가 짓누르는 양 관은 움직일 줄을 몰랐다.

"허어, 이런 해괴한 노릇이 있나."

"초상 수태 치러봤지만 이 무슨 조화 속이랴. 살다봉께 벨일을 다 겪네."

"어이, 자네도 여 와서 심 좀 보태 봐."

영정만 들고 어리둥절해 하며 서 있는 나를 노인 중 하나가 손짓해 불렀다. 나는 영정을 정순에게 맡기고 노인들 틈에 끼였다. 서로서로 눈짓으로 하나 둘 셋, 후렴을 붙여 가며 밑이 빠지도록 힘을 쏟아 부었으나 관이 움직이기는커녕 아름드리 나무 부여잡고 씨름하겠다고 덤벼든 꼴이 되고 말았다.

"에구 에구, 허리야."

몇몇 노인들이 손을 놓고 주저앉으며 앓는 소리를 했다.

"포클레인을 끌고 와서 들어올려 볼까요?"

포클레인 기사가 손바닥으로 이마의 땀을 씻어내며 앞으로 나서는데,

"네 이노옴!"

이제껏 말없이 지켜보고 서 있던 할아버지가 지팡이로 땅바닥을 내려치며 노기 서린 얼굴로 느닷없이 호통을 쳤다.

그 서슬에 화들짝 놀라 뒤로 물러서던 포클레인 기사가 저에게 호통을 친 것이 아닌 줄 깨닫고 안도의 한숨을 내쉬었다.

"그만치 죄를 짓구, 그만치 이 내 속을 낄였으믄 되얏지 니놈이…… 부모 앞에 가는 니놈이…… 무신 염치루다…… 이 천하에 막돼먹은 놈, 하늘이 무섭지두 않으냐? 그만치 내 속을 쎅히구 그만치 거시기 혔으믄 돼얏지 무신 여한이 있다구 이 소동에 이 난리냐. 어여 가거라, 이놈. 꼴두 뵈기 싫으니께 어여 싸게 가여!"

탁탁 갈라지도록 쇳소리를 내가며 호통을 치는 할아버지의 두 눈이 호통을 치는 기세와는 달리 장마비를 머금은 먹장구름처럼 흐려졌다. 말라 비틀어진 무말랭이 같은 양볼을 씰룩이며 머리 위로 지팡이를 들어올려 관을 내려치려는 할아버지를 곁에 섰던 노인들이 가로막고 나서자 할아버지는 맥없이 바닥에 주저앉고 말았다. 땅바닥에 주저앉아 처연히 관을 바라보는 할아버지는 뱀이 벗어 놓은 허물처럼 넋이 빠져 보였다. 그 모습에 주위에 둘러섰던 사람들 모두 그만 숙연해져서 이제껏 술렁거리던 소란이 찬물을 끼얹은 듯 가라앉았다.

나는 비로소 내가 할 일을 깨달았다. 지난 이틀 간 내 가슴을 틀어쥐고서 흔들어댔던 너무나 뜨겁고 강렬하고 고통스러웠던 자괴감이 경황중에 되살아났다.

'마지막 길, 술을 따라 드려야지.'

아버지를 살해할 계획을 세웠던 지난날에 대한 후회를 아버지에게 술 한잔 따라 드리지 못했다는 자괴감에 비할 수 있을까. 술 한잔의 의미가 하늘을 아우르고도 남을 만큼 크고

도저하다는 걸 아버지의 죽음 앞에서야 나는 뼈저리게 느낄 수 있었다. 한잔의 술, 그것은 삶을 통째로 껴안는 포용이며 모든 인연의 화해이며 궁극적으로 사랑이라는 깨달음을 나는 한 생명의 소멸을 통해서 얻은 셈이었다.

나는 마당 한쪽에 쌓여 있는 술궤짝에서 소줏병을 꺼내들었다. 모두의 시선이 내게로 쏠렸다. 나는 부엌에서 소줏잔을 챙겨 가지고 나와 관 앞에 무릎을 끓었다.

"아버지, 그만 가세요. 여기는 제가 있잖아요. 이곳 일일랑 모두 잊으세요. 아버지가 제게 남긴 말도 있잖아요. 저 잊지 않았어요. 그러니 제가 따라드리는 술 잡숫고 그냥 홀가분하게 떠나세요."

소주가 찰랑거리는 잔을 받쳐든 나는 하늘을 우러렀다. 쾌청한 날씨 탓인가, 하늘이 새삼 높아 보였다. 나는 서너 차례에 나누어 관 앞에 술잔을 기울였다. 잔을 모두 비우고 끓었던 무릎을 세워 일어서자 허탈감이 엄습해 왔다. 다시는 돌아오지 못할 길에 술잔을 기울여 무엇하겠느냐는 상념 탓일까, 모든 게 부질없어 보였다. 그때 등 뒤에서 갑자기 으앙, 하고 요란한 울음 소리가 터져 나왔다. 돌아보니 윤희였다. 엄마의 손을 잡고 서서 눈을 말똥거려 가며 일련의 과정을 낱낱이 지켜본 윤희가 느닷없이 울음보를 터뜨렸던 것이다. 정순이 쩔쩔매며 아이를 달래 보았으나 그러거나 말거나 여섯 살바기 계집애는 숫제 땅바닥에 주저앉아 발버둥을 쳐대며 목청껏 울어댔다.

"허 참, 어린애가 그악스럽게도 울어대네 그려."

"아, 뭣들 혀? 이러고 서서 날을 새울 참인겨? 모다 심을 모아 다시 한 분 혀보드라고."

윤회(輪廻)

그제서야 제정신을 수습한 노인들이 관 앞으로 몰려들었다. 관을 들 채비를 하는 노인들 얼굴에 긴장이 감돌았다. 그 사이에도 윤희는 발버둥질을 쳐가며 울음을 그치지 않았다. 노인들은 호흡을 가다듬으며 광목을 움켜쥔 손에 불끈 힘을 주었다. 그들이 힘을 채 쓰기도 전에 땅에 붙박힌 듯 꿈쩍도 않던 관이 거짓말처럼 단짝 들렸다. 관이 너무 쉽게 들리자 노인들은 되려 어리둥절한 표정이었다.

나는 영정을 찾아들고 선두에 섰다. 할아버지는 내 곁에 허깨비처럼 서서 잔기침을 쿨럭거렸다. 이윽고 내가 발걸음을 떼어 놓자 상여가 뒤를 따랐다. 삽짝을 벗어난 나는 돌담을 끼고 오솔길로 향했다. 들판을 쓸고 강을 건너온 바람은 여전히 맵찼다. 요령 소리는커녕 혼백을 달래는 상여 소리도 없이 오르는 오솔길은 너무도 쓸쓸했다. 포클레인이 진작에 길을 터놓은 덕에 오솔길을 뒤덮었던 억새는 바닥에 짓이겨져 걷기에 편했으나 만장도 없이 조객도 없이 내딛는 걸음걸음마다 허허로움이 밟혔다. 공처럼 둥근 바위 앞에 다다르기까지 상여를 짊어진 노인들은 쉬어 가자는 말을 하지 않았다. 바위 앞에서 샛길로 접어들면서 뒤를 돌아다보니 관을 짊어진 노인들의 얼굴이 하나같이 흙빛이었다. 이마에 구슬땀이 흐르고 숨은 턱에 차서 눈 덮인 길에 억새가 깔렸다고는 하나 발걸음이 위태로웠다.

바위 앞에서 관을 내려놓고 다리쉼을 해가며 담배를 태우는 누구 하나 말이 없었다. 나는 담배 한 대 태우고 싶은 간절한 욕구를 무지르며 관 주변에 흩어져 앉은 십수 명을 하나하나 갈마보다 강 건너 빈 들판에 눈길을 주었다. 비어 있되 결코 비어 있지 않은 들판을 보노라니 초라하고 쓸쓸한 장례

행렬에 그나마 위안이 생겼다.

장례행렬이 장지에 도착하자 진작부터 석관의 자리를 잡아 놓고 무료하게 기다리던 두 노인이 자리를 털고 일어났다. 아버지의 묏자리는 할머니의 봉분으로부터 십여 보 떨어진 곳으로 여우재를 정면으로 마주 보고 있었다. 관 뚜껑이 열리자 모든 일이 일사천리로 진행되었다. 석관에 시신을 안치시키고 흙을 끼얹기까지 삼십 분도 채 걸리지 않았다.

두 손을 모으고 서서 관이 흙으로 덮여 가는 모습을 지켜보던 나는 문득 고개를 들어 소나무 위를 쳐다보았다. 거기, 송림숲 뒤로 우뚝 솟은 낙엽송 꼭대기에 소리개 한 마리가 걸터앉아 이쪽을 응시하고 있었다. 나는 주위를 두리번거렸다. 주변에 있는 그 어느 누구도 소리개의 존재를 눈치 채지 못하고 있었다. 나는 벌거벗은 낙엽송의 빈 가지에 앉아 있는 소리개를 심상히 쳐다보았다. 소리개도 내 눈길을 피하지 않았다. 우리는 그렇게 서로를 바라보며 움직이지 않았다.

"뭣 헌당가."

어느 결에 흙을 다 덮었는지 봉분제를 준비하던 노인이 내 어깨를 툭 쳤다. 고개를 돌리니 송림숲 옆 빈터에서 불길이 타오르고 있었다. 관을 태우는 중이었다. 눈길을 되돌려 낙엽송을 바라보니 소리개는 그곳에 없었다. 이리저리 눈을 돌려 하늘을 쳐다보니 머리 위 까마득히 높은 허공에 소리개가 맴을 돌고 있었다. 서너 바퀴 공중을 선회하고 난 소리개는 마치 인사라도 하듯 한점 점으로 허공에 박혀 움직이지 않다가 시위를 떠난 화살처럼 여우재를 향해 날아갔다.

봉분제를 올리는 동안 돗자리를 깔고 앉아 술잔을 돌리던 노인들은 봉분제가 끝나자 자리를 털고 일어났다. 쓰레기 등

속을 불길 속에 던져 놓고 하나둘 자리를 뜨는 노인들 등 뒤에 대고,

"먼저들 내려가여. 욕 봤는디 내려가서 한 잔썩들 허고 있어. 나넌 우리 손주허고 얘기 쬐깜 허다가 뒤따라 갈라니께."

할아버지가 힘없이 손사래를 쳐가며 사람들을 내려보냈다.

사람들이 모두 자리를 뜨자 할아버지는 새로 만들어진 봉분 앞에 쪼그리고 앉아 내게 옆자리를 내주었다. 나는 자못 두려운 마음으로 할아버지 곁에 앉았다. 할아버지는 먼산바라기만 할 뿐 좀처럼 입을 열지 않았다. 나는 진득하니 기다렸다. 그러나 머릿속은 온갖 생각으로 뒤엉켜 마음이 복잡했다. 무엇보다 할아버지가 뭔가 크나큰 비밀을 털어놓을지도 모른다는 예감에 가슴이 두근거렸고 내가 그것을 감당할 수 있을지 두려웠다. 그렇다, 나는 이미 할아버지가 털어놓을 비밀에 대해 알고 있었다.

"현민아……."

할아버지의 목소리는 살얼음을 딛는 듯 조심스러우면서도 웅숭깊었다.

"시방부터 나가 허는 야그를 니가 어치게 받아들일란지 모르것다만서두 나가 언제 죽을란지 모르는 다 산 목심이다봉께 아무래도 야그를 혀야 쓰것다."

결심을 해놓고도 막상 털어놓기가 두려운지 할아버지는 잠시 말을 끊고 담배에 불을 붙였다. 나는 마른침을 삼켰다. 풀숲 헤치는 소리에 눈길을 돌리니 산토끼 한 마리가 저만치 껑충거리며 뛰어가고 있었다.

"긍께 그거이 니 에미가 죽기 열흘 전인가 그럴 거이다. 느닷없이 나럴 찾아왔더구나. 묵구 살기 바빠서 명절에도 잘 댕

겨가지 않던 사램이 불쑥 찾아옹께 나가 놀라기도 했지만은 얼굴이 얼매나 못 쓰게 보타부렀는가 첫눈에두 예삿일이 아니고나 싶어서 가심이 덜컥 내려앉음서 간밤에 뒤숭숭혔던 꿈자리가 맴에 잽히더랑게. 혀서 나가 물었제. 아가 아가, 니 꼴이 왜 그냐 허고. 근디 대답은 않고 다짜고짜 눈물을 흘리감서 아부님, 지가 죽을 죄를 지었어라우, 참말로 죽을 죄를 지었어라우, 몇 번이고 똑겉은 말을 되풀이허질 않것냐. 혀서 나가 어깨를 토닥토닥 뚜드리감서 아가 아가, 뭔 일인 중 모리것다만 맴 놓고 씨언허게 말을 혀봐라 혔지. 긍께 얼매나 울다가 이제껏 꽁꽁 감춰 둔 야그를 다 털어놓더구나. 너도 다 알고 있는 일이라믄서."

할아버지는 당시의 감정이 복받치는지 담배연기를 길게 토해내며 먼산을 바라보았다.

'어머니가 다 털어놓았구나.'

비로소 의문이 풀리면서 뒤엉켰던 실타래가 술술 풀어지는 느낌이었다.

"금서 용서해 달라고 빌고 또 비는디 나가 무신 말을 어치게 허것냐. 그리구 나서 얼매 안 가 니 애미가 목을 맸다는 소식을 들었는디 도시 억장이 무너지고 눈앞이 캄캄해서 똑 숨 맥혀 죽는 중만 알았다. 청천벽력도 그런 벽력이 없었으니께. 나가 그 길루 풍을 맞고 쓰러졌제. 시방도 니 어매 생각만 허면 억장이 무너진다. 벨시런 생각이 다 들어야. 나가 그때 그리여 허고 고개만 끄덕여 줬시도 갸가 그리 안 되았을 긴데, 나가 손만 잡아 줬시도 갸가 그리 모진 맴은 안 묵었일 긴데 험서 안즉도 꿈자리가 뒤숭숭혀야. 이제사 말이다만 나가 그 뒤로 니 어매 원망 수태 허믄서 살기도 오래 살았다."

"……."

"근데도 말이여 어쩐지 나넌 그 말이 안 믿어지는구나. 니 어매가 그렇게 가구 나서도 나넌 니가 내 손주가 아니라는 생각은 아예 허덜 못했시야. 아이쿠 인제 우리 가문이 절딴났고 나 혀감서 가심이 무너지다가도 니 생각을 허면 위안이 되고 맴이 놓이더랑께. 참말이지 니가 아니었시믄 어쩔 번 봤냐. 시방 나 생각엔 니 어매가 그리라도 혔으닝께 명호가 이만큼 이락도 명을 부지허고 살었지 글 안 혔으면 참말로 거시기 헐 뻔봤시야."

나는 어금니로 지그시 입술을 감쳐물었다.

'아, 할아버지.'

나는 나지막이 속으로 중얼거렸다. 목이 메이면서 여우재가 뿌옇게 흐려보였다. 언뜻 아버지가 남긴 유언이 뇌리를 스치고 지나갔다. 얘기를 다 마친 할아버지는 지팡이에 의지해 몸을 일으켰다.

"기둘리것다. 그만 내려가자."

"할아버지!"

나는 고만 절박한 심정이 되어 돌아서는 할아버지 등 뒤에 대고 소리쳐 불렀다.

"조만간 모든 걸 정리하고 내려와서 할아버지 모실게요."

등을 보이고 가만히 서 있던 할아버지가,

"그리여. 하모 그래야지."

미쁜 눈길로 나를 쳐다보며 고개를 끄덕여 주었는데 그런 할아버지의 눈가에 물기가 어려 있었다.

그렇게 아버지의 장례를 치르고 서울로 올라온 한 달 동안 나는 내내 방 안에 틀어박혀 꼼짝 않고 지냈다. 지난 이십 여 년 간 내 삶을 옥죄여 온 마음의 짐은 덜었으나 가슴 저 깊은 밑바닥에서부터 내 존재를 송두리째 뒤흔들며 일기 시작하는 변화의 정체를 파악해야만 했다. 그 일이 일어나기 몇 시간 전만 하더라도 나는 아버지의 장례를 치르면서 보냈던 사흘 밤낮에 사로잡혀 있었다. 하루빨리 신변을 정리해서 할아버지 곁으로 가야겠다는 결심이 흔들린 것은 아니지만 그 또한 차일피일 미루다 보니 서둘러야 한다는 조급증이 차차 누그러지면서 생각하고 정리할 일이 부쩍 많아졌다.

내가 방 안에 틀어박혀 지내는 동안 집 안에는 동네 사람들이 몇날 며칠을 두고 입방아를 찧어댈 만한 일이 벌어졌는데 그 사단의 주인공은 바로 곽씨의 아들 재길이었다.

재길이가 자정을 넘겨 동패들과 동네 근처 공사장에서 부탄가스를 흡입하다 화상을 입은 것이다. 함께 부탄가스를 마시던 다른 아이들의 화상은 그다지 심하지 않았으나 재길이는 한 달 간 병원에 입원을 해야 할 만큼 상처가 심했다. 그 소식을 접한 나는 그다지 놀라지 않았으나 가뜩이나 집을 나간 재길네를 찾는 일로 애를 끓이던 곽씨가 염려스러웠다. 밀가루 장사 하면 바람이 불고 소금 장사 하면 비가 오는 격으로 곽씨로서는 그야말로 뼈똥을 싸다 숨이 넘어갈 노릇이었다.

아이들이 부탄가스를 마시다 사고를 당했다는 소문은 삽시간에 동네 전체로 퍼졌고, 소식을 접한 사람들은 그 자리에서 입에 침을 튀겨 가며 아이들을 비난하기에 여념이 없었다. 그 가운데서도 특히 재길이를 향한 비난이 가장 거셌다. 함께 사고를 당한 다른 아이들은 원래 순진하고 착했었는데 재길이의 꾐에 빠져 못쓰게 됐다는 식으로 동네의 여론이 형성됐다. 대다수의 주민들은 콩팔칠팔 말이 없었으나 사고를 낸 아이의 부모들이 동네를 휘젓고 다니면서 기회만 있으면 곽씨 부자를 헐뜯어댄 탓이었다.

"병신새끼가 가정교육이 뭔지나 알겠어? 그 애비에 그 자식이더라고 애비가 병신이니 그 새끼가 말종인 게야. 정상적인 가정이라면 그런 말종이 어떻게 나오겠어?"

"가당찮은 일이지. 어물전 망신은 꼴뚜기가 시키더라고 나원 이거 동네 챙피해서."

"그놈하고 어울리기 전만 하더라도 우리 애가 얼마나 착했다고. 부모 공경할 줄 알겠다 학교에서는 모범생이겠다 세상 걱정 없었는데 아, 그 놈이 우리 애를 꾈 줄 누가 알았겠어. 내가 그놈하고 어울리지 말라고 그렇게 타일렀는데도 친구를 좋은 쪽으로 이끌어 보겠다고 끝내 고집을 부리더니만 이런 꼴을 당했네그랴."

그러나 정작 곽씨는 아무런 말도 없었다. 눈에 띄게 침울해져서 낮에는 집 나간 재길네를 찾으러 돌아다니고 밤에는 병원에서 아들의 간병을 해가며 묵묵히 하루하루를 견뎌냈다.

나는 그 모든 소식을 정순을 통해 들었다. 그 소식을 접한 나는 무엇보다 재길이의 병원비가 걱정되었다. 보아 하니 곽씨는 따로 긴히 쓸 일이 있어 모아 뒀던 기십만 원을 은행에서 찾아 병원비로 충당하는 눈치였다.

나는 곽씨가 그 돈을 은행에서 찾았을 때의 절망감을 헤아려 보았으나 당사자가 아니고서는 그 절망의 깊이를 알 수 없는 노릇이었다. 휠체어를 끌고 하루종일 땡볕에 시달려 가며 라이터 따위를 팔아 봐야 만 원 내지는 이만 원 벌이가 고작인 곽씨가 크나큰 결심을 하고서 천 원도 좋고 이천 원도 좋고 그날그날 떼어내 저축을 해온 돈이고 보면 남들이 보기엔 몇 십만 원일지라도 곽씨에게는 몇 천만 원에 버금가는 돈이었다. 더욱이 그 돈 때문에 재길네가 집을 나간 셈이고 보면 피눈물 어린 돈이었다.

지난 가을인가, 나와의 술자리에서 희망에 부푼 얼굴로 자신의 계획을 들려 주던 곽씨의 두 눈은 자긍심으로 빛이 났었다.

"나하고 똑같은 처지로 박종구라는 친구가 있어. 그 친구하고도 벌써 약조가 되었다구. 우리가 그 돈으로 뭘 하려는 줄 아는가? 잘 듣게. 전동휠체어를 살 거야. 그래서 그걸 가난해서 휠체어를 타지 못하는 사람에게 기증할 걸세. 상상만 해도 나는 가슴이 뛰어. 자네는 모를 거야. 십 년 이십 년을 방 안에 누워서 테레비나 라디오만 끼고 살아야 하는 설움이 어떤 건지 겪어 보지 않구서는 알 수가 없지. 삼십 년 가까이 그렇게 살아 온 내가 이 세상에 전동휠체어가 있다는 것을 처음 알았을 때 느낀 배신감은 정말 상상도 못할 거야. 삼십 년 가까운 세월을 송두리째 빼앗겨버린 것만 같고 이 세상이 모두 작당을 하고서 나를 속여 왔구나 하는 생각에 얼마나 억울했는지……. 내가 동네 교회의 마음 좋은 권사의 도움으로 전동휠체어를 선물받구서 처음으로 거리에 나온 날, 그날 나는 다시 태어난 거야. 나는 너무 좋아서 힘든 것도 모르고 바퀴 닿는 대로 온 시내를 쏘다녔어. 테레비로만 보던 거리와 그토록 보고 싶었던 사람들이 지천으로 널려 있는데 돌아다니지 않구 무슨 수로 베기겠는가. 생각해 보게, 나와 같은 처지의 사람에게 다른 누구도 아닌 내가 전동휠체어를 선물한다는 것을."

며칠 지나지 않아 동네는 잠잠해졌지만 나는 곽씨를 생각할 때마다 마음이 짠해져서 참으로 난처했다. 어찌 됐든 내가 아버지의 장례를 치르고 돌아온 뒤로 한 일 주일 간은 재길이로 인해 집 안팎이 시끄러웠다.

재길이로 인한 소동이 진정되자 나는 내 생각에 빠져 곽씨를 잊고 지냈다. 이따금씩 곽씨가 어찌 지내는지 궁금했지만 그걸 일일이 확인할 만한 마음의 여유가 내겐 없었다. 그러던 차에 그 일이 일어났다. 아버지의 장례를 치르고 돌아온 지 꼭 한 달째 되던 날이었다.

그 일이 일어난 것은 자정 무렵이었지만 나는 초저녁부터 까닭 모를 불안에 시달렸다. 땅거미가 깔리고부터 불기 시작한 바람이 수돗가에 놓인 빈 플라스틱 세수대야를 뒤집어놓을 때부터 가슴줄 한끝에 미세한 파동이 이는가 싶더니 영문도 없이 명치에 주먹만한 돌멩이가 턱, 하니 얹히면서 숨이 가빠 왔다.

'왜 이리 가슴이 답답할까?'

다락방의 뙤창을 열자마자 세찬 바람이 몰아닥쳤다. 부어 내리는 달빛으로 환하던 마당은 칠흑 같은 어둠에 잠겨 있었다. 지난 밤 취객의 팔매질로 대문밖 가로등은 마당을 밝혀 주지 못했다. 머리도 식힐 겸 소변을 보러 마당에 나서니 머리 위 하늘이 온통 먹장구름이었다. 구름장은 남녘을 향해 빠른 속도로 물밀려 가고 있었다. 달빛으로 번한 남녘 하늘을 무서운 기세로 먹어 치우는 구름을 보자 가뜩이나 불안하던 가슴이 철렁 내려앉았다.

'무슨 일이 벌어지려고 이러나?'

오줌을 누면서도 머리를 굴려 봤으나 이렇다 할 만하게 짚히는 일이 없었다. 바지춤을 추스리고 돌아서는데 모터 돌아가는 소리와 함께 대문이 열렸다. 나는 내다보지 않고서도 곽씨임을 알아챘다. 나는 서둘러 변소에서 나왔다.

곽씨가 전동휠체어를 몰고 내 앞을 천천히 지나갔다. 갔던 일이 어찌 되었는지 알아보려고 그에게 다가서던 나는 무춤하여 멈춰 섰다. 내 앞을 지나가는 이는 곽씨가 아니었다. 곽씨임에는 틀림이 없으나 내가 알던 곽씨의 모습은 눈을 씻고도 찾아볼 수 없었다. 나는 손을 뻗어 내 앞을 지나가는 전동휠체어를 멈춰 세우고 싶었지만 차마 그러지 못했다.

착각이었을까, 아무도 태우지 않은 전동휠체어가 내 앞을 지나가고 있었다. 손을 내밀어 봐야 내가 만질 수 있는 곽씨가 그곳에 존재하지 않았다.

나는 존재하되 또한 존재치 않는 공허를 보았다. 내가 넋을 잃고 서 있는 사이 곽씨를 태운 전동휠체어는 수돗가를 지나쳤다. 나는 곽씨의 뒷모습을 망연히 바라보았다. 모터 돌아가는 소리가 귓가에 뚜렷한데도 내 눈에는 곽씨를 태운 휠체어가 수소를 가득 채운 고무풍선이 바람이 이끄는 대로 둥실둥실 떠다니듯이 바람에 밀려 나아가는 것처럼 보였다. 아무런 뜻도 없이.

부엌문 앞에 다다른 곽씨는 전동휠체어의 시동을 끄고 한동안 움직이지 않았다. 빛도 없이 고요한 마당은 무섭도록 적막했다. 이윽고 곽씨가 자물쇠를 따고 부엌문을 열었다. 어렵사리 휠체어에서 내린 곽씨는 양팔을 다리 삼아 몸을 받쳐서 집 안으로 들어갔고 조심스레 문이 닫혔다. 문이 완전히 닫히

윤회(輪廻)

자 공허가 깨뜨릴 수 없이 두터운 벽으로 내 앞을 가로막았다. 곽씨가 안에서 문을 걸어 잠그는 소리가 들려왔다. 딸깍, 하고 잠금쇠 걸리는 소리를 듣는 순간 나는 최면술에서 풀려난 사람처럼 온정신으로 돌아왔으나 까닭 없이 가슴이 우둔우둔 뛰기 시작했다.

나는 엄습해 오는 두려움에 몸을 떨며 곽씨의 부엌문을 향해 발걸음을 재게 놀렸다. 부엌문 앞에서 나는 엉거주춤했다. 공연한 기우를 가지고 소란을 피우는 것은 아닌지 망설여졌다. 그러나 주춤거리고만 있기에는 하늘을 뒤덮어 가는 먹장구름처럼 가슴을 조이는 불길한 예감이 너무나 생생하고 강렬했다. 나는 노크를 했다. 그러나 안에서 대꾸하는 소리가 들리지 않았다. 나는 좀더 크게 노크를 했다.

"누구요?"

방문 열리는 소리와 함께 피곤하고 지친 목소리가 물어왔다.

"접니다, 현민이."

"무슨 일로?"

"술이라도 한잔 할까 해서……."

"미안허이. 그냥 돌아가게. 너무 피곤해서 쉬어야겠네."

뭐라고 대꾸를 하기도 전에 방문 닫히는 소리가 들려왔다. 나는 부엌문 밖에서 고개를 갸웃거렸다.

'기우였나?'

말이 씨가 된다고 공연히 방정을 떨 필요가 없다는 생각을 하면서도 쉬 발길이 떨어지지 않았다. 하늘을 보니 손에 잡힐 듯 낮게 내려앉은 먹장구름이 남녘을 향해 물결치면서 온동네를 쓸어갈 것만 같았다. 한 조각이나 남았을까, 남녘 하늘을 덮치는 구름장의 기세가 먹이를 향해 달려드는 상어처럼 난폭했다. 말잔등을 내려치는 채찍 같은 바람이 쉼 없이 불어 댔고 간간이 먼 하늘에서 천둥 소리가 들려왔다. 개들이 모두 꼬리를 말고 숨었는가, 동네는 쥐 죽은 듯 괴괴했다. 흙먼지를 하늘로 쳐올리는 회오리바람만 휘이잉 휘이, 울부짖는데 마침내,

"콰르르르 콰앙!"

지축을 뒤흔드는 굉음과 함께 북녘 하늘이 쩍 갈라졌다. 여름철에도 좀처럼 보기 힘든 벼락불이었다. 갑작스런 벼락에 놀랐는가, 옆집 개가 발길질에 채이기라도 한 듯 깨갱거렸고 정순네 집에서 아이가 울었다. 먼 하늘에서 메아리처럼 우르르르 울려오는 천둥 소리가 흡사 들판을 질러오는 성난 소 떼의 발굽 소리 같았다. 그러나 빗방울은 떨어지지 않았다.

내 방으로 돌아온 나는 한동안 두 손을 놓고 앉아 있었다. 책을 붙들어 봤으나 글자가 눈에 들어오지 않았고 그렇다고 잠이 오는 것도 아니어서 멀뚱히 앉아서 눈만 끔벅거렸다. 온갖 상념이 별 뜻도 없이 눈앞에 어른거리다가 사라졌고 아버지의 장례식 풍경도 무심히 넘겨 보는 사진첩의 사진들처럼 선선히 지나갔다.

'앨범이나 떠들어 볼까?'

나는 서랍장 위 먼지 구덩이 속에 처박혀 있던 사진첩을 끄집어내서 방바닥에 펼쳤다. 워낙에 오래된 사진첩이라 너덜거리는 겉장에 낱장낱장이 다 따로 놀았다.

첫장을 넘기자 부모님의 결혼사진이 나왔다. 신랑 신부를 둘러싼 하객들의 표정은 쾌활하기만 한데 정작 두 분의 표정은 어두워 보였다. 결혼사진에 이어 곧바로 내 돌사진이 나왔

고 한동안은 아버지의 독사진이었다.

아버지의 사진은 태반이 놀러가서 찍은 것들이었다. 바닷가나 강가 혹은 계곡을 배경으로 서 있는 아버지의 젊은 날들. 나는 사진 속의 아버지가 아름답다는 생각을 했다. 오토바이를 사기 위해 사흘 밤낮 어머니를 폭행했던 아버지였건만, 사진 속의 아버지는 젊고 자신만만했으며 쾌활했다. 유행하는 옷을 사 입겠다고 어머니의 머리채를 나꿔챘던 아버지였건만, 사진 속의 아버지는 여간 멋쟁이가 아니었다. 방세를 내기 위해 한 달 간 뼛골 빠지게 모은 돈을 노름을 하기 위해 혹은 친구들과 놀기 위해 탈취해 갔던 아버지. 그러나 파라솔 그늘 아래서 친구들과 술잔을 기울이는 아버지의 얼굴은 더할 나위 없이 선량하고 인심 좋아 보였다. 선글라스를 쓰고 스카프를 목에 두른 채 오토바이를 타는 아버지. 바바리 코트를 입고 창경궁 나무에 기대어 선 아버지. 챙 달린 모자에 수영복을 입고 여자들에 둘러싸인 아버지. 지난했던 세월을 거치면서 내 눈으로 목격했던 어머니의 고통을 떠올려 가며 바라보아도 사진 속의 아버지는 아름다웠다. 생전 처음 느낀 감정이라 도시 낯설기만 하고 무엇보다 어머니에게 죄스러웠지만 사진 속의 아버지가 아름다운 것만은 부인하기 어려웠다. 나는 쓸쓸히 미소 지었다.

가족사진첩이라곤 하지만 가족이 함께 찍은 사진은 예닐곱 장에 지나지 않았다. 내가 돌 때 찍은 사진과 초등학교 입학식과 졸업식 그리고 중학교 입학식 때 찍은 사진 각각 한 장, 할아버지 환갑과 할머니 환갑 때 찍은 사진이 가족사진의 전부였다. 어머니의 독사진은 눈을 씻고 찾아봐도 없었다. 졸업식 때 찍은 사진 속의 어머니는 딴에는 멋을 낸다고 냈지만 귀공자 같은 아버지와 달리 넝마를 걸친 늙은 식모 같았다. 내 기억 속에 각인되어 있는 어머니의 모습과 조금도 다르지 않았다. 그러나 이상하게도 늙은 식모 같은 어머니의 모습이 고통스럽게 와닿지 않았다. 시커멓게 그을리고 기미 낀 얼굴, 불안하게 흔들리는 눈동자 하며 불거진 광대뼈와 굵게 패인 주름살, 초라한 어머니의 모습이 마치 장성하여 어린 시절의 가난과 굶주림을 편안하게 회상하듯 가슴에 와닿았다. 왜일까, 이제 나 삼십을 넘겨 삶을 이해하기 때문일까. 아버지의 삶이든 어머니의 삶이든 혹은 나와 관계 없는 타인의 삶이든 삶 속에서 이해하고 받아들이며 좋든 나쁘든 그냥 있는 그대로의 모습으로 인정하고 존중할 수 있게 되었기 때문일까.

나는 사진첩을 덮었다.

시간의 흐름을 좇아 사진첩에 사진이 늘어가듯 현재의 내 속에 면면히 녹아서 흐르는 과거의 내가 느껴지고 현재의 내가 어느덧 과거가 되어버리는 놀라운 깨달음 앞에서 나는 눈을 감았다. 현재의 내가 미래의 내 자신이 되고 미래의 내 자신이 과거의 나인 동시에 현재의 나라는 돌고 도는 순환의 이치가 깨달음에서 머물지 않고 내 삶 속으로 그 삶의 역사 속으로 녹아들었다.

콰광, 요란한 천둥 소리와 함께 천장에 대롱대롱 매달린 알전구가 깜박거렸다. 나는 감았던 눈을 뜨며 코를 벌름거렸다. 뭔가 타는 냄새가 났다. 나는 고개를 두리번거려 가며 코를 킁킁거렸다. 방문을 열어 보니 부엌에서 나는 냄새는 아니었다. 타는 냄새는 점점 강해져서 코끝이 근질거렸다. 나는 다락방 문을 열어젖뜨렸다. 다락방 문을 열자 뿌옇게 차 있던 연기가 눈앞을 가로막았다.

"쾅!"

막 다락방으로 오르려는데 천둥이 쳤고 알전구가 나갔다. 전구가 나가자 정체를 알 수 없는 두려움이 엄습해 왔고 가슴이 우둔우둔 뛰었다.

"불이야!"

숨 넘어가듯 다급한 외침이 마당에서 들려왔다.

'기어이 벌어졌구나'

초저녁부터 나를 사로잡았던 불길한 예감이 번뜩 뇌리를 스치고 지나가면서 곽씨의 얼굴이 떠올랐다. 나는 방문을 박차고 마당으로 뛰어나갔다. 마당에는 정순과 몇 사람의 이웃이 발을 동동 구르며 허둥대고 있었다. 맨발로 달려나온 나는 불이 난 곳을 바라보았다. 곽씨의 집이었다. 지붕 위로 치솟아오른 불길이 사방으로 번지고 있었다. 거센 불길을 견디지 못한 기와가 펑펑 소리를 내며 허공으로 솟구쳤다.

"빨리 신고를 해요, 신고를!"

발을 동동 구르던 정순의 외침에 누군가 대문 밖으로 달려나갔고 그 사이에도 이웃 사람들이 꾸역꾸역 마당으로 몰려들었다. 나는 두꺼비집의 전원부터 끊어 놓고 휠체어가 놓여 있는 부엌문을 향해 달려갔다. 휠체어를 한쪽으로 집어던진 나는 부엌문의 손잡이를 향해 손을 뻗었다. 곽씨가 살아 있을 것만 같았다. 설사 불길을 견디지 못하고 집이 폭싹 주저앉는다 해도 곽씨가 죽지 않고 손을 뻗어 올 것만 같았다. 등 뒤에서 위험하다고 말렸으나 내 귀에는 들리지 않았다. 나는 부엌문의 손잡이를 잡았다. 막 손잡이를 잡는 순간 펑, 하는 폭발음과 함께 부엌문 상단의 유리가 박살나면서 불길이 내 얼굴을 덮쳤다. 그 바람에 나는 손잡이를 놓치면서 뒤로 나동그라지고 말았다. 찝찔한 느낌에 얼굴을 만져 보니 뺨에서 피가 흐르고 있었다. 유리 파편이 얼굴에 박힌 모양이었다.

"뭣들 해요. 어서 물을, 빨리빨리 물을 끼얹어요!"

달려온 정순이 나를 부축하며 사람들을 향해 소리질렀다. 몸을 사리느라 대문가에 모여 서로 눈치를 봐 가며 웅성거리기만 하던 사람들이 그제서야 세숫대야를 찾네 양동이를 찾네 해가며 분주하게 움직이기 시작했다. 그러나 움직이는 이는 몇 사람에 지나지 않았고 대부분은 뒤쪽에서 구경만 했다. 하기사 모두가 팔을 걷어붙이고 나서 봐야 잡을 수 있는 불길이 아니었다. 펑펑, 기와가 터지고 처마의 일부가 떨어져내리는 데다 언제 어디서 불길이 덮칠 줄 모르는 상황에서 접근한다는 자체가 위험하기 짝이 없는 노릇이었다. 게다가 지붕을 타고 번지던 불길은 어느새 정순의 집으로 옮겨 붙어 이글거렸고 내가 사는 집 지붕에서도 기와 사이로 연기가 새나오고 있었다. 내부치는 연기의 양으로 보아 내 방 천장도 불길이 장악한 것을 알 수 있었다. 불을 미리 놓으려고 준비라도 한 것처럼 불길은 빠르게 번져 나갔다. 지붕 위 하늘이 타오르는 불길로 환하게 밝았다. 주변에 사는 사람들이 행여 제 집으로 불이 옮겨 붙기라도 할까 봐 얼겁이 들어 하나같이 얼굴이 새파래졌다. 그제서야 등이 달아올라 모두들 팔을 걷어붙이고 나섰다. 그때 멀리서 사이렌 소리가 들려왔다.

소방대원들은 사람들을 안전거리 밖으로 밀어낸 뒤 기계처럼 정확하고 신속하게 움직였다. 세 대의 소방차에서 호스가 풀렸고 세찬 물줄기가 일제히 지붕을 향해 뻗어 나갔다. 그러나 불길은 조금치도 누꿈해지는 기색 없이 맹렬하게 뻗어 나갔다. 소방대원 몇 명이 도끼로 부엌문을 부수고 호스를

집 안으로 들이밀었다. 시커먼 연기가 지붕 전체에서 무럭무
럭 피어 오르며 하늘을 뒤덮어 갔다. 이미 불바다에 휩싸인
집 안은 소방호스가 뿜어대는 물줄기 따위야 가소롭다는 듯
이 버적버적 타들어 가면서 돌라붙었다. 소방대원들도 불을
끄기보다는 옆집으로 옮겨 붙는 것을 막아내고 있는 셈이었
다. 나는 정순과 나란히 서서 불타는 집을 무력하게 바라보았
다. 겁에 질린 윤희는 차마 울지도 못하고 제 엄마 치마폭에
얼굴을 파묻고 꼼짝도 하지 않았다.

　콰릉, 천둥이 치면서 북녘 하늘에 퍼런 불기둥이 일었다.
사람들이 일제히 하늘을 바라보았다. 먹장구름이 용트림을
하고 있었다. 그때 누군가 앗 비다, 하고 소리쳤다. 그 소리
에 몇몇 사람이 하늘을 쳐다보며 손바닥을 펴보았고 불길을
잡기 위해 안간힘을 쓰던 소방대원들의 얼굴에 눈에 띄게 화
색이 돌았다. 후두둑, 손바닥에 빗방울이 돋는 순간 지붕의
한가운데가 와르르 무너져 내렸고 지붕이 무너져 내린 사이
로 거센 불길이 솟구쳤다. 소방대원들이 재빨리 뒤로 물러났
고 몇 개의 물줄기가 무너진 곳을 향해 날아가 박혔다. 그를
신호로 후두둑 후두둑, 돋던 빗줄기가 삽시간에 허공을 뒤덮
었다.

　채찍비였다. 하늘은 한껏 참았던 오줌을 내지르듯이 비를
퍼부어댔다. 불구경을 나왔던 사람들은 비를 피해 달아나기
시작했다. 달리 비를 피할 곳이 없던 정순과 나는 윤희를 안
고 변소 안으로 피신했다. 잠깐 맞은 비에도 으스스, 추위가
치곧아 올라왔다. 세밀에 내리는 비라 빗낱 하나하나가 다 뼈
에 시렸다. 장대 같은 빗줄기에 시야가 가려 몇 발짝 앞에 있
는 소방대원들이 뿌옇게 흐려 보였다. 몰아치는 기세로 보아

여간해서는 웃비가 걷힐 것 같지 않았다. 치불던 바람도 부어 내리는 빗줄기에 눌려 사그라지고 천지간이 온통 빗소리에 잠겨 적막했다. 소방대원들도 손을 놓고 차 안으로 대피했다.

냅다 퍼붓던 빗줄기는 두어 시간이 지나고 나서야 빗낱이 부슬부슬 긋기 시작했다. 불은 진작에 꺼져서 정순과 나는 소방대원들이 철수한 빈 집에 남아 밤을 지샜다. 부옇게 먼동이 터오고 나서야 웃비가 완전히 걷혔다. 그러나 하늘은 여전히 그물거렸다. 발밑에 깔린 어둠이 물러가면서 불탄 집이 그 처참한 몰골을 눈앞에 드러냈다. 정순의 집은 아예 들어갈 수도 없게 지붕이 무너져 내렸고 바람이 북쪽으로 불어 준 탓에 겉에서 보기엔 그나마 집꼴을 유지하고 있는 내 집도 막상 들어가서 보니 쑥대밭이 되어 있었다.

나는 정순이 모녀를 이끌고 동네 여관으로 갔다. 진작부터 눈을 비벼 가며 칭얼대던 윤희는 자리에 눕히기가 무섭게 곯아떨어졌다. 뜨거운 물로 목욕을 하고 누웠으나 착잡하여 잠이 오지 않았다. 정순이나 나나 월세를 살던 처지에다 살림살이도 변변찮았던 탓에 크게 잃은 것은 없었지만 곽씨의 죽음이 가슴을 눌러오고 그가 세상에 남기고 간 일점 혈육, 어린 재길의 삶이 애처로워,

'삶은 늘 이다지도 피곤한가?'

마음이 산란하고 서러움도 뭣도 아닌 묵직한 슬픔이 목에 걸렸다.

속옷차림으로 욕실에서 나온 정순은 내 팔을 베고 누웠다. 코끝에 살냄새가 물큰거리면서 아랫도리에 힘이 실렸으나 나는 부러 눈을 감았다. 뒷머리가 묵지근했다. 담배를 태울꺼나, 마음이 앞서는데도 손가락 하나 까딱하기가 싫었다. 어느

곁에 잠이 들었는지 정순이 코를 긁아댔고 나는,

 '담배를 태워야지. 담배라도 한 대 태워야지.'
생각만 하다가 혼곤한 잠 속으로 빠져들었다.

　오후에 잠이 깨어 집으로 돌아와 보니 조사원들이 화재 현장을 뒤지고 있었다. 조사하는 과정에서 곽씨의 유골이 잿더미 속에서 발견되었다. 마당 한쪽에 조사원들이 모아 놓은 곽씨의 유골은 단순한 뼛조각에 지나지 않았다. 우연히 길을 가다 본, 흙 속에 나뒹구는 짐승의 뼈와 다를 바 없는 곽씨의 유골을 보자 등허리가 선득해졌다. 그렇다, 뼈를 곱게 빻아 허공에 뿌리면 한 점 먼지가 될 터이고 땅에 묻으면 한 줌 흙으로 돌아갈, 결국 살아가는 자만 서럽고 슬프며 삶은 살아 있는 자의 몫이 아니던가.

　화재 원인을 밝히기 위한 조사는 오래 걸리지 않았다. 곽씨가 방 안에 석유를 끼얹고 불을 질렀음이 조사 결과 밝혀졌다. 사람들은 한결같이 입을 쩍 벌리고 놀라워했지만 나는 고개를 들어 말없이 하늘을 우러렀다.

　재길이의 일로 곽씨를 닦아세웠던 사람들은 언제 그랬냐 싶게 장애인의 삶이 가엾다느니, 이웃의 장애인을 업수이 여기지 말아야 한다느니 입빠르게 떠들고 다니면서 비나리 치기에 여념이 없었다. 요러쿵조러쿵 수선을 떨어가며 장애인의 대변인이라도 된 듯이 말을 세우고 다니는 사람들도 사람들이지만 혀만 몇 번 차고서 아무 일도 없었다는 듯이 돌아서서 일상에 파묻혀 버리는 사람들이 나는 슬펐다. 세상이 떠밀면 떠미는 대로 밀려가면서 작은 것들에 절박하게 매달려 살아가는 사람들, 그렇게 제 멋도 제 빛깔도 없이 시루죽어가는 삶이 가엾고 서러웠다. 어쨌든 곽씨는 죽었다. 나는 곽씨가 목을 맨다든가 약을 먹는다든가 하지 않고 불을 질러서 여러 사람을 위험에 처하게 만든 이유가 궁금했으나 바람만이 알 수가 있을까. 그는 아무런 단서도 남겨 놓지 않았다.

내가 병원으로 재길이를 찾아간 것은 곽씨가 죽은 지 사흘째 되는 날이었다. 침상에 누워서 나를 맞은 재길이는 얼굴과 가슴에 붕대를 감고 있었다. 붕대 밖으로 빠끔히 눈을 내밀고 나를 바라보는 재길이는 아무것도 모르는 눈치였다.

"아버지가 돌아가셨다."

나는 비교적 담담하게 운을 뗀 뒤 재길이에게 그간 일어났던 일을 간략하게 설명해 주었다. 크게 놀랄 줄 알았던 재길이는 의외로 침착했다. 등잔같이 커진 눈에서 놀람의 빛이 차차 사그라들면서,

"씨팔, 이럴 줄 알았어. 이럴려고 그랬던 거야."
재길이가 나지막히 부르짖었다.

그런 그의 눈에서 굵은 눈물이 한 방울 툭, 떨어져 내렸다. 그뿐이었다. 재길이는 더 이상 눈물을 보이지 않았다. 그는 묵묵히 베개 밑을 뒤져 한 장의 편지를 내게 건네 주었다.

"어저께 이게 왔어요."

내가 편지를 받아들자 재길이는 창 밖 허공으로 눈길을 돌렸다. 나는 편지의 겉봉을 살폈다. 곽씨가 유언삼아 아들에게 부친 편지였다. 나는 편지지를 꺼내 펼쳐 들고 찬찬히 읽어 나갔다.

재길이 보거라.

이런 글을 쓰는 게 네게 말할 수 없이 몹쓸 짓이라는 건 안다만 어쩔 수 없이 쓰는구나. 엄마가 집을 나가고 나는 많은

생각을 했다. 나 같은 사람은 희망이 없다는 그런 생각 말이다. 옛날부터 죽고 싶다는 생각을 참 많이도 했지만 결국 이럴 수밖에 없는 내가 한심코나. 재길아, 너는 아무 잘못도 없다. 못난 아빠가 다 잘못이다. 아빠도 너를 생각해서 살아볼라고 많이 힘써 봤다만 이젠 차라리 속이 편쿠나. 재길아, 너는 부디 뭘 해서라도 성공해라. 드런 놈의 세상 꼭 성공해서 아빠 몫까지 행복하게 살길 빈다. 그리고 엄마는 원망하지 마라. 엄마도 많이 힘들어서 그럴 수밖에 없었을 거다. 아빠도 엄마는 원망하지 않는다. 어린 너를 생각하면 눈앞이 캄캄절벽이다만 너도 이제 열여섯 대장부가 된다 생각하고 믿기로 했다. 마지막으로 엄마를 부탁한다. 그리고 못난 아빠를 용서해다오.

그럼 꼭 성공해라.

삐뚤빼뚤 연필로 큼직하게 꾹꾹 눌러 쓴 글씨들 하나하나가 다 송곳이 되어 눈을 후벼 파는 것만 같아 나는 편지를 내려놓고 한동안 두 눈을 씀벅거렸다. 창 밖에 시선을 붙들어맨 재길이는 움직이지 않았다. 그러나 그 아이는 북풍 한설 몰아치는 절벽의 나무처럼 온몸으로 떨고 있었다.

"그럼……."

나는 인사도 없이 돌아서서 병실을 빠져 나왔다. 재길이도 문을 열고 나가는 내게 눈길을 주지 않았다. 뭐라고 위로를 해주고 싶어도 위로할 말이 없었다. 그렇다고 손을 잡아 줄 수도 없었다.

시리게 맑은 하늘 아래 사람들이 오가고 나는 서 있었다. 나는 그렇게 서서 아버지를 생각했다. 건듯 바람이 불었고 바람결에 아버지의 유언이 묻어났다.

"현민아, 나는 네가 태어나기도 전에 알고 있었다. 네 엄마가 너를 낳기 위해 외갓집에 가 있을 때였다. 만삭이 다 됐을 때였다. 내가 너무 무심했다는 후회가 되더구나. 그래서 쇠고기 근이나 사들고 외갓집엘 갔다. 문가에서 네 엄마가 빨래를 널고 있더구나. 그런데 배가 북통같이 불러 있어야 할 여자가…… 그때 난 알았다. 내가 잘못 살아가고 있다는 것을 말이다. 보름 뒤에 네 엄마가 너를 업고 나타났을 때 나는 아무 내색도 하지 못했다. 내가 잘못해서 죄를 치른다는 심정이었으니까. 그런데 어찌된 일인지 네 엄마를 사랑해야지 생각하면 생각할수록 미운 마음이 앞서고 그러지 말아야지 하면서도 자꾸만 미워서……. 그렇게 지금까지 살아왔다. 현민아, 너는 포기하지 말고 살아라. 스스로를 포기하지 않으면 절대로 죽으란 법이 없다. 나는 그걸 너무 늦게 깨달았다. 진작에 그걸 알았더라면, 그랬더라면, 많이, 아주 많이, 달라졌을 터인데…… 포기하지 않았더라면!"

툭, 떨어지던 아버지의 손이 눈앞에 어른거렸다. 나는 버스 정류장을 향해 걸었다. 바람이 불어왔고, 바람이 부는데, 그곳에 거리가 있었다. 바람처럼 고통은 누구 하나의 것이 아니라는 생각이 언뜻 뇌리에 스쳤다.

'할아버지가 기다리실 텐데, 그만 떠나야겠다.'

나는 정류장에 멈춰 선 버스에 오르며 희망이 아닌 믿음에 대해서 생각했다. 버스에 오르며 문득 돌아다본 하늘에 얼굴이, 수많은 얼굴이 양떼구름처럼 박혀 있었다.

우물에서 달을 길어 하늘에 걸다

*서*산에 해가 걸렸다. 나는 하던 일을 멈추고 허리를 폈다.

산비둘기 몇 마리가 해를 가르며 들판을 가로질러 날아갔고, 설렁거리는 바람에 시원스레 웃자란 벼들이 들판 가득 넘실거렸다. 하루종일 귀 따갑던 매미 울음 소리도 푸르스름한 빛으로 마을을 덮어 가는 이내에 묻혀 잦아드는데, 초가집 뒤 우북한 대숲은 잠자리를 준비하는 새들로 분주하고 강 건너 마을에서 장닭이 길게 목을 빼어 울었다.

나는 밭을 둘러보았다. 하루종일 품을 팔아 심어 놓은 수십 그루의 묘목을 뜨르르한 눈길로 뜯어보니 서툰 솜씨에도 깜냥껏 하루 일을 마친 만족감에 마음이 다 한포국해졌다. 나는 느긋한 마음으로 목장갑을 벗어 던졌다.

"아부지—이."

경운기에 걸터앉아 담배를 태우다 말고 아이가 부르는 소리에 뒤를 돌아다보니 윤희가 비탈진 밭길을 다람쥐처럼 깡총깡총 뛰어내려 왔고, 여름내 중개로 자라난 복슬이가 그 뒤를 따랐다. 담배꽁초를 버리고 일어서니 숨이 턱에 차도록 뛰어온 윤희가,

"엄마가 진지 드시래요."

새처럼 재잘거렸다.

나는 아이를 번쩍 안아들고 볼에 입을 맞추었다. 그 사이 복슬이가 경운기 바퀴에 대고 오줌을 찔끔거렸다. 나는 아이를 안고서 초가집을 향해 발걸음을 떼어 놓았다.

"아부지, 아까는 쪼끄맣던 해가 지금은 왜 저렇게 커요?"

"밥을 많이 먹어서 그런가 부지."

"피, 순 엉터리야. 해가 무슨 밥을 먹어요?"

"아님, 엄마처럼 아기를 가졌던가."

"해도 애기를 낳아요?"

나는 그만 껄껄 소리내어 웃었다. 윤희는 그런 내 품에서 연신 고개를 갸웃거렸다.

"둘이서 뭐가 그렇게 재미있어요, 나만 쏙 빼놓고?"

때마침 부엌에서 물주전자를 들고 나오던 정순이 아이를 안고 삽짝을 들어서던 나를 향해 볼멘 시늉을 해가며 부드럽게 미소 지었다. 산달을 앞두고 남산처럼 배가 부푼 정순은 부러 그러기라도 하는 양 손으로 허리를 떠받치고 걸었다.

"나무는 얼마나 심었어요?"

세면을 하는 내 곁을 지키고 섰다가 수건을 내밀던 정순이 물었다.

"내일 한나절이면 다 끝나."

"몇 년 뒤면 감 천지겠네요."

수건으로 물기를 닦고 마루에 오른 나는 돌담 너머로 개간한 밭을 바라보았다.

어린 손들을 하늘로 뻗은 감나무 묘목, 그래 정순의 말대로 몇 년 뒤면 빈 허공이 선홍빛 홍시들로 메워지겠지. 어머니가 살아계셨더라면 저 감나무 밭을 보고 얼마나 좋아하셨을까. 그토록 좋아했던 홍시를 어머니는 생전에 몇 개나 잡숴

봤을까. 과일전 앞을 지나칠 때마다 무춤거렸던 어머니, 그러나 나는 단 한 번도 어머니가 감을 사서 드시는 모습을 보지 못했다. 텔레비전에 감만 비치면 참 달겠다, 신침을 삼키면서도 정작 과일전 앞에서는,

"쥐약을 먹고 죽을래도 쥐약 살 돈이 없다."

자조하며 돌아서고 또 돌아섰다.

그러나 내가 밭을 개간해서 감나무를 심은 까닭은 무엇을 보상받고자 함이 아니었다. 단지 기억하고 싶었다. 옳고 그름을 떠나서 내 살아온 자취를 항용 잊지 않게 곁에 두고 싶었다.

언제였을까. 아마도 내 나이 이십대 중반을 넘긴 늦가을로 기억하는데 그때 나는 깊은 산속 절간에서 반 년 간 머물며 공부를 했다. 특별히 공부할 것이 있어서 절을 찾았던 것은 아니고 그저 내 삶을 통째로 되돌아보기 위한 방편으로 각종 철학서적과 문학전집 따위를 싸짊어지고 절에 틀어박혔다. 이를테면 일종의 도피였던 셈인데 그런 절간 생활에 마음이 편할 리 없었다. 애초의 계획대로 차분히 내 자신을 돌아보기는 커녕 밤마다 술에 취해 미친 놈처럼 미로 같은 산길을 헤매고 다녔을 뿐이다. 그러던 차에 하루는 아침까지 술을 마시다가 창호지를 뚫고 방 안으로 쏟아져 들어오는 햇살이 너무도 눈부셔 왈칵, 방문을 열었다. 그때 나는 보았다.

절간을 에두른 돌담 밖 쾌청한 하늘 아래 불타는 감나무 숲을, 햇살 속에 빛나는 홍시 하나하나가 불덩어리가 되어 과거를, 현재를, 미래를 태워 가며 완벽한 생명으로 화하는 것을. 십수 년 전 자살 여행을 떠났다가 밭을 일구는 할아버지에게서 발견한 이후로 그토록 아름다운 장관은 처음이었다.

우물에서 달을 길어 하늘에 걸다

나는 숨을 제대로 쉴 수가 없었다. 한시절을 다 견디고 툭, 툭, 떨어지는 감들. 떨어져서 터져버린 감의 그 연한 속살이라니, 험한 세월을 견뎌낸 감들의 하나같이 연하디연한, 태어나던 그 순간 같은 속살이라니, 나는 그만 나도 모르게 울어버리고 말았다.

그러나 그뿐이었다. 절을 떠나 세상에 섭슬리자마자 수만 볼트의 전류처럼 강렬하게 내 의식의 샘을 관통했던 아름다움의 추억도 흐물흐물 녹아내리다 종당에는 그저 하고 많은 추억의 한 토막으로 버려졌을 따름이다. 나는 그때의 아름다움을 복원하고 싶었다. 그리하여 어디로 뛸지 모르는 논배미의 개구리처럼 장담할 일 하나 없이 불안한 내 삶에 의지로 삼고 싶었다. 여전히 세상을 믿지 못하는 내 가슴속에 그래도 세상엔 많은 아름다움이 있다는 믿음을 세우고 싶었다.

"피곤할 텐데 들어가 누우세요."

반주를 곁들인 밥상을 물리고 마당에 세워 놓은 오토바이를 닦는데 정순이 연신 하품을 하는 윤희를 건넌방으로 떠밀며 말했다. 이 가을 새고 겨울만 보내면 학교에 간다고 하루하루 손가락을 꼽는 어린 윤희에게 무슨 고단함이 있어 저토록 하품이 많은지 새삼 눈길이 가닿는데 앞산에서 뻐꾹이가 울었다. 매일같이 광을 내놓은 탓에 오토바이는 마른 걸레질만으로도 반짝반짝 윤이 났다.

오토바이를 사 주지 않는다고 어머니의 머리채를 나꿔챘던 아버지는 그저 멋을 내기 위해 오토바이를 몰고 다녔었다. 거칠 것이 없었을 아버지의 혈기를 생각하니 잔잔한 웃음이 입가에 배어 나왔다. 나는 더 이상 닦을 필요 없이 반짝거리는 오토바이를 오래도록 닦았다. 여우재 너머 버스 터미널 근

방에 있는 철공소 출퇴근용으로 장만한 오토바이였지만 어쩐지 나는 그게 단순한 오토바이가 아닌 똑 내 신체의 일부로 여겨졌다. 바람도 쉬어 가지 못하도록 미끈하게 오토바이를 닦아 놓은 나는 마루에 올랐다.

설거지를 마치고 내 곁에 앉은 정순은 북통 같은 배를 가만가만 쓸어 가며 세상이 다 제 것인 양 만족스런 표정이었다. 나는 그런 정순의 허벅다리를 베고 누워서 들판 건너 여우재를 바라보았다. 달이 뜨려는가, 여우재 너머 하늘이 번하게 밝았다.

'마루에 누워서 할아버지가 바라본 세상은 어떤 것이었을까.'

지난 봄, 소쿠라져 흐르는 여울목 같던 생애가 다하고 나서야 편안히 눈을 감은 할아버지의 얼굴이 새삼 눈에 어렸다. 다리가 휘어지도록 차린 생일상을 받아 잡숫고 고단하다며 건넌방에 드신 할아버지가 그날중으로 세상을 뜰 줄은 아무도 몰랐다. 새벽에 기척이 없어 들여다봤을 때 할아버지는 이미 숨져 있었지만 그 얼굴은 너무도 고즈넉하고 평화로워서 죽음이 두렵게 느껴지지 않았다.

나는 정순의 배에 뺨을 갖다댔다. 살아 생동하는 움직임이 분명하게 느껴졌다.

"당신을 닮아 야행성인가 봐요. 이 시간에 장난이 유독 심한 걸 보면."

정순이 미소 띤 얼굴로 내 머리카락을 쓰다듬으며 중얼거렸다. 나는 거친 뺨에 새로운 생명의 태동을 느끼며,

'희망은 오늘을 열심히 사는 데 있다.'

속엣말로 읊조렸다.

"어머, 저기 달이 떴어요. 저기 좀 보라구요. 보름달이에
요."

정순의 호들갑에 고개를 드니 청청한 하늘에 휘영청 달이
밝았다. 나는 일어나 앉아 정순의 어깨에 팔을 둘렀다. 선선
한 밤바람이 새로 일군 감나무 밭을 더듬는데 언뜻 고개를 늘
여 넘겨다본 담장 밖 마을이며 강물이며 들판이며 산이 온통
달빛을 길어올리고 있었다.

하늘에 뜬 집

1997년 1월 10일 초판 1쇄 찍음
1997년 1월 15일 초판 1쇄 펴냄

지은이 / 김한수
펴낸이 / 이 상
펴낸곳 / (주)실천문학
등록 10-1221호(1995. 10. 26.)

(121-210) 서울특별시 마포구 서교동 466-3
전화 322-2161~3(영업), 322-2164~5(편집) 팩스 322-2166

ISBN 89-392-0288-0 03810